孙莺 ◎ 编

陈蝶衣文集

新闻出版博物馆 文库·史料

第一辑

闲情偶寄

上海人民出版社

目 录

游屐杂记……001

吴门二日记……001

虎丘履痕……001

名园揽秀……003

黎园顾曲……004

香岛歌楼回忆录……005

汉皋浪迹记……012

江干闲步……012

马车……013

天声舞台……014

旧居……015

黄鹄矶……015

《壮报》……016

中山公园……017

防空壕……018

电影院……019

杨惠敏……020

打桨……021

征途杂记……025

浙东商场……025

蒋腿故事……025

桃花坞……026

巧遇张慧剑……026

电灯……027

好嗓子……028

北山三洞……028

葬礼……029

山水片影……029

珞珈山……029

忆太湖……030

滕王阁……031

虎丘山……032

黄鹤楼……033

惠泉山……035

归元寺……035

甘露寺……036

金山寺……037

汉口之忆……038

郊游特辑……041

远足……043

乡行杂述……046

排队……046

女警察……046

人力车价……047

倒树……047

油盏……048

脚炉……048

大检问所……048

观影笔记……049

评《人心》影片……049

《上海一妇人》试映记……051

《一张照片》述评……052

记《玉洁冰清》……054

记《多情的女伶》……056

《新人的家庭》之我见……057

《上海之夜》剧情商榷……058

看了《马浪荡》以后……060

《电影女明星》试映记……061

记《还金记》……063

记天一新片《孟姜女》……065

《儿孙福》剧情质疑……066

谈第一集《奇中奇》……067

《春潮》……068

英语片的摄制……070

《红楼梦》搬上银幕……071

《秦淮世家》在我的生命史上……073

《孔夫子》的问世……074

《木偶奇遇记》观后……075

预言……076

关于《桃源艳迹》……077

艺苑散记……080

挽郑正秋先生……080

王元龙的太太流居津门……081

"赵丹第二"严化……082

与王公子谈《文素臣》……083

　附:答沙蕾谈《文素臣》……085

与王公子再谈《文素臣》……087

　附:再答沙蕾谈《文素臣》……088

创造富于情绪的平剧……090

改良平剧工作的缓进与急进……092

哪一种戏剧是我们的国剧？……093

女艺人群像……096

王熙春……096

孙景璐……097

林砚纹……099

陈琦……100

英茵……102

唐若青……103

顾兰君……105

慕容婉儿……106

白玉艳……108

关于批评……109

为喜彩莲伉俪辩……111

广爱莲说⋯⋯112

程砚秋躬耕陇亩记⋯⋯114

悯孙了红⋯⋯115

一年来上海出版界的全貌⋯⋯117

不怕死的洪深⋯⋯120

地铺的金山⋯⋯121

陈云裳笃定拍戏⋯⋯122

上官云珠束腰⋯⋯123

蔷薇姊妹有志演话剧⋯⋯124

胡蝶演西太后条件⋯⋯125

陈琦来沪办年货⋯⋯126

司马音会见记⋯⋯127

艺人百态图(1947—1948 年)⋯⋯128

石挥⋯⋯128

黄尧⋯⋯129

白杨⋯⋯129

徐吁⋯⋯130

孙了红⋯⋯130

刘琼⋯⋯131

张乐平⋯⋯131

韩菁清⋯⋯132

老舍⋯⋯132

丁聪⋯⋯133

丁芝⋯⋯133

金山……134

陈燕燕……134

金焰、秦怡……135

巴金……135

丰子恺……136

婴宁说白……137

上海青年会的工作精神……137

吃角子老虎在上海的潜势力……139

强将手下无弱兵……140

一概抹煞！……141

一声"哈啰！"……142

吃难民……143

养蚕……145

啁唽之声……146

《春闺梦》的问题……147

吃角子老虎……149

空气中不闻阿是声……150

投机……151

报馆旧事……152

文坛五更调……152

第二次的同文叙餐会……155

谈谈诸同文的信……156

汪汉溪先生轶事……157

扶鸾质疑……158

兰言……159

荷花飞絮集……160

诗中虹解……169

本报点将新酒令(集苏东坡诗)……170

严芙孙莫串《逍遥津》……171

《新声》何处去？……171

多谢芹孙……173

名字问题……175

独鹤诗谜……176

请问世界书局……176

答洪红虹……178

《晶报》看得起任矜蘋……178

巴黎医院参观记……179

天韵餐鞠记……181

蝶衣自说……182

胡适博士办小报……183

海上杂记……184

林屋先生病状……185

清理袁世凯遗产……194

袁寒云与唐志君……195

本报的新计划……198

向读者报告……199

百期纪念……200

本报增辟"银色海"启事……201

打泡戏……202

《红一点》……203

悼张春帆乡丈……204

市面不景气……206

三穗堂星聚记……206

编余话……207

记忆中的双十节……208

关于柳亚子先生的诗……209

璇宫饭店……212

金闺国士志……212

与灵犀兄谈犯不着……213

谢柳絮兄……216

再致柳絮兄……217

赵林女士篆刻……219

粤汉线之旅……219

聚散……220

寻春迟……222

痛张超兄……222

编辑手记……224

《万象》月刊……224

编辑室(创刊号)……224

编辑室(第二期)……226

编辑室(第三期)……229

编辑室(第四期)……231

编辑室(第五期)……233

编辑室(第六期)……235

编辑室(第七期)……237

编辑室(第八期)……240

编辑室(第九期)……242

编辑室(第十期)……244

编辑室(第十一期)……247

编辑室(第十二期)……249

编辑室(第十三期)……250

编辑室(第十四期)……252

编辑室(第十五期)……254

编辑室(第十六期)……256

编辑室(第十七期)……258

　附:通俗文学运动……260

编辑室(第十八期)……276

编辑室(第十九期)……278

《万象》信箱……280

第一期……281

第二期……285

第三期……292

第四期……294

第五期……299

第六期……303

第七期……307

第八期……311

《春秋》月刊……317

编辑室谈话(第一期)……317

编辑室谈话(第二期)……319

编辑室谈话(第三期)……321

编辑室谈话(第四期)……324

编辑室谈话(第五期)……326

编辑室谈话(第七期)……328

编辑室谈话(第八期)……330

编辑室谈话(第十期)……332

编辑室谈话(第十一期)……333

编辑室谈话(第十二期)……335

编辑室谈话(第十三期)……337

编辑室谈话(第十四期)……339

编辑室谈话(第十五期)……341

编辑室谈话(第十六期)……343

编辑室谈话(第十七期)……344

编辑室谈话(第十八期)……346

编辑室谈话(第十九期)……348

《西点》……350

编辑室(第一期)……350

编辑后记(第三期)……350

编辑后记(第四期)……351

《少女》……352

编辑后记(第一期)……352

《生活》……354

编辑室谈话(创刊号)……354

编辑室谈话(第二期)……355

编辑室谈话(第三期)……356

编辑室谈话(第四期)……357

编辑室谈话(第五期)……358

编辑室谈话(第六期)……359

后记……361

游 展 杂 记

吴门二日记

虎丘履痕

伏处江关，久不与佳山水相晋接，五一劳动节，趁馆中休假，乃有吴门之游。同引者周子冀成、汪子瑞华，以九时半之特别快车往，十一时四十五分抵苏站，雇马车至广济桥，止于大东旅社。

征尘既卸，饥肠已辘辘鸣，乃谋果腹。饭毕，议决先探虎丘之胜。雇驴往，汪子寓苏久，推作向导。吾之乘驴，此第一次，初颇杌陧不安，继觉无所难，终且抛辔驰骋。驴儿识途，正不必吾辈指挥也。抵石桥前，虎丘已在望。下驴步行，入山门，所见者为"虎丘禅寺"四金字，山门之内，甬道之右，有一亭，中一塚，曰"鸳鸯塝"，相传系长洲倪士义烈士与其妻杨烈妇之墓。明崇祯十四年，倪被诬死，其妻杨氏，绝粒不食，七日而亡，筑墓于此。墓成，远观有鸳鸯集其上，近之则无。大吏闻于朝，赐"鸳鸯"二字，故名鸳鸯塝云。

入二山门，拥翠山庄在焉。庄为清洪殿撰文卿[1]所建，中有问

---

① 洪钧(1839—1893)，字陶士，号文卿，苏州人，同治七年(1868)中状元。

泉亭、不波小艇①、石驾轩、灵澜精舍等。惜年久失修，已颓废不堪。山庄下有憨憨泉，传系梁时憨憨花者遗迹。泉下清冷，可医目疾。而吾辈至时，已栅门紧闭，无从问井。究不知是否一掬清无底也。（宋僧虚堂有"憨泉一掬清无底"之诗）

憨憨泉之东，有石横道左，上镌"试剑石"三字，殊恶劣。传系吴王阖闾试剑之石。而剑痕不可辨，殆为后人所装点。更前进，一亭翼然，艳传千古之真娘墓即在此。墓前一石碣，曰"古真娘墓"，墓不甚广，几等荒丘，究亦不知是否真娘埋香处也。进山，甬道尽处，所谓千人石者，乃触于吾人之眼帘。而生公讲台、金刚塔、二仙亭、剑池等皆在焉。"虎丘剑池"四字，传为颜真卿书，或谓"虎丘"二字系后人叶清臣所书，不知孰是。池水浑浊，投以石，若甚深，石壁刻"风壑云泉"四字，为米芾所书。崖下又有周伯琦篆书"剑池"二字，旁有小字数百，不暇细观也。转而登剑池崖顶，所谓双吊桶者在石桥上，仅存二洞，上架铁栅，不复能取水矣。

图1　虎丘剑池，刊于《中国大观图画年鉴》1930年

---

① 问泉亭西侧上方有轩一座，轩南北各接以小轩，整个形体如同小舟，遂取《水经注》"峰驻月驾"句意题为月驾轩，轩内旧有题额"不波小艇"。

至虎丘塔,荒圮殊甚,仅为鸟雀所巢居,折而至左,御碑亭已秒讹无复庄严气象。大殿佛像尚未损毁,架一钟,撞之声极清宏。循径而下,登冷香阁,四周植树,俯瞰远瞻,浮云遥岑,云树历历,尽在目前。所悬楹联甚伙,佳者如汪凤瀛集东坡句云:"缥缈新居,紫翠间青山,有约长当户;风流耆旧,消磨尽苍颜,得酒尚能韶。"蒋棅熙联云:"峰缯岫绮,翠隐红藏,料想小阁初开,却怜他隔岁芳期,深藏何处;柳雨花风,鸾酣凤舞,时有闲人吊古,计无此中怀抱,欲去仍留。"阁中设茶座,乃小坐品茗,稍作憩息。俄顷出阁,至石观音殿,则石观音已成金观音。殿中人言,有绍兴人祈求于此,不久诞一子,遂为添金身云。两旁石刻,高可丈许,以经兵燹,塌者复多,字多残缺。

出观音殿,数小女子持麦秸管制成之扇,操其吴侬软语,向吾辈兜售。各购一柄,仅七八枚铜元也。至此,更无可资浏览之处,乃梭巡出,策驴而至留园。

《联益之友》[①]1931 年第 187 期

名园揽秀

留园本刘氏之寒碧庄,又名刘园,后归毗陵盛氏,乃更今名。迩已归公有,惟内尚有愚斋义庄办事处存其间。购券入游,廊腰缦回,极曲折深邃之致。其中心点为一湖,架虹桥其上,藤须蔓延,垂覆成荫。行经其下,凉飔袭襟,尘虑尽涤。而嶙峋累石,傍依水榭,树荫苍翠,雀啅柳花,固无一非绝妙画境也。踯躅久之,入轩小憩,

---

① 《联益之友》,旬刊,于 1925 年 8 月 1 日创刊,1937 年 7 月 21 日停刊,共刊行 192 期。由联益之友旬刊社编辑发行,是一份上海流行小报。

命茶博士煮茗粥品之。花生米、青梅子诸物，罗列满桌，邻座三数少女，睹予等据案大嚼，放浪形骸之状，皆吃吃笑。少选有木屐儿十数辈莅止，一夷服青年为前导，佶屈聱牙之声，一时盈耳。予等寻引去，转而至西园，则为一禅寺，了无足观，询之僧人，知西园驰名之大鼋，乃在放生池。爰出寺向右行，入门亦须购票，别有五六童子，先我等昂然竟入，而无阻拦之者。叩其故，则外来客斯需纳资，彼等苏地人，在例外也。园中杨花拂面，若飞六出，水面亦为簇满，此为西园奇景。而所谓癞头鼋者，以池面广廓，究亦不审其藏身何许。梭巡少时即出，仍策驴探北寺塔，长途颠簸，劳顿殊甚。徘徊片刻，离北寺塔而赴拙政园。园在娄齐二门间，文徵明尝作拙政园图。有紫藤一架，老干如虬，高可及丈，洵数百年物，传即文徵明手植。继至狮子林，清时为黄氏之涉园，今归贝润生氏，比加修葺，壁垒一新。纪堂闳丽，檐牙高喙，尤多奇石，状如狻猊。洞穴螺旋，迷于往复，予等穿迴多时，几如入武侯八阵图中，急切竟不得出。苟非有人指点者，殆将终老是间矣。

《联益之友》1931 年第 187 期

黎园顾曲

游狮子林归，乃于旅邸进晚餐，十时，顾曲新舞台，去旅社仅百数十武。予等入座时，花美玉之《劈棺》已成尾声。美玉为吾师林屋山人义女，其所演剧，以泼辣一派见长，跌扑功夫尤佳。前岁隶沪上共舞台，尝数观其《阴阳河》《活捉》《杀子报》诸出，此类戏目自张文艳后，无人能继，而美玉则堪与媲美，鞠部后起，更无能望其项背者矣。惜是夕以莅止过迟，未能窥全豹为憾。大轴《审头刺汤》，云艳霞去雪艳,唱作俱佳。剧半,询知美玉以排戏故,犹未归。乃访之于后台,欢然道故。邀明日过其居午膳,固辞不获。归旅邸已十二时,翌日本拟游天平,临时作罢。十一时许,美玉饬介来招,与汪、周二子同往。美玉之居,在邮政局后,屋为新建,颇轩朗,悬各界投赠楹联画轴甚夥,旋云艳霞偕其母来,美玉为予介见,方知艳霞系云中凤女,自汉皋来苏,登台未久也。稍焉入席,肴馔至丰,盛情弥足感。

二时返旅邸,汪周二子以事先归乎沪,送至车站。予以新舞台晚贴《杀子报》,佳构不可交臂失,独留。六时,美玉使人以戏单来,谓已定座,又邀晚餐,诡言访友谢之。八时赴戏馆,大轴《杀子报》,临时易以《北汉亡国惨》,谓奉公安当局命也。美玉饰苏妃,宠爱一身,则烟视媚行;媮合取容,被诬附逆,则郁啼抑塞,凄怆悛悷;剑底求赦,则娥眉宛转,忧悚悲啼,演来贴体剧情,无不入微。云霞去帝后,救驾刺妃诸场,贞懿忠荩之气,溢于眉宇,所谓刚健与婀娜,盖兼而有之。艳霞故长刀马,此等戏自更当行出色也。美玉贻我《七擒孟获》剧照一帧,艳霞《御碑亭》《别姬》戏装各一帧,翌日携归海上。

蝶衣

《联益之友》1931 年第 187 期

香岛歌楼回忆录

一

寄迹香港岛上六阅月,山径看花,海滨望月,急雨行街,歌楼枯坐,往事影痕,如烟如雾,渺茫不可捉,依稀若可寻,真像做梦也,写一些梦中忆语,不足言深知灼见,不外浮言浅语,说到哪里是哪里,走夜路朋友孤行荒径,忽然间情不自禁,张开两片嘴唇皮喊几句不成腔调之"金沙滩双龙会",或者"苏三离了洪洞县",自得其乐,岂怕坟背后有人窃笑?且甘苦自知耳,更何必怕人笑话哉!我不识曲,偏好闻歌,岛居六月,几有两月之夜,茗坐歌楼,今日回顾,尤难忘此。

二

香岛歌女,都属粤籍,即非粤人也必是粤派,盖岛上歌女出唱于茶楼者都唱粤曲,粤曲以外无曲也。此辈大都来自广州,盛于战后,战前岛上茶楼既不若今之豪华富丽,选唱歌女以为点缀者,不过偶然而已。最近如永乐西街之添男茶楼、皇后道之莲香茶楼及中华公司天台,德辅道之先施公司天台,皇后道西之云香茶楼,都属歌女卖唱地盘,只有夜场,座价普通是港币一毫五仙至二豪,即一角五分至二角,有一盅茶吃,茶役除来冲水以外,对客落落寡合,决不趋奉,亦不要小账。广东人本色就是这样硬绷绷。既入座,可坐听四场,一场即一个歌女临台唱一次之谓,也有两人对唱一次之谓,则两人算一场。时间自下午七时一刻至十时三刻或十一时止,每一场唱四十或四十五分钟。一场既罢,次场隔十五分钟时间接唱。在上下场中辍之时,有茶楼伙计两手提浅平大盘在人丛中挤来挤去喊卖点心,叉烧包、莲蓉包、腊肠卷、什锦饭、马拉糕,花色甚多,不能悉举其名。

三

歌坛面积,小至无可再小。中间一几,几左右各设一椅,几上置烟灰缸一事,插置火柴一匣,供歌女吸卷烟盛灰及取火之需,亦有几上加置一时钟者。一几二椅加一痰盂,恰将歌坛面积占满,歌女跨上坛去,返身坐下,两脚尖已及坛之前沿,可测歌坛之小矣。乐师面对歌女,成半圆形环坐坛下,有如众星拱月,乐师后面,就是听客。歌女奏艺时,坐在椅上文文静静,并无指手画脚刻划音情之动作与姿势,此与京沪歌女之立唱者不同。所唱之曲,大都是特制,各人有各人之曲,不像京沪歌女之你也《珠帘寨》我也《珠帘寨》她也《珠帘寨》,大家都是唱这个老调。

四

香岛近时歌女,最著名者姓张名月儿,年龄在三四十岁之间,广东人上尊号曰"鬼马歌后"。"鬼马"两字殊不可解,询之粤人,据谓系无所不能之意,即大喉咙小喉咙都唱得好也!此人可谓前辈歌女,已不大出唱矣,一度嫁人,近又离婚待嫁。此外著名者为张蕙芳、小明星、徐柳仙,号称三杰。以下则有小香香、雪娴、潘小桃、黄静霞、飞霞、少芳、新月、林怜卿、佩珊、碧云、黄少英等。唱法有平喉、子喉、大喉之别,所谓平喉,相当于皮黄戏中之生角喉音;所谓子喉,相当于皮黄戏中之旦角喉音;所谓大喉,相当于皮黄戏中之净角喉音。

五

蕙芳、小明星、柳仙,平喉三杰。蕙芳面如满月,颊肉耸起如两个发酵馒头,肤色淡黄,肢体丰实,眼珠微笑,顾盼如电,无寒乞相,惟欠玲珑耳。小明星瘦得可怜,眉梢略向下拖,眼皮薄而眼眶甚大,下颔尖削如锥,颈长瘦如鹤,四肢好像四根火柴,走起路来飘飘忽忽,一阵风来,可以吹上半天。柳仙面目,三人中最为端正,但也最是平淡无足述,施粉特重,芳容常像涂刷新罢的白墙头。论艺,蕙芳称独出奇材,嗓音清亮高远,举重若轻,履险如夷,唱曲时挥洒自如,神态毕现,热情奔放,势如飞瀑。高兴时拼命卖力,真如千军万马突围敌阵,勇不可当,锐不可御,又似狂风暴雨,霎时间倾盆而至,使人想躲避也是来不及,洵属无敌!可是不高兴起来,又好像一只死猫,懒洋洋软绵绵痴呆呆闷恹恹,唱曲如叹气,不管坛下人倒抽冷气。小明星气弱嗓低,但能特创一种风格,其曲柔如无骨,软若将溶,缠绵旖旎,销魂荡魄,妖媚达于极度,不是大文章格局也。柳仙嗓音坚实凝重,味厚质浑,像一支赤酱油加重糖的红烧蹄子,天地良心,滋味的确不坏。不过总觉得秀丽不足,肉气太高,唱得固然平稳,听来稍嫌呆浊,夹在蕙芳下、小明星之间,爽朗刚强不能比蕙芳,轻俏柔媚不能比小明星,例以《三国》上桃源三杰,只能屈居在老三张翼德地位。蕙芳姓张,人最朴淡。小明星不知姓甚,柳仙姓徐,近已嫁且辍唱矣。

六

在各茶楼出唱之歌女,都是这几个人,与专聘性质者不同,如某歌女第一场出唱于甲地,第二场出唱于乙地,红歌女如蕙芳、小明星,场场不空,奔来奔去,十分辛劳。有时红歌女每场出唱,可得酬四五元,如今只有两元矣。故头等歌女,每夜卖唱所得,至多只有八元,盖唱足只有四场也。不为人重诸歌女,每夜平均挨不到一场,其生活情况,当甚可怜。粤歌女在表面上甚为清高,只受茶楼唱酬,不受茶客赏赐,茶客不拍手不喝彩亦不能花钱点戏。为歌女配乐诸乐师,身份与京沪一带清唱场中拉胡琴朋友不同,都是西装革履雪花膏面孔司丹康头发,着实漂亮。同事粤人某君言,从前此辈均有正当职业,性之所好,故就夜间余暇作此生涯,不取薪水,仅取车马费，惟近来恐有以此为专职者矣。所用之乐器甚杂，中西兼容，甚至连大洋喇叭大洋鼓也加入。

七

粤曲之唱出，其声调别有一种风采，自成一种格调，却是有些受西洋乐曲之影响。其最普通之调名，为《二王》《西皮》《二流》《滚花》《龙州》《南音》《白榄》，以及首板、中板、慢板、叹板，复有正线、反线之别，又有霸腔、拉腔、芙蓉腔等，更有小曲，此调最杂，甚至连《毛毛雨》《十八摸》也列入小曲部分。唱出时有一字字紧合器乐乐音同发者，有先净唱一句，而器乐于其唱毕时始行配奏此一句之曲调者，有唱至一句之末一二字而器乐接和之者，有完全净唱不和器乐者。《南音》曲调，唱出时仅配以胡琴及三弦二事，幽静柔和，我最好之。《白榄》完全净念，好像蒙童背诵《三字经》，我最厌之。全曲之尾，大都以《滚花》终结。

八

为歌女制曲，最多产最著名者二人，一名王心帆，一名吴一啸。张月儿、小明星所唱大都王作，张蕙芳所唱大都吴作。王心帆常以前人诗词成句贯穿成篇，歌咏意味较长。吴一啸不甚广拾成句，叙说之意味较浓。粤歌女所唱诸曲篇，除玩笑性质（如《卖生藕》《家公娶媳妇》《盲公作怪》等）及平叙性质（如《走麦城》《康茂才挡亮》《孔明借箭》等）者外，大都头巾气十分浓重，扮起一副才子面孔，大做与佳人轧姘头文章，不无讨厌，浮词滥调俯拾就是，真情深语难得发现几句，不免使得喜欢看清清爽爽曲词者失望耳。有些曲篇之题名，如《怒马跃情渊》《芳草葬愁英》《明月深藏恨彩云》《花貌云衣忆逝仙》《一勾残月记长眉》等，总觉得其故作曲笔得太厉害，遣词造句，不无"城头上出棺材"之感，何必费这么大的力气。

举小明星所唱《长恨歌》曲词全篇，得见香岛歌女所唱粤曲内容之大略。文曰：

（白）你睇西宫南苑，秋草偏多。宫叶满阶，落红不扫。回忆马嵬坡下，宛转蛾眉，归来对此，真是伤感如何呀！

（河调慢板）我哋太真妃，自从选入宫闱，一笑回眸，真是娇生，百媚。华清池，曾赐浴，温泉水滑，我爱佢羞洗，凝脂，怯春寒，娇无力，金步玉摇，笑倩侍儿，扶起度春宵，芙蓉帐暖，从此早朝不再，只顾，欢娱。六宫粉黛，无颜色，宠在一身，无复三千，佳丽，金屋装成，玉楼宴罢，笙歌曼舞，昏旦，沉迷。

（滚花）谁料渔阳鼙鼓动地来，九重城阙烟尘起，惊破了霓裳羽衣曲，千乘万骑，要向西南驰。唉，最惨系六军不发无奈何，才有宛转蛾眉马前死。今日归来池苑皆依旧，试问对此如何不泪垂。

（南音）行宫见月，夜雨闻铃，当时情景，倍凄清。想佢在马前来绝命，花钿委地，任飘零。欲救无从，空有令，君臣相顾，尽作断肠声。旌旗无色，枉自相辉映，风分萧索，似诉不平。峨嵋山下，暗淡无人影，重讲吔蜀江水碧，蜀山青。玉颜不见，只有独把归鞍整，愁万顷，断钗缘莫证。空负我呢个帝主朝朝，暮暮情。

（白）梨园子弟白发新，椒房阿监青蛾老。今夜月殿萤飞，益增悄然之感。真是孤灯挑尽，未成眠呀。

（二王慢板）鸳瓦冷，翠衾寒，生死悠悠，魂魄何曾，入梦。

难再望，花开桃李，笑对，春风，最可怜钟鼓迟迟，彻夜秋声，频送。夜来秋雨，落尽，梧桐。未央柳，太液芙蓉，猗旎撩人，不无，情动。柳如眉，芙蓉如面，又忆着伫云鬓，花容。只可恨，别经年，安得魂兮，与共。

（滚花）闻道临邛道士鸿都客，伫能以精诚致魂魄，我都愿教方士殷勤觅，或者摇向瑶台月下逢，总系升天入地求之遍，两处茫茫皆不见，上穷碧落下黄泉，都遇不着我底玉环，又禁不住万分哀痛。忽闻海上有仙山，山在虚无缥缈间，楼阁玲珑五云起，绰约仙人多在其中。

（中板）有一人，名唤太真，曾受君王，恩宠。雪肤花貌，参差疑是，分明一朵出水，芙蓉。叩玉扃，教小玉，去报双成，说道汉家天子，伫思卿，情重。倘来相访，你能否与伫，重逢。我地杨太真，九华帐内，于是遽惊，魂梦，起徘徊，揽衣推枕，愁锁，眉峰，云髻半偏，花冠不整，颜色犹含，余痛。好似梨花春带雨，不是春风吹拂，露华浓。仙袂风吹，犹似霓裳，舞动。伫谢君王，含情凝睇，劝我不必访迹，寻踪。一别音容，就两渺茫，往日恩情，何须，再用。因为昭阳殿，系难及得，个座，蓬莱宫。

（龙舟）伫话惟将旧物，表吓相思，金钗钿盒，手中持，我底心肠，如果学得金钿似，人间天上，总有一日相依。伫系咁殷勤，频寄意，重话长生殿里，夜半总可以谈词。讲到在天比翼，何容易，若然在地，可结连枝。天长地久，愁远已，恐怕未得尽时。

（滚花）今日倾国名花，真是难再梦，都是君王薄幸，要退兵戎，美人不重，江山重。

（收）才使我歌成长恨，遗恨无穷。

低眉人①

《玫瑰》②1939 年第 1 卷第 2 期

汉皋浪迹记

江干闲步

卢沟桥事变发生之一年，予尝浪迹于汉皋数月，至今此一旧游地，犹时时萦诸梦寐，在下走"学剑读书两不成，频年惟与浪鸥盟"之生活中，足迹所到，惟汉口为最值得留恋，最值得回忆也，因写《汉皋浪迹记》。

汉口有大江萦带于前，烟波浩森，风帆上下，缓步于堤岸之上，对此海阔天空之境界，最足以拓人胸襟。

尝于迟风缓日之傍晚，负手闲行于江干，看江水之滔滔沙鸥之出没，夕阳衔山，残霞丝丝，倒映江中，成五彩锦麟之纹，厥景之美，蔑以复加。江汉关雄峙于大江之滨，

**图 2　江汉关全景，刊于《关声》
1935 年第 4 卷第 6 期封面**

---

① "低眉人"为陈蝶衣笔名之一。

② 《玫瑰》，半月刊，1939 年 7 月创刊于上海，由玫瑰出版社出版，社址位于上海同孚路（石门一路）227 弄 4 号，顾明道和赵苕狂任主编，马秀珍任编辑，武于鸣任发行人，中国图书杂志公司负责总经销。

高可十数丈,耸立云表,与隔江之黄鹤楼同其壮观。关有大钟,行经关前者,莫不仰首视钟,审其时刻,一如上海外滩之江海关,亦有大钟,为上写字间之人,奉为圭臬者也。

江干一带,有水闸横亘东西,为度极长,使人莫能望见其起讫。闸以水门汀制,高寻丈,盖筑以防水患者。汉口于民国二十二年,一度大水,市区尽成泽国,事后,当局乃斥巨金建闸,越数丈有门,以通行人。平时门不设,遇江水泛滥则闭之,使水不得内泛。故闸之于汉皋,乃如万里之屏障,与冯夷为敌之唯一外卫线也。

江干多植杨柳,轻风漾之,万丝曳碧,策杖其间,在耽于咏吟之人,殆无不为之诗思汩汩,与江水同其绵邈也。

《社会日报》1940 年 11 月 9 日

马车

汉上交通工具,犹有保持中古世纪风格者,厥惟马车。汉市道上,接轸而驰者,以人力车为多,车值廉,余赁庑于江汉路之仁寿里,有时出,雇车以行,至世界大戏院观电影,车人索值,第五六分而已如此。而马车为尤,马车随地都有,执鞭之士,驻车道旁以候客,亦有驱三尺之童,于途次任招徕之役者,苟为三数人共呼一车而登,自江汉路以趋中山公园,所费不过辅币三角,若分乘人力车,此数不敷矣。故居汉之人,每出游,设同行者众,无不集团乘马车以行。若惟孑然一身,则马车亦有沿途载客者,车之主候车者,得三数人,即扬鞭策马,若专车之开行一班。惟车无固定之站,呼车者须巧遇得之耳。

通中山公园之大道,曰中正路,沿途垂杨夹道,浓荫如幄,踾马车之上，疾驱于柳荫中，车颠，往往触臀作奇痛，顾听马蹄践道上，其声得得，更间以转毂之音响，咿轧有节，则又弥饶情趣焉。

当春夏之交，游园者如织，恒三三两两，登马车以行，青春少年之侣，攀挤一车，笑语之声，一路上绵弋弗绝，予有断句曰"到处杂花生老树，几人飞毂载倾城"，正以状郊行之乐。汉口者，一饶有诗情画意之都市，而马车驰于郊原，则诗情画意之尤富者也。

《社会日报》1940 年 11 月 11 日

天声舞台

汉上剧院，规模最宏者曰大舞台，在法租界之辅堂街，采对号入座制，雇女招待司领位子之责。赵如泉剧团并厉家班童伶，胥尝奏唱于此。其次焉者曰天声舞台，亦在法租界，则吾友朱双云所擘画。院建筑极陋，有楼座则仅有左右包厢，仿佛目下之璇宫剧院也。舞台面亦綦窄，然颇有其光荣之历史，则鲁迅名作《阿Q正传》由唐槐秋领导之旅行剧团，搬上话剧舞台，始演于此。厥后王熙春与赵如泉合作，亦在天声登台。一日演《霸王别姬》，忽空袭警报至，院中电炬尽熄，遂辍唱，逾半小时而重演，以时间逼促，乃略去其一节，而径以舞剑登场，观众略无闲言。则熙春在汉，颇为顾曲者所拥戴也。意熙春于生平演剧史中，亦当列此为可纪念之一日。双云经营天声，并采对号入座制，盖能得风气之先者。天声雇一健硕之妇，掌收票之职，踞入口处高凳上，神态至傲岸，为天声一特殊点缀，其人印象，镌余脑海中，辄觉深不可泯焉。

《社会日报》1940 年 11 月 12 日

旧居

初履汉上,萧蚨晨夫人为吾侪赁一庑,在府西一路之大成里,萧夫人与居停稔也。居停主人有二女,长供职市党部,次犹读于校,颇复明婉。吾侪居一室,外临平台。夏日,二女辄就平台上,支榻纳凉,吾侪亦恒移凳就之,聆吾侪奏歌,或纵谈阛阓间事,良勿嫌寂寞。吾侪之室,广袤都寻丈,下榻其间,自勿虑逼窄,而月税止七金,盖奇廉矣。

汉市警政,办理至周密,税屋必觅保,挽商人之殷实者三,钤章于户口调查表上,呈诸公安局,经复查而确,始许留居,间若干时辄有警士曳玄革之靴,橐橐以登门,问居户迁徙否?故汉市罕闻有盗案,以盗为民居所勿纳,纳而案发,署保者须连坐也。

厥后,以所居距市僻,乃迁江汉路之仁寿里,向阳一室,旧有帘栊,悬而未去,吾侪入居之,乃殊有明窗净几之胜。月奉屋税于居停者,亦止七金而已。余羁迹于汉上者逾一年,而栖迟此室者居八阅月,媵秋楼诸诗,都于斯时成之。

《社会日报》1940 年 11 月 16 日

黄鹄矶

自汉皋渡江诣武昌,登岸即见黄鹄矶,盖黄鹤楼所在地也。楼早毁于兵火,故名存而实已亡。自石级登,有石塔矗然立,相传为昭明太子墓,下走尝留影于此。更上有纯阳楼,建筑仿西式,其内辟为茶肆。稍进,则奥略楼在焉,为黄鹄矶最宏伟之建筑物,楼下多设照相馆。自奥略楼内趋,则为黄鹤楼废址,旧有楼顶作葫芦形,纯金质,重不下数千金,置于废址之一隅。今闻汉上来客言,战后有莠民谋窃之下矶,顾尽数十人之力,终勿能胜,今移于抱膝亭前矣。亭盖又在黄鹤楼废址后也。

予游黄鹄矶凡两度,忆矶上有道观,观外拓碑求售者綦夥,外此则无甚特殊印象矣。《婼秋楼诗》有《行歌》绝句曰:"宁无王璨登楼泪,亦有梁鸿去国愁。谁解行歌此时意,乱风斜日咽江流。"即题黄鹄矶壁者。

图3 黄鹤楼,刊于《进步》1915年第8卷第5期

《社会日报》1940年11月17日

《壮报》

汉口报纸,以《扫荡报》《武汉日报》为两巨擘,前者军事机关所办,编制甚新颖,后者以党部为背景,则历史较悠久。若论销数,固无甚轩轾也。此外别有一《壮报》,虽小型,而在汉市之潜势力綦巨,盖拥有大量之读者,几不逾于《扫荡》《武汉》两报也。

《壮报》之主持者为南通人刘冶萍,报四开,编制仿《北平实报》。予以萧蚨晨兄之介识刘,与谈甚洽,刘遂延予辑副刊,予日写《壮语》一则,兼司外勤。时京沪诸艺人方群集于汉上,于是予之访问记,乃获得许多珍贵资料。予之识田汉、王熙春,胥在此时也。

《壮报》平时,日销在八千份上,有时获战讯之重要者,则于下午梓号外,销数往往逾万。予每日膳后至社,贩报者蜂拥于外,为状汹涌,若将攘臂而斗,恒使予不得其门而入焉。

《壮报》社址在府西一路,与市政府密迩,自办印刷并浇字房,规模亦颇具。电灯、自来水胥不纳费,盖汉市当局于新闻界待遇特优也。

《社会日报》1940 年 11 月 18 日

中山公园

中山公园,处汉郊之西,广袤可三四里,颇具亭榭花木之胜,园有湖,水道迂曲,值春秋佳日,荡舟于湖上者,如穿梭。有水榭,则又为暑日纳凉胜地。滨水柳荫下,多设藤榻,游园之侣,或疲恭,则

图 4 汉口中山公园湖心亭,刊于《旅行杂志》1935 年第 9 卷第 8 期

跷足卧榻上,呼冷饮,闲嗑花生西瓜子,此乐固南面王不易也。

二十六年夏,尝数携吾腻侣,纳凉于水榭,看月俪于天,移行若激箭,其实云相逐耳。冷饮之值,稍昂于市上,然仅两人俱,所费亦勿多也。洎乎宵深归去,则凉露满身矣。园中有跑冰场,昼间,恒有青年男女之侣,绕场而驰。又有动物园,则僻处园隅,纳铜币三分,即可入观,顾仅巨蟒、山雉、猕猴之属,两鳄鱼亦僵,唯一牛出三角,较异耳。黎莉莉在汉,一日,遘之于园中,御布裳,手绒线衫而织,盖犹未与罗静予结缡也。吾侪于园中,留影綦夥。

《社会日报》1940 年 11 月 20 日

防空壕

予居汉上时,适当战起,时有飞机来袭,于是各处纷纷筑防空壕。市政府斥金数万,于府旁隙地,构筑地下室,叠钢板数层,上覆以泥,一似平地之状,而室内布置则綦精。空袭时,市府人员,即移地下室办公,盖汉市防空壕中之规模最巨者。汉市当局,为使市民避免牺牲,诏每一里弄,悉构建防空室,支木叠石为之,顾多勿甚坚。江汉路一带居民,闻空袭警报鸣时,多趋避于盐业银行地下室。盐业银行在世界大戏院对面,水泥钢骨,建筑绝巍峨,其最下层有巨室,空旷不庋一物。战起,遂成天然之防空壕,其中可容千数百众,有防空人员司理其事。壁间,燃汽油之灯,光焰微弱如豆,烛人面目,几勿可辨,因之身入其中,如履鬼蜮。然在避难之顷,各人心头,殆又无不炽热如沸也。予居汉之最后数月,警报几排夕而至,往往卧至中宵,闻警笛长号,则匆匆披衣起,走避于邻近防空壕。有时归家不久,而警报又起,洵所谓一夕数惊,此则旅中之唯一苦事也。

《社会日报》1940 年 11 月 24 日

电影院

　　汉上影院,以上海大戏院与中央大戏院两家为巨擘,设备略如上海之沪光与南京,专映第一轮西片,以俱在法租界,故虽处战时,亦甚安全也。其中上海大戏院视中央大戏院华贵,考尔门主演之《桃源艳迹》,秀兰·邓波儿主演之《小木兰》,都公映于此。而保罗·茂尼之《大地》,则映于中央,下走胥曾观之。似上海之映诸片,犹在汉口后也。演二轮西片者,则有世界大戏院一家,售价綦廉,又有华文说明,故普罗阶级争趋之。专映国片者,则有明星大戏院,所映以新华出品为多。青年会左近犹有一戏院,下走健忘,苦思不得其名,洪深领导之流动剧团,尝演《米》及《飞将军》两剧于

**图5　洪深率领的上海话剧界救亡协会战时移动演剧第二队,
刊于《文艺春秋》1946 年第 3 卷第 3 期**

此。上海大戏院在战后,亦一度演话剧,则赵丹、顾而已等组织之上海影人业余剧团,尝假其地上演《夜光杯》,舒绣文与陶金,俱曾参加演出也。

《社会日报》1940 年 12 月 9 日

杨惠敏

女童子军杨惠敏,以赠旗于四行孤军而享大名,盖巾帼中之英雄也。二十七年春,杨莅汉上,所至辄有男女学生包围之,丐其题字于手册。一日,予观影于世界大戏院,天声舞台主人朱双云,伴杨登台,作十数分钟之演讲,杨御童子军装,殊雄健,审其年,亦十八九矣!杨演说勿甚流利,而英锐之气逼人。台下有窃窃私语者,杨扬手止之,大呼:"不要吵,静静的听我说。"一似教师之威临群雏焉。蒋夫人在汉,嘉杨赠旗之勇,甚器重之,使之在儿童保育会任

图 6　进入四行仓库献旗之四十一号女童子军杨惠敏,
刊于《抗日画报》1937 年第 14 期

一职。顾一日杨过法租界,忽为逻者所拘,以杨方有前方行,数十人扈从欢送之,逻者见杨作戎装,勿审其为大名鼎鼎之杨惠敏,以为将肇事端,遂捕之也。于是汉上报纸,群传女童子军杨惠敏入狱,其实事出误会,故未几即得释。应云卫在中国电影制片厂,尝以四行孤军事迹,搬诸银幕,以袁牧之饰谢晋元团长,而陈波儿则饰杨惠敏焉。

红薇

《社会日报》1940 年 12 月 12 日

打　桨

下走生平好浪迹,战前,尝一履汉口其地。汉口者,盖一具有淳朴风格,而翼以华焕外衣之都市,在此一都市中,霓虹灯之光华灿然;无线电音波自晨迄晚,激荡于空际,曾无中辍之时;新型建筑物则巍然耸峙,若华表之接于云;外若接轸而驰者,有流线型之汽车,厥声呜呜然,仿佛欲示其傲岸于行人者;妖媚之少女,则摇曳遍市尘,似花枝之因风而颤,使见之者魂且夺,凡此胥现代都市必备之条件,而汉皋无一蔑有。下走乃于此至可留恋之都市中,栖迟至一年又数月。

二十七年春,战争之火炬耀及中原,戚郦友侪之夙相暌隔者,为战火所驱,恒无意间邂逅于道,盖汉皋居上游,距战场遥,犹安堵如恒时也。表妹露苡,维时亦随其阖家人,避乱至汉上。异地觌面,胥有无可形容之愉悦,则复时相过从。露苡之居,距下走所赁庑,止一道之隔,固不啻咫尺间也。

露苠嫁矣！其蘴砧张耀清，于故里执律师业，露苠之嫁，下走在海上，未及登堂贺，故于此妹倩为初识，然妹倩工肆应，英年而好客若长厚，于余之至，辄忻然相迎，视若一家人，于是余见露苠，遂一如孩提时，勿须颓然避。有时久谈忘倦，往往至宵深犹勿思寐，盖乱离中惟苦岑寂，今以蝉嫣之亲而遭于殊方，自别有一种亲切之情，贮于胸臆间也。

露苠擅运动，若网球，若棒球，若乒乓，无勿娴者，外此则歌唱与话剧，都为露苠所长。方露苠肄业于女师范时，全校称校花，尝于运动会中获冠军，吾邑人无勿知露苠名者。露苠复好言笑，若黄鹂鸟之啭于春风中，童稚之气，迄嫁后犹勿脱，盖露苠之避难莅沪上，距其嫁不足一年，故犹保持其少女青春之美也。

余在汉上，居留之时日较久，于是每结伴出游，辄以余为向导者，才匝月，已踏遍武汉诸名胜，而游踪所至，盘桓最勤者则中山公园。

中山公园处于郊之西，距市尘遥，每往，恒以马车代步。汉皋为一现代化都市，顾犹留此中世纪之产物，以为交通工具。车随地都有，有执鞭之士，伫车道旁以俟客，亦有驱三尺之童，于途次任招徕之役者，取值且至廉，自江汉路呼车，登之西趋，以抵中山公园，不过费辅币二三角。若一车而载多人者，有时且自歙，以为所奉于御者，实至菲也。

通中山公园之大道，曰中正路，沿途垂杨夹道，浓荫如幄，踞马车之上，看御者扬鞭策羸马，驰驱于柳荫之下，此情此景，盖甚饶诗情画意者。道阔，时有乱石阻车辙，车颠，车座之板，往往触臀作奇痛，然听马蹄跳道上，其声得得，间以转毂之音响，咿轧有节，则又觉情趣弥饶。

吾侪游侣，大率一露苡，一露苡夫婿，一下走，一丽瑛。丽瑛则下走旅中腻侣也。一日者，露苡来吾舍，时阳光正大好，因又约为公园游，呼马车长驱行。园中有水榭，可憩坐以品茗。顾吾侪年少，胥好动，则荡舟于湖，湖浒紧系短艇十数，备游人打桨为乐者，每小时纳银三毫。吾侪税其一，露苡踞船首，余与丽瑛则踞尾，露苡、丽瑛都娴于打桨，于是以余为司舵，舟行赖鼓舵，而舵则能拨趋向使正，亦大有造于荡舟也。

湖水亹亹，虽勿甚辽阔，而其道迂回，雅有萦曲之致。吾侪容与中流，以打桨之劲，浪花时复溅衣袂，辅颊亦然，顾至乐，则湖中之舟，往来如穿梭，有时自桥下过，或勿善棹，往往舷相属，亟以桨挂舷，始得勿倾侧。而舟中人已为之骇汗浃背。泊舟稳，又无不相顾而笑，是以所遭愈险，为乐亦愈永。

方吾侪鼓枻经水榭时，忽有来舟，舟中人恣为谑浪，操桨者兹前而彼却，一女郎避同伴呵，身左欹，而舟突侧，遂叶湖中，红裳一闪，将溺。适吾侪傍之，余亟奋一臂，拯女郎使起，已衣裤尽湿。而彼舟中人亦大骇，号喧未已，女郎已为吾掖，遂并舟，拽女郎去。舟中人俱称谢，女惊魂犹未定，则第向余，颔首而已。于是吾侪复打桨进，而彼舟亦尾随来，有人攘臂呼，露苡见之，住桨曰："若侪有言，且俟之。"余回头，则彼舟近，红裳女郎踞船首，扬其掌，目余而问曰："先生高姓？顷间得先生援，殊可感也。"余曰："此不足挂齿，勿必留名矣。"因夺丽瑛桨，丐露苡助我，驱舟疾行。丽瑛诧笑曰："告之何碍？惧若侪嗜汝耶？"露苡笑向丽瑛曰："不睹彼为女郎乎？表哥特虑汝撚酸，是以勿敢应耳。"丽瑛为之莞尔，更回视彼舟，则相去远矣。

　　泊乎日薄崦嵫，残霞幻作金黄色，吾侪始舍舟登埠，次忽值二故友，则漫画家胡考、张乐平，亦来游于园也。叙数语，便握别。不意彼红裳女郎者，实踯于后，睹余与二人语，迨吾侪行，女郎乃叩余姓氏于吾友。越两日，余至报社，遂接一裹，裹外书杨缄。展视之，则自来水笔一支，盛之以锦盒，其上有款识，曰："丹蘋先生留念。蓓蒂敬赠。"外又附一笺，笺上有以钢笔作小楷，色绿，而字迹至秀媚，其词乃曰：

丹蘋先生：

　　前日游湖上，偶不慎，失足堕于水，幸得先生援，此思真同再造矣！谨市派克笔一支，以奉先生，不敢言谢，特愿先生文思汩汩，如苏潮韩海之无竭，益以餍读者之望耳。先生秘雅篆勿宣，吾乃叩先生之友而得之，则固熟稔先生之名者，盖日日于报端，雒诵先生佳作也。舍间居三教街某里某号，得暇盼枉驾，愿聆清诲。

蓓蒂白

　　余得裹，勿敢告丽瑛，第以函示露苡，露苡笑曰："一片盛情，却之不恭，且美人见贻，亦宜踵门道谢也，然则往乎？"言已，目眈眈视予，饶有调侃之色。余惟曰："受之且有愧，况扰人家闺闼乎？"露苡笑益甚，曰："怯哉！新闻记者也！"余匿笔于怀，终勿敢使丽瑛知，惟写打桨绝句，以示丽瑛曰："桃李晴曛导胜游，一泓轻放木兰舟。斯须睥睨应输我，打桨人如春水柔。"丽瑛览诗滋悦，惟曰："此中有汝表妹耳!"

《小说月报》①1940 年第 3 期

征途杂记

三十年春,余作客金华。夏,复由江西吉安经金华而返沪。略书旅中见闻,曰《征途杂记》。

八月二十五日在沪寓

浙东商场

浙东商场设在法院街,为金华最大之百货商店。谈者谓二十九年结算,此店盈余达数十万金。经营之始,资本不过数千元,不数年间,发达至于此极。余尝向其购利华药皂一块,价七角;问有力士香皂否?店伙摇首示无,一副待理不理神气。

四月十五日,浙东金华、永康、兰溪、武康、义乌、丽水等地,同遭轰炸,金华法院街浙东商场毁焉。余于十六日离吉安,十七日到宁都,十八日到鹰潭,十九日上浙赣铁路火车,始知浙东商场遭毁。闻人冷然曰:"平时要他们便宜五分钱,杀去了他们的头也不肯。"

蒋腿故事

金华蒋腿遐迩驰名,实则产地是东阳,金华本地自制者几无之

---

① 《小说月报》于 1940 年 10 月在上海创刊,属于文学刊物。该刊由顾冷观任主编,陆守伦任发行人,严独鹤任名誉顾问。

焉。相传制腿最精者姓蒋,故曰蒋腿。其人名雪舫,故腿面标字如之。一日,蒋姓赴杭州向腿号收账。归家,觉腿号多付账款甚巨。夫妻商议:"吞没其款或归还腿号乎?"妻曰:"毋躁,如无人追来,且置不问;若有人追来,则我启前门纳之,君自后门出,亲赴杭州送还之。"果然腿号有人追来。妻纳之,曰:"事诚有之,昨日已特赴杭州送还宝号矣,毋虑也。"腿号既得款,颇佩其诚。自是凡最上等火腿,定名曰蒋腿,并加"雪舫"二字于其上,以酬其德。而蒋腿之加"雪舫"字样者,竟亦大得购者信悦。其余各腿号效之,于是有腿皆蒋,蒋腿皆标二字曰"雪舫"。

桃花坞

自汽车站复走数百步之遥,地名桃花坞,遍地桃树,不知共几千几万枝,惟觉满眼都是,多不可数而已,金华人艳称之。余本定三月十二日上浙赣火车去赣,某君曰:"桃花坞桃花已开,何不一看? 君归时桃花当腐尽泥中也。"不觉心动,遂偕往,置身桃林间,前后左右无非是桃树矣。可惜花尚在展瓣之初,未曾盛放,望近处一片红雾,远望则红雾太淡,若有若无,不得使余魄动魂驰为憾耳。

巧遇张慧剑

二月垂尽之某日,风雨。夜,赴五福楼进食。见壁边侧坐一客,甚似张慧剑,审视之,无误。近前拍其肩。慧剑惊觉,遂对坐而谈。余寓雅堂街金城旅馆,彼寓尽渠头浙东第二旅馆,自是日必互相往来。慧剑昔受《上饶日报》约,离《时事新报》自渝到赣。上饶朋友太少,寂寞甚,归渝。复自渝返皖家。《东南日报》胡定安闻其返皖,电皖请就《东南报》编务,因再进《东南日报》,与刘湘女不睦,愤而去职。永康《浙江日报》将创刊,闻而坚聘之,辞不赴。

慧剑曰:"待胡定安自渝归,一晤后复去渝也。"问慧剑:"有诗否?"曰:"不甚作,在渝时略有所作,未必佳,且写过不能都想得起来矣。"

其《唇膏》云:

> 货路填山更塞川,从天尚有鸟能传。
>
> 此情好与何人说,一寸唇膏十万钱。

谓贵妇所用唇膏,用香港飞机运渝,而日用必需之品,却是货运阻塞,不易运来。

又《咖啡店》其一云:

> 京剧阑珊电影陈,又无舞榭可容身。
>
> 海滨旧乐成残梦,只有咖啡慰客情。

其二云:

> 巴西制造巴东喝,都说洋茶胜国茶。
>
> 外汇万千浓似血,可怜一霎尽成渣。

重庆坐咖啡店之风甚盛,董莲枝在渝某处唱郑青士所作大鼓词,座有马超俊。曲罢,马痛哭起立,悲声而呼。慧剑有诗咏之,渝中传诵,兹不录。

电灯

金华电灯之暗,少有少见。室有电灯,作光如豆,写字看书,都所不便,令人满怀懊恼,反不如无灯来得痛快。故商店大都另备汽油灯,而蜡烛之畅销,几于有钱无处去买。余夜辄看书或写字,必于电灯泡下另燃洋蜡烛一枝,如熄电灯,烛光不减其亮度,如灭烛火,电灯简直比不上一盏豆油灯。

好嗓子

三月五日,余自金城旅馆迁寓功德旅馆。一客矮而胖,戎装,和尚头,浓眉毛,挺胸凸肚翘屁股,风度似惠泉山泥娃娃。天生一条好嗓子,声若洪钟。好说话,不择词而发,"老子"长,"老子"短,一片声响,如连珠炮。寓隔室,辄闻其呼叱勤务兵,"妈的!""混蛋!""该死!""混账!"脱口便出,说得熟练异常。其勤务兵是一条雌鸡喉咙,举动不慌不忙,尽管老爷连骂"混蛋""该死"不绝,还是笑嘻嘻连声答"是!"不以为忤,且不以为意,老爷亦无奈之。余十三日上浙赣路火车,此好嗓子又与余同车。过龙游时,见其凭窗大呼"卖辣椒的! 卖辣椒的!"愈呼愈急,而站上卖辣椒者久无一至,其人愈急躁,如热石上蚂蚁。余既购得辣椒,走告之曰:"我已买到,君需否?"其人面赤如肺,答曰:"好了,我也买到了! 谢谢。"火车继续驶行离龙游站片刻,其人与其勤务兵各持蛋炒饭一盆,和辣椒大嚼,状甚自得。龙游小辣椒,名产也。

北山三洞

金华北山有十景,最著者三洞,双龙洞、冰壶洞、朝真洞也,而双龙洞尤是举世驰名。余一日间游遍三洞,复步行二三十里,踏月返城,谈者辄惊余腿健,而余则两腿如脱,举步蹒跚,如经大杖者凡数日,非体健足以胜此,实强以行之耳。双龙洞幽广奇怪,游之如在梦中;冰壶洞悬瀑直灌,深下里许,游之如在壶中;朝真洞曲折行进,愈入愈险,游之如在冥中。三洞均非以汽油灯为导不可,手电筒无效焉。若无灯,则迷失其间,虽不吓煞,也准要急得半死。

葬礼

　　初到金华,正当梅枝始作花。及将去赣,梅花将让桃花矣。金城旅馆后园,有稚梅一株,余常泡一壶茶,囊一包纸烟,携一卷书,搬一张凳,坐梅下吸烟看书饮茶自乐。某夜大风,次晨徘徊后园,梅瓣散躺梅根之周,地上片片梅瓣之间,一鸟白腹乌羽,僵卧死焉。不知其何由而死也。伺园内无人时,以小刀掘梅下土,埋鸟尸。复伺隙向旅馆茶房,借扫帚一柄,扫集梅瓣,覆于鸟尸之土面。何敢自作多情,余是寂寞人,梅是寂寞树,此鸟死得好寂寞,因怜而葬之耳。

低眉人①

山水片影

珞珈山

　　武昌珞珈山自市区赴,坐汽车约二十分钟可达,不甚峻伟,但视蛇山强胜多矣。蛇山在市内,青葱俊美,得助于市容者良多,珞珈山不复依傍市容,身份与蛇山有别。蛇山不免涂脂抹粉,珞珈山则以本色示人者。自武汉大学筑于珞珈山,山名益盛,而大学亦因环境之天然形胜,益增其校舍美色。游珞珈山者都不忘有武汉大学,到武汉大学者亦无不美称珞珈山,风景区而兼具学术区韵致者,珞珈山是也。

---

① "低眉人"为陈蝶衣笔名之一。

图 7　珞珈山上武汉大学,刊于《汗血周刊》1935 年第 5 卷第 9 期

　　自大道行近山区,望见山上琉璃瓦,耀目生异彩,足与天边霞光夺艳,即武汉大学。雄居云前,有若仙居,琼楼玉宇,高处不胜寒,有其意焉。天生此山,像是为了丽饰此学校。湖光如镜,平冷如晶,四围山色,如拱如立,中孕小岛,岛上亭阁隐现。立珞珈山上看湖,荡舟湖上望珞珈山,同为忘倦。余游珞珈山之日,下午登山,傍晚入湖,三人坐小舟,湖上见舟影仅二三,云层遮住夕阳,晚风掠水,皱起重重波浪,湖境冷落,寒袭衣襟,寄身一片广湖中,想昔人"散发弄扁舟"句,当得如此清凉境,始洗涤得胸怀炎浊耳,却又只怕耐不得这样寂寞,五湖四海,概不拒人,人要甘于湖海不复出,也非容易事。是日行舟过中正亭,过夏斗寅别墅,过某农场,均停舟登岸小游,以农场印象为最佳。夏氏别墅中,则正满路黄花,傲秋竞放也。

《社会日报》1941 年 1 月 12 日

忆太湖

　　余生长于太湖之滨,太湖三万六千顷,缥缈灵峰七十二,波光云影，吞吐日月，其壮观当为何如哉！驾一叶舟，漂浮无边水面，宜有奇味，未尝行之，致不能书之。曾忆幼时一临水边地，湖水高，淹一茅屋及其半，白茫茫一片空灵中，病茅屋遭浪击如欲倾，岸边陆上无人家无树木，景况萧飒，有天寒日暮之思。又曾随同学乘小航船，由内河抵其所居村，村滨湖者也。同到湖边游，时冬日，穿行满眼杨树林中，秃枝杈枒，交接如棚，若是春日，绿叶满枚，满怀绿意，当更美矣。湖边广植杨树，用以护土，亦以卫村内田，故不得妄斫其一株，否则视为公敌。年幼顽劣，攀升树上，窥林外大水，呼啸自以为乐。复走杨林向外行，常经芦丛，风吹瑟瑟，钻入芦中，人不可见。是日去鞋袜卷裤管，撩衣涉水而出，至水且没膝处，不敢复出。濯足太湖，今日回想二十年前景，还是要默默喜欢。

三年前自吴兴乘京杭国道长途汽车入京，车过宜兴，绕太湖而驰，忽经一础红漆牌坊，色泽鲜艳，万顷湖光与湖上红日上下交映之，牌坊出异彩，富丽堂皇，不堪逼视。恨不跳下车来，静静吟赏一番，车轮如飞，载我一颗恋恋不舍心，奔驰而去，为之怅然久之。

《社会日报》1941 年 1 月 13 日

滕王阁

读《滕王阁赋》，不无怀恋。经南昌，问于赣人某君，谓仅知在江边，未尝识遗址。江水浩浩，长桥如卧龙，飞跨其上，即中正桥也。细雨中坐人力车走桥背，拨车前油布幕，就隙上下左右窥，空空濛濛，茫茫复茫茫，如此气魄，不愧名都。欲访滕王阁遗迹，终无由知。行期匆促，不能多闲，卒未果。清道光间，滕王阁犹存，闽人梁章钜，曾谓李春园太守，在大门题匾曰"仙人旧馆"，姚铁松太守请人改署己名,李不可。姚曰:"然则必为我制一联,佳则舍尔匾。"李此日呈句曰:"我辈复登临,目极湖山千里而外;奇文共欣赏,人在水天一色之中。"上联出韩昌黎记,下联出王子安赋。

南昌省立图书馆,在百花洲边,二十六年八月十五日,南京、杭州、南昌同遭铁鸟空袭,一弹落百花洲,着水中小亭,毁之,或谓其目标在图书馆云。洲滨大路,路上有酒食肆曰四照楼,薄暮登楼远眺,洲上风光,移来几席之间,长堤远伸入水中,如鹤颈,少年男女成对挽臂行其上,配以远山近水,人影乃殊清俊。苏州胥、盘二门之间,亦有百花洲,昔袁宏道路遇江进之,江问:"百花洲花盛开否?盍往游之?"宏道曰:"无他物,惟有二三十粪艘,鳞次绮错,氤氲数里而已。"则是笑谈矣。南昌百花洲,是看水之处,亦非以花事胜者也。

图8 滕王阁远眺,刊于《旅行杂志》1933年第7卷第12期

《社会日报》1941年1月14日

虎丘山

就山论山,苏州虎丘山如一拳石耳。虎丘而移诸大水滨深山边或旷野中,不无妾婢之讥。但虎丘初未尝以山自壮,视如一拳石可,笑其是一拳石,失于此笑。

苏州是文章中之小品,清丽柔静有余,若谓以万钧之力,提千钧之笔,挟风云雷雨之气,呼啸奔腾,一泄如泻,洋洋洒洒,万言立就,则非所言于苏州。虎丘所以点缀苏州,苏州得如虎丘者为妆点,也够矣。虎丘之胜,在剑池,裂岩如劈,水分岩壁,挺然直立相对,成水弄。在古塔,颓然如衰翁裸立,野草蔓生其上,从晚风斜阳里看去,好一位历史老人,似正在冷眼看红男绿女,而默笑此日恩情,莫非他时遗恨。千人石是月下徘徊之所,冷香阁在梅花开时,不知何景?如余所见时,则劳步之余,茗坐小憩地耳。如是佳人,竟尔薄命,则赴真娘墓边,哭吊一番,也无不可。

白乐天有诗:

真娘墓,虎丘道

不识真娘镜中面,惟见真娘墓头草。

霜摧桃李风折莲,真娘死时犹少年。

脂肤荑手不牢固,世间尤物难留连。

难留连,易销歇,塞北花,江南雪。

《社会日报》1941 年 1 月 15 日

黄鹤楼

汉口、武昌、汉阳,隔长江及汉水鼎足立。武昌有蛇山直贯市心脏,隔全市成两半,山势伸及江边而终。从江边马路拾级登山,片刻便到黄鹤楼。楼已失真,蠢陋如病,仅左右各照相馆玻璃窗里,犹列有其庄严端丽之真身遗影而已。昔人诗句:"松老石敧楼亦换,可容玄鬓不成丝。"①时间不仅吞灭了一座黄鹤楼耳,余在武昌时,寓江边九图山,不成其山者也。饭后无事,走蛇山、黄鹤楼畔,赏览江天早晚阴晴诸色诸相,自是好地方。但蛇山之胜,固不仅此。向内行,高低起伏,一路野花闲草,俊树笨石,新亭旧屋,僻道弯径。有广场,场上有石桌石凳迎人坐;有小池,乱石环抱,石间透出丛丛草,伸出几株树,临水弄姿。走低落处,望市街车马人畜如织,市声入耳,嗡然如聚蚊;走高起处,望市外长江平湖,明净如镜,远近山影重叠,浓淡不一。武昌路如箭,冲破山腹成穴而过,人车出入,望去如吞如吐;中山路上筑旱桥,桥面连贯前后山,凭桥上雕栏俯望街景,武昌繁盛气象,不待他览而得其概略矣。

图 9 黄鹤楼遗影,刊于《艺林月刊》1933 年第 44 期

《社会日报》1941 年 1 月 16 日

---

① 袁宏道《偕王章甫陈公弼登黄鹤楼》:"两家稚子共追随,似我与君初上时。松老石敧楼亦换,可容玄鬓不成丝。"

惠泉山

游无锡惠泉山,还是十五年前事,昔时情状,难追其真,想来渺忽如梦。同去者为余一生受恩深重之人,早死。复在三茅峰遇长者,亦余所当发之人,忽然相见,笑谓:"汝亦来游乎?"旁有售蔗浆者,购以饮余。时余到人间已有十八九年,长者眼底,余犹童耳。今其人死亦多年矣。

余初次登山,是惠泉山,记得从通惠路上一路朝山行,渐近山容渐真,终而矗立脚边,魁伟稳重,如怒又如笑,为之神夺目震,恍然悟所谓山者,原来如此,未尝不可得之想象,想象终觉不能尽其真神真气真姿色。十八九岁少年,初次见山,大惊小怪,说来可笑也。

山下临池有茶座,一石龙头张口伸出池上,口吐泉水,如倾碎玉,如泻冰帘。水珠溅乱,水波推送,满耳泉声,若来山中听雨。尺许长红鳞鱼,争集泉口下,逆流冲撞,奋力不解,鱼鳞闪动,红耀中投射金光,好俊俏红艳许多美鱼儿。

闻在某次军阀争霸之役中,无情健儿,捉之于泉,烹之于釜,嚼之于口,吞之于腹。何处无鱼?何鱼不可食?乃必吃此一群惠泉俊鱼以为快意?若辈之意,当是为国为民,劳苦功高,不吃掉这些红鱼如何对得起肩上这支枪腰间这把刀?总是鱼儿合该遭灾,无话可说者也。惠泉称天下第二泉,唐人陆羽所品。

《社会日报》1941 年 1 月 20 日

归元寺

鹦鹉洲在汉阳,去过,无甚可述。是日曾到归元古寺,寺前有长方池,护以石栏,池内满蓄乌龟,大小强弱不等,据谓善男信女购龟放生于此,故如此盛。隔池有照墙与寺门对,墙上大书曰:"发慈悲心,莫打乌龟。"初笑此八字殊不顺口,既观望池内众龟久之,见众龟此扰彼挤,无休无歇,好像劳碌奔忙,不能自已,间有仰腹向天,死于其间,亦有独栖水木,翘首不动,如方问天,则亦为之悽然有所动。再看墙上字,不复笑其不顺口,此也是人间哀鸣之一,哀鸣何能求其雅?岂可笑之?

《社会日报》1941 年 1 月 23 日

甘露寺

平剧中有剧目曰《甘露寺》,演刘玄德就婚东吴事,吴国太佛殿相婿,美人计弄假成真。若果然如此,则甘露寺在镇江临江之北固山上。寺相传建于吴赤乌年间,后经彭玉麐修葺。登山入大门走偏廊,壁上平嵌巨石,石刻六大字,横行曰"天下第一江山",好气魄也。年代久远,旧迹大都湮没。清人李元度见铁塔,仅是梢歇,余见铁塔,残骸横躺草间,倾废久矣。

图 10 甘露寺多景楼,刊于《柯达杂志》1933 年第 4 卷第 6 期

甘露寺有多景楼,楼头展望,云水间金、焦二山佳色,都在眼底。时人有《登北固山多景楼望金焦》诗云:"高阁临江楼素秋,惊

涛滚滚向东流。山称北固诸方拱,地号南徐一界收。千叠浪痕生荻港,两三渔火认瓜州。金焦妄自称雄镇,锁钥何曾扼敌舟。"

《社会日报》1941 年 1 月 30 日

金山寺

金山有寺,额曰江天禅寺,临江据山壁险峙,绝险处有塔,突然耸起,凡七级。细镂金雕,欲夺天工。每级内外供大小佛,檐角系金铃,风振鸟触,清音应鸣。层层设回栏,便眺望。一望无阻,自恨目力有限,无可穷尽。来自尘俗境,登临最高层,听檐角铃声,看江天清远明净之色,只觉人间是如此阔朗坦荡,蜗牛角上名利,争作甚的,要争则争此一片青天争此一片大地,才是大丈夫得意之事耳。若再想到山水永寿,人生一瞥,以我身微渺,投生如此天地中,则又觉苦苦的干些杀人放火事业,也算不了得意,方你张开血口,

图 11　镇江金山寺,刊于《新中华画报》1943 年第 5 卷第 12 期

露出牙,得意狞笑之时,高山天水,说不定正在看着你冷笑耳。而以山为炮架,以水载军舰,山水何负于人?而令致此?人真有些像是天地之间的怪物。

如登金山寺塔最上层,看月照江心之景,不亦快哉。余自南京到镇江游金焦北固,匆匆一日,月将上时便离塔,明月高悬寺,已返京进城到宿舍矣。处处有明月,金山塔上月,未必处处有。金山塔无恙乎?今日月照空江时,塔亦有感乎?

低眉人

《社会日报》1941 年 2 月 1 日

汉口之忆

汉口,在我的忆念中,永远是美丽的,温暖的。

在二十六年的初夏,我溯江西上而到了汉口,目的纯粹是游览,但为时不久,战事发生了,我只得在这个长江流域中心区的都市里逗留下来。

整整地栖迟了一年,汉口在我的脑海中,便留下了一个不可磨灭的印象,它永远使我爱好,怀念。

汉口之可爱,是在它虽然披了一件华焕的外衣,都市应有的一切它都具备,但它的四周却是纯朴的,随处都呈现着大自然的美。

直到现在,我还时常缅想着汉口江干的垂柳,它在我的忆念中,勾成了一幅诗意的画。

正和西湖的苏堤相仿佛,垂柳在汉口的江干,绵延丛植,有如支张着翠色的纱帷,当轻风吹拂的时候,万丝摇曳,就仿佛展开了一片碧浪。

晚来，负手缓步于堤上，如果是一位耽于咏吟的人，那么诗思泪泪，一定会像江流那样地同其邈远。

江干一带，除了遍植垂柳以外，还建有坚固的水闸，那是为了防水而设的，水闸横亘东西，极瞬不能尽，每隔数丈开一个阀，以通行人，到了黄梅季节，江水泛滥的时候，才将闸门装上，使江水不能内泛，这是保持百万市民与冯夷为敌的唯一外卫线，也是刘文岛在汉口市长任内的唯一伟大建设。

汉口虽然是一个现代化的都市，但还有一种保持着中古世纪的风格的交通工具，点缀于市上，那便是马车。

马车在汉口，随地都有，正如现在上海的三轮车一样，壮健而质朴的执鞭之士，往往是外来旅客的导游者，集合了三数人共呼一车而登，执鞭的御者便会扬鞭策马，送你风景幽蒨的中山公园去。

中山公园在汉郊之西，广袤约三数里，高可参天的树木给整个园子盖上了一片浓荫。在浓荫中，隐藏着一个水道迂曲的湖，湖畔备有小游艇，如果游园游得倦了，便可以呼艇而登，荡舟打桨，也正是游园的一乐。

滨水有水榭，它的形色是古老的，但由于青年男女不断地盘桓其间，将它视作了谈情说爱的胜地，因此也就平添了几分罗曼蒂克的情调。园中有跑冰场，也有动物园，而形态夭矫的石龙桥，和青天白日的国徽岩道，则又是富于建筑美的特殊点缀。

由热闹的市尘趋向中山公园，中正路是必经的大道，一路上也是柳杨夹道，浓荫如幄，坐在马车上疾驱于柳荫之中，车身一颠一簸，往往触臀作奇痛，但是听着那践踏在道上的马蹄嘚嘚之声，更间以转毂的音响,咿轧咿轧的发出一种节奏,却又是饶有情趣的。

从汉口渡江诣武昌,一登岸就可以看见黄鹄矶,像一头巨兽似的蹲伏在江边,这就是大家所稔知的黄鹤楼的所在地,在几经兵燹之下,早已毁于炮火,所以名存而实亡了。循石级而登,首先映入眼帘的是一座石塔,相传是昭明太子墓,笔者曾留影于此。更上,则有纯阳楼,建筑仿西式,内设茶肆,是供给游人憩足的所在。稍迟又有奥略楼,则是黄鹄矶上最宏伟的建筑物,楼下开设了几家照相馆,外来的游侣如果要想留一些雪泥鸿爪,作为蜡屐所经的纪念,便得作成他们的生意了。

图 12　奥略楼,刊于《进步》1915 年第 8 卷第 5 期

从奥略楼内趋,就是黄鹤楼的废址,以前有一个葫芦形的纯金质楼顶,重量不下数千斤,安置在废址的一隅,战后据说曾为莠民所觊觎,企图行窃,但是尽了十数人之力,终于不能移动跬步。后为地方当局所悉,便将它移置于抱膝亭畔,现在却不知道是否无恙了。

笔者旅居汉上时,曾数游黄鹄矶,它使我爱好的倒不是那些巍峨的建筑物,而是在夕阳西坠的时候,俯伏在江干的石栏干上,眺望着展开于眼前的一片浩淼的烟波,以及出没于烟波间的风帆,仿佛一幅出于写生家笔底的图画,对着这海阔天空的境界,我往往不自禁地恝然长啸起来。

"大江东去,浪淘尽,千古风流人物",东坡居士当时的心情,我这时是正和他仿佛的。

岁月也像逝去的江流一样,转瞬已是六年了!这永远使我爱好与怀念的汉口,有如虚无缥缈的仙山楼阁,几时能重临旧地,容我再度投入它的美丽而又温暖的怀抱中去呢?

附:

《秋日登黄鹄矶诗》

宁无王粲登楼泪,亦有梁鸿去国愁。

谁解行歌此际意,乱风斜日咽江流!

裘红蕖[①]

《春秋》1943 年第 1 卷第 1 期

郊游特辑

在一个迟风暖日的日子,由于本刊几位执笔者的发起,举行了一次近郊的游览,同行者有石琪、沈寂、沈翊鹏、林莽、徐慧棠、郭朋诸君,以及施济美、程育真、虞国蕻三位小姐,再加上鄙人,恰巧凑成了"郊游十人团",目的地是江湾与龙华。

---

① "裘红蕖"为陈蝶衣笔名之一。

是日上午,大伙儿在青年会集合,预定的计划是先乘火车赴江湾,结果是九时三十五分的一班车没有赶上,临时改唤马车而行,在蹄声嘚嘚中直趋江湾,颇有中古世纪的况味。逛过了叶家花园以后,徒步于郊原的陌上,问道至江湾镇,进午膳于义兴馆,膳后乘火车回上海。程育真小姐因为要参加一个学校的毕业典礼,虞国蕻小姐因为惮于跋涉,退出集团,剩下八个人,同贾余勇,续作龙华之游,参观了历劫后的龙华寺,以及寺旁的桃花园,瞻仰过危影高耸的报恩塔,在镇上的茶寮里小作憩息,喝了近一小时的香片茶,直到夕阳西斜,暮霭四起的时候,才循原路而回,结束了这一天的近郊游程。

在江湾叶家花园中,虞国蕻小姐临时担任了摄影记者,为我们拍了许多照,给这一期的本刊增加了无限华彩,这是应该向虞小姐道谢的。所遗憾的是虞小姐并未见继续参与龙华之游,因此在龙华没有留影。上面的报恩塔与龙华寺鼓楼,是另外从朋友处借来的一帧旧影,聊作本页的点缀。

图 13 郊游十人团合影,原刊于《春秋》1943 年第 1 卷第 8 期

虽然仅是一天短短的游程,似乎也该留一些雪泥鸿爪,作为美好的回忆,因此特地请同游者各抒己见,人撰一文,在本刊发表,以资纪念。鄙人于此次之游,忝附骥尾,所以也凑上一篇,那不过是聊以充数,应个景儿罢了。

蝶衣

远 足

正是给"春在卖花声里"与"郊野浮春阴"一类古诗人笔下的名句逗引着,撩起了我举行一次远足的思绪的时候,突然听得有人作近郊之游的提议,于是,我也就不问人家欢不欢迎地"欣然请往"了。

目的地:先江湾,后龙华。

为了途中有阻,赶到北站时,九时三十五分的火车已经开了,大家吁了一口气,成了"火车脱班面孔"。下一班的车要十一点多钟开,等不及;步行吧? 有小姐们参加,怕她们腿酸。结果是通过了临时动议:坐马车。

瞧见有人高踞在前一辆马车的御座(御者之座也)上,于是我也跳上了后一辆的同等地位,和御者并肩而坐,自己看看,仿佛也是个最高当局了。

御者控辔在手,吆喝着马儿赶路,马尾巴不住的在前面拂过来,拂过去,像是叩问着我:"你今天忝附骥尾,乐不乐?"

在不很平坦的途程上驰驱了半小时许,到了我们游程的第一站——叶家花园。这原是十年前的旧游之地,此日重来,风景依稀不殊,可是举目却不能无山河之感,那一丛丛绯色的花枝,记得在十年前,我的眼帘中似乎是没有映入的呀!

一湾流水中,扬起了荡舟者的笑语声,立刻在我的脑膜上映起两个对照镜头,记得也是这样的天气,在明媚的西子湖畔度着短促的假期,那时候,我也曾参加入荡舟者的一群,在湖上打着桨,眺望着远山近水的美好风光,"溪山才沐晴时雨,笑语轻移水上舟",我在拓展的胸襟下完成了这样的诗句。

时间不允许你攀留,前尘影事像烟雾一般地飘逝了,剩下的是今昔之感,一面举步,一面怔怔地凝视着眼前的荡舟者,我轻轻地吟哦了一句:"打桨人如春水柔",当然是没有人听见。

以"散步的鱼"①的姿态,从叶家花园走进江湾的镇集上,饱餐了一顿,让几种不同类型的车辆将我们载向游程的第二站——龙华。仅是片时之隔,已经不是原班人马了!抵达龙华时,惆怅的情绪又增添了几分。

不知是哪一年,龙华寺主持性空老和尚,曾经招待过一次新闻记者,我当时是被邀者之一,我的初展龙华游屐也就在这时候。现在旧地重游,龙华寺已颓败得无复旧观了!佛像多数泥土驳落,面目全非,别说是金装,连衣装都不周全了!

踏上方丈室的阶石时,从敞开着的长窗中向里望,飞舞着的魔龙巨幅画依然在壁,一切陈设似乎还保持着若干年前的原状。

"不知道老和尚无恙否?"心里这样动念,就是没有问出口来。

在桃花园里梭巡了一周,冶艳的花容是足资吟赏的,可是为什么煞风景的树立上数座阵亡将士纪念碑呢?"效命疆场的英雄们

---

① 陈蝶衣此处调侃路易士的新诗《散步的鱼》。

临到总休息的时候,也该让他们住向温柔乡中,享一些身后的艳福呀!"我想不外是这一重原因了。

浏览的目标由颓败的寺移向颓败的塔,看了那摇摇坠坠的样子,即使有登临之兴也要因之而沮丧了。

"登塔的况味不过如此,留一些缺憾倒反而多一些回味,别上去了! 上去了也还是要下来的。"我表示了我的意见。

然而,我们终于在塔前徘徊了十数分钟,在流连光景的兴会之下,对于带一些历史性的胜迹谁能泯灭尽凭吊的嗟伤呢?

在镇上踯躅了一回,口渴了,全体在小茶馆里找个座头坐下来。

"四壶香片哪!"堂倌扬声吆喝着,使我想起了旧小说中打尖的描写。

茶来了! 提起壶倾注在杯子里,瞅一瞅四周的情调,我真想站起来,提一只脚踹在长凳上,举起壶豪迈地作鲸鲵之饮,将我的心情拉到旧小说中的古老的境界里去。

图 14　龙华桃花园与报恩塔,刊于《时代》1933 年第 4 卷第 2 期

夕阳已到了西斜的角度。

"咱们走吧!"

"走吧!"

无可奈何地,带着有些愉快,又有些怅惘的情绪,纡缓地,踏向了我们的归途。

今年的远足止于这近郊的两站,希望明年春日的远足,能够抵达较辽远的方向。

陈蝶衣

《春秋》1944 年第 1 卷第 8 期

乡行杂述

排队

回乡数日,乃于北火车站初尝排队况味。时为小除夕,乘车者盈千累万,列为长蛇之阵。下走人海藏身,真有渺如一粟之慨。既入车站之门,购买车票,又复二次排队,则非为长蛇之阵,而成螺旋之形矣。抵武进,值大雨倾盆,下车出站,亦须排队,过大检问所清检行装,亦须排队。此日之行,乃以排队为最大之任务。十载未归故里,初尝此项风味,亦有些儿刘姥姥踏进大观园,辄使手足为之无措也。

《力报》1944 年 1 月 31 日

女警察

自上海北站登车,检查之制已废,便利行旅不少,惟登车之后,仍有警察行车厢中,检阅旅人行李,警察目有男有女,女警御黑色制服,着黑色皮鞋,惟态轩昂,与男警察无甚差异,惟一顶帽子之下,头发左右分披,示人以鸭屁之股,为观乃不甚雅耳。入城关,亦有女警察驻守门阙,与男警察分工合作,此当为战后新政,战前固未之见也。

人力车价

常州人力车价奇昂,自车站入城,路不甚修远,车夫索三十金,等于上海的三轮车趋镇。入城省视外家后,复雇人力车作乡行,由城至乡,循汽车路以行,为程凡二十里。平时斥七八十金已足,是日以天雨,又值年夜岁边,小三子、小六子之俦,亦架子奇辣,类多呼之不应,最后每辆界以二百四十金,重赏之下,始有两位少壮派车夫应征,坐二辆黄包车回家乡,所耗几达半条辫子①。以归心似箭之故,"硬伤"亦只得在所不计矣。

《力报》1944 年 2 月 1 日

倒树

乡间空旷,向时到处见林木蓊郁之盛,兹则沿途所见,几于有树便倒,盖木值奇昂,乡人截之以售,可得巨价也。惟树亦有非尽为乡人所倒者,则利之所在,倒树不须问主人矣。距吾乡不远之小留村,有巨树,相传为洪杨以前物,尝有谋倒树者,斧锯之属辄因动念而损,倒树者疑该树有神佑,遂不敢复犯焉。

《力报》1944 年 2 月 2 日

---

① "半条辫子",彼时欢场切口,等于五百元。

油盏

乡间无电灯设备，童时习见之洋灯亦不复见，则以火油已绝其来源也。入晚赖以照明者，为一种油盏，注豆油于浅小之铁盏中，浸灯草二三根其间，燃其端，遂发为荧荧之光。盏宜有架，庋悬皆可，然乡人辄因陋就简，惟取厚砖为陈盏之具，所谓物质文明，在今日之乡村，盖渺无迹象可寻。

脚炉

脚炉为乡人冬日取暖之具，炊爨既竟，取灶穴中余烬，覆脚炉中预储之粗糠上。阖炉之盖，暖手烘足皆可，入晚复以之暖衾褥。乡人视脚炉，为效盖等于热水袋与汤婆子也。

《力报》1944 年 2 月 3 日

大检问所

自上海登车，车站已撤废检查之制，惟抵达常州后，常州车站之外，大检问所犹设置如故。所谓大检问所，实际上仅芦席棚子耳！名之曰"大"，实属大而无当。下走携行装甚简，检问人员未尝大加检问，惟前行一妇人，于食幨中贮香烟若干包，乃见检问之人，疾取其一，潜投所设长案之抽屉中。回沪之日，过检问所，一乡人携一筐，筐中茶叶蛋累累，检问人员亦伸手取其二，挥乡人使去。北人谓拾取物件曰"检"，检问所人员所以大检而特检者，殆以名实不可不符耳。

丹蘋

《力报》1944 年 2 月 5 日

观 影 笔 记

评《人心》影片

大中华公司新片《人心》，近开映于卡尔登戏院①。余曾偕友往观，颇为满意，兹将鄙意述评如下：

情节

是片系顾君肯夫导演，大意谓专制家庭之不良，婚姻不能自由。剧情述大中华纺织厂主人余守礼，信媒妁之言，将其子余自新与共居四年之恋人张丽英，强迫脱离关系，且自拟离异广告，刊诸报章。丽英知自新不致出此，其中必另有别故，乃不安而去。自新亦愤而出走，嗣经种种之刺激，丽英与自新复重归故乡，余翁亦深悔前次之固执，而自新、丽英得仍归于好，情节曲折有致，于中国电影界中，又放一异彩矣。

演员

主角为饰张丽英之张织云，丰姿秀韵，举止细静，而无穷幽怨，时呈于眉目之间；饰余自新之梅墅，甚能称职；饰黄丙禹之王元龙，

---

① 卡尔登戏院，位于静安寺路(南京西路)派克路(黄河路)口。

处处不失为英俊少年,爱慕丽英之热忱,虽已达于沸点,然总无轻薄之态,尤为难能可贵;陆若岩之余守礼,神气尚合,惟太滞板;徐素娥之余月筠,颇称秀丽。

特点

自新同居之怪人,为状颇堪发噱,至客死异乡,而自新亦因此引起思家之念,丽英于教体操时,一洋囡囡自身畔下堕,踌躇无计,忽情急智生,乃疾呼向后转,乘间拾取,用意均颇新颖。兵队一层,亦颇可取。末后余翁对于工人,将国旗大加发挥,实全剧中之特点也。

缺点

凡一影片中,不无小疵,此片中如工头所典质者,明明有纽有袋,而字幕上书为"裤"字。月筠对父曰"教我好生冷静"一语,用于父女之间,稍属不合。自新至校访丽英,校长拒绝男宾,而校中仍

图 15 张织云,刊于《游艺画报》1925 年第 9 期

聘有男教员,且男女同坐于休息室中。丽英教体操毕后,何以欲挟书赴会客室,为茶役所阻而止。凡此诸点,尚望该公司加以研究焉。

陈积勋

《申报》1924 年 10 月 16 日

《上海一妇人》试映记

明星公司新片《上海一妇人》于本月十八号试映于中央大戏院①,承惠入场券数纸,乃偕友往观。全片计十本,情节甚为曲折(该片本事见十八号之华文《沪报》),爰述评于后。是片主角为宣景琳女士,以曾籍棣平康,故饰片中之花淡如,最合身份,非有经验者,固不得如是之良好结果也,即初饰乡女爱宝之神情,亦颇酷似。饰豪宦李淑香之王吉亭君,表演亦佳,一截八字须,更为神气活现。其余亦能称职,惟饰鸨妇林氏者,有时表情尚不见十分臻佳。字幕极清晰,讲话则用白话,说明则用文言,颇简明深印脑海,中如"前度刘郎今又来"句,含有诗味,如花淡如(即爱宝)下堂求去后,李淑香循至花淡如处,花淡如自外与赵贵全谈毕入,泪痕盈盈。淑香问所以,某君乃谓"你们夫妻相会,眼泪都笑出来了"则又滑稽有味。末幕花淡如叹身世飘零,不知何处归宿地数语,尤为沉痛。花淡如以堕落风尘之苦,遂劝另一乡女,为出资使之入校读书,侠骨侠肠,青楼中殊不可多得。而汽笛呜呜,载此伤心人以去,徐徐闭幕,犹使人回味不尽。佳处如当贵全诉妻死于医院于花淡如前时,花淡如反默默无语,一腔忧恨更有甚于贵全也。贵全由乡来沪,初见爱

---

① 中央大戏院,位于云南路北海路口,亦舞台原址。

051

宝(即花淡如)不敢猝认，及至爱宝频频回头，始向汽车拔足狂追，然安可及哉！终不幸为另一汽车碾伤入市立医院。爱宝阅报闻悉，往见贵全，不觉伤心已极，泪珠竟真夺眶而出，难能可贵。景琳女士进步之速，殊可惊人。惟尚有瑕疵，如贵全为汽车碾伤，伪景太显，回乡后居屋与沪时无殊，绝非昔日之旧居，甚属可怪。贵全妻死于医院，总须收敛，或由贵全购棺厝公墓，字幕并未提及。李淑香欲娶杨小青，成与未成，亦无说明，爱宝堕入平康并未向贵全提及一字，惟小疵不足责，总之此片确为国产影片中之上乘者，苟再精益求精，不难并驾欧西也。

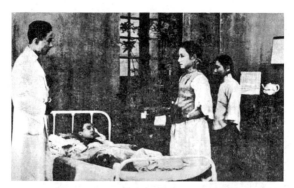

图 16　影片《上海一妇人》中，爱宝至市立医院视贵全之伤，
刊于《明星特刊》1925 年第 3 期

陈积勋

《青报》1925 年 7 月 21 日

《一张照片》述评

新少年影片公司第二新片《一张照片》于本月五日试映于中央

大戏院,该片系总理陈志振君导演,记者蒙惠赐参观券,乃偕友趋车往观,爰就管见所及,评述于下:

本意

是片本意,述一立志未坚之女子,被人引诱,以致失身,嗣后流离异乡,备尝艰苦,终乃大彻大悟。实为时下一般男女于一当头棒喝。

演员

是片主角系王慧仙女士,在片中饰叶文宇,表情细腻,极尽喜怒哀乐之能事。次推蘋儿所饰之玉儿,天真烂漫,活泼可爱,闻年才五龄,而于片中,一笑一哭,能随机应变,今日之电影小明星也。夏威之张枕石,唐琳之尹谷人,各尽所长,钱士英饰荡妇,入木三分,其余亦均能称职。

字幕

字幕尚称清晰,字体亦极美观,如幕现"恋爱! 自由!"而后,隐约间已易为"罪恶! 牺牲!"用意深刻。又"若欲人不知,除非己莫为"及"母子相逢不相识"等句,含有诗意,惟若再放大数倍,当更圆满也。

布景

外景均系摄自武林名胜,如树影群鸭、孤桥凝思、田间采花等景,均含有美术观念,罩以绿色,更觉生色不少;内景尹谷人之住宅,系摄自小说家周瘦鹃府上,亦佳话也。

疵点

文玉失身,迄至于生产,时间太短,说明书若加以"十月后"三字,似较妥善;文玉爬入草棚时,乡女已在赶鸡,及至乡女入棚,而小儿已经裹好,似太骤然;文玉弃儿时在乡间,而枕石家居城市,偕母出游一幕,不若改汽车为火车,然后散游郊外,闻声往拾之较为近理。

<h3 align="center">优点</h3>

当文玉之失身也,幕现一含苞欲放之花,继而完全开放,临风依依,乃被无情之足践踏委地,陪衬深刻;玉儿玩球时,活泼可喜,于沐浴时更觉可爱,吃大菜及拾肥皂二幕,则又滑稽有趣;花下求婚一幕,清静幽雅;幼稚园种种陈设,亦佳。

是片剧本,系郑采倩女士所编,较之该公司第一片《情弦变音记》,已不啻天壤之别,深佩导演之得法,于电影界中又放一异彩矣。将来造就,前途正未可限量也。

图 17　影片《一张照片》剧照,刊于《联益之友》1925 年第 4 期

陈积勋

《风人》1925 年 9 月 12 日

<h2 align="center">记《玉洁冰清》</h2>

《玉洁冰清》为民新影片公司第一次出品,两次试映于中央大

戏院,均以事冗未暇前往。日昨开映于新中央,始拨冗往观。

片长十一本,卜万苍导演,欧阳予倩编剧,兼饰剧中一为富不仁之钱维德,于思于思,一改其往日舞台上善状幽秀女郎之常态,而居然能形容尽致,欧阳君诚可谓多才多艺矣。

张织云饰渔家女孔素仙,一片天真,极似不知人间忧患之女子,殆乎离别所恋,以及于疯,乃饱经情场中之苦痛,非复若曩昔之欢乐终日矣,末由高出水面丈余之岸上,奋身一跃而下,浪花四溅,惊心动魄,惜摄时未及全面,否则当更可观也。

李旦旦饰孔素仙之妹琼仙,漫烂天真,活泼可爱。龚稼农之黄伯坚,活现一血气方刚之青年,惟摔礼物于地之情景,似嫌过火,于事实上或不致如此也。潦倒客中时,售稿不得脱,文人心血,不值书贾一顾,殊为可叹。朱明之所谓"要做一部姨太太艳史,销路一定畅旺",殆亦有感之谈耳。

林楚楚饰钱维德之女孟琪,悲红颜之薄命,乃一心以成全他人,复计以谏父,终得痛改前非者,皆女之力也。末幕黄伯坚与孔素仙,有情人终成眷属,妙在不出诸事实,而发现于钱孟琪之脑海中,盖钱孟琪固不知孔素仙之已疯也。吾知其孤立于四壁琳琅之书室中,读黄伯坚所著《中国经济史》时,正有无穷之得意和失意互相盘旋于脑海中也。

图 18 李旦旦,刊于
《银星》1926 年第 3 期

纵观全剧,无懈可击,不失为一佳片,吾于新民公司前途,有厚望矣。

陈积勋

《民新特刊》1926 年第 2 期

记《多情的女伶》

明星公司新片《多情的女伶》十一日已在中央大戏院试映了,我很佩服明星公司进步的神速。宣景琳做一样像一样,这话一些也不错。片中饰主角赵飞红,一举一动,俱合身份。电影界中最认真做戏的,除了宣景琳之外,简直找不出第二个人了。

二十四小时安眠药水,本来赵飞红想自己吃的,不料后来药水虽给他人吃了,自己却仍死在这上,而更妙之处,便是这瓶药水,先前已经给高鉴吾看过,所以后来给韦督办看,藉此假说毒死陆招仪。观者方不觉这瓶药水来得奇特,要是先前不拿出来,观者一定以为是赵飞红临时预备的,这是编剧者的精细处。

一副玉镯,是全剧最紧要的关键,赵飞红的结局,有人说未免太惨了,我说这正是赵飞红的好死,因为赵飞红不牺牲,这个三角恋爱问题,便不

图 19　影片《多情的女伶》中之凌空的宣景琳,刊于《游艺画报》1926 年第 59 期

易解决，况且赵飞红已实行了母命，也算完了一生的责任，所以不死，而漂泊天涯，也无非是为了报恩。恩既报了，美事也完成了，所以死无余憾。末幕赵飞红魂灵凌空，随着一对情人的汽车而飞，这便是给观者一些安慰。

宣景琳在第五本中，分饰母女二人，一幕中同时出现，接片丝毫不露痕迹，比《新人的家庭》一片，已大大的进步了。

赵飞红在督办宅中，大掉其枪花，博得掌声如雷而起，可见人心是都表同情的。而赵飞红的急智，说起来可敬亦复可笑，但是琴师到后来忽不见出现，不知是何道理。

演员方面，朱飞之高鉴吾，内心表演与举动，均臻绝诣，时而趾高气扬，时而愁眉不展，时而心平气和，时而暴跳如雷，演来均能逼真，很为难得。王吉亭的韦督办，神气十足，参观女师范学校时，要是汽车旁再加几个武装卫队，那便更是威风了。王献斋的田兆昌，活如一阴险小人，其余赵静霞之陆昭仪，王筱贞之刘校长，均能称职，无可訾议。

或说韦督办怜新厌旧，逼死陆昭仪，未免太过分了。我说现在的军阀，类此者真不知有多少，韦督办不过是其中的一分子罢了。

陈积勋

《钟报》1926 年 4 月 15 日

《新人的家庭》之我见

《新人的家庭》一片，哄动一时，誉者固多，骂者亦复不少，顾各具作用，真正之眼光难觅。蝶衣不才，愿言我见，虽不能目为真正之眼光，要亦问心无愧矣。

演员之于剧也,贵能称职。观是剧王元龙之刘池龙,王吉亭之戚一青,王献斋之章伯华,杨耐梅之六小姐,张织云之杜文波,及宣景琳之舞客等,均能各尽其职,有足称矣。而张慧冲之船主与侦探长,以一身饰两角,能于举动间无同样之弊,已属难能可贵。当其饰侦探长时也,面露机警,而敌匪时之奋勇扑斗,尤为该片生色不少。任潮军饰刘敏生,一举一动,态度自然,令人叫绝,甚矣人之不可轻觑也,矜蘋得子如此,亦足以自豪矣,增进该片价值不尠者,潮军力也。置景之宏富美丽,与夫穿插之适当,诚堪称尽善矣,亦尽美也。目之为国制影片中之空前杰构,谁曰不宜。然导演者之费煞心血,固不待语矣。窃吾国电影事业,发达未久,而有《新人的家庭》之出世,其进步不可谓非一日千里者矣,然尚希热心电影事业诸公,勤加研究,更求日进,其不执全世界牛耳者,吾不信也。

图 20 任矜蘋导演《新人之家庭》之一幕,刊于《红玫瑰》1925 年第 2 卷第 13 期

蝶衣

《新申报》1926 年 1 月 19 日

《上海之夜》剧情商榷

予观国产影片,能认为满意者凡四,一为民新之《玉洁冰清》,

一为大亚洲之《疑云》，一为明星之《四月里底蔷薇处处开》，一即神州之《上海之夜》是也。（或谓《难为了妹妹》一片亦佳，予以未曾寓目，未敢妄言。）

《上海之夜》为神州影片公司新出品，顾肯夫编剧，郑益滋导演，剧情熔化社会、家庭、侦探、爱情于一炉。主角为新闻家杭石君夫人原侠绮女士，饰席勋业之姨太太王氏，内心及面部表演，其艺术已臻炉火纯青之境。杨英俊饰富于侦探思想之少年史云峰，代装老媪时之情状，殊堪发噱。余叔雄饰拆白党李伯年，能将"人面兽心"四字曲曲演出，殊为可贵。余如严工上之席勋业，郑剑秋之之英，陆美玲之之蕙，严月娴之云蘋，均克业厥职。

剧情曲折紧凑，无丝毫松懈之弊，堪称佳构。惟尚有可商榷处者，即云峰化装乡老混入匪巢，为匪所缚，以及救出一段，似太牵强，且一张字条，决不能由屋角投入窗外，盖云峰被缚桌上，欲一转身且不可得，书字条时两手紧缚，已成困难，屋角离桌如斯之高，欲

图 21 神州公司影片《上海之夜》剧照，刊于《银星》1926 年第 2 期

将字条从屋角破洞中投出墙外,势所不能,且唱戏者无端跑入冷僻之区,与冷僻处有警察孤立,其位置均不甚得当。鄙意不若云峰受警长之托后,即化装乡老,带同便衣警察,独身混入匪巢,便衣警察埋伏屋外作外应,殆闻墙内吵闹声,以及云峰久久不出,始全力以包围,再解云峰危,而匪则一一就捕焉。似此较为合理。此不过一得之愚,藉供研究,非敢有所指摘也。

积勋

《新闻报本埠附刊》1926 年 8 月 2 日

看了《马浪荡》以后

《马浪荡》是一件上海民众间的故事,凡是在上海的人,差不多是无人不晓。我们在往常听着那种游戏场中人所演唱的《马浪荡》的滩簧,已是忍俊不禁,孙雪泥编的《世界画报》上也曾刊有《马浪荡改行》的文字和图画,颇能引人兴趣。这次国光影片公司借了这个题目,来演成电影,实地写真起来,那么我们虽未真个见过马浪荡这个人,却也可从银幕上一窥他的滑稽面目了。

丁元一君饰马浪荡,我在马路上看见马浪荡的招贴上那副张大了嘴,凸起了眼珠的神情,已使人绝倒。他在这张片子中,处处以戆呆的状态,演出一个"窘"字。妙便妙在这一着,与罗克有异曲同工之妙。片中夹入了"海底游行汽车驶入团鱼腹""天堂阅历云霞飞过斗牛宫"二大段的梦境滑稽活动画片,别开生面,创电影界之新纪元。

目录中以"两条眉毛断送剃头店,一只乌龟滚出大餐间"一节最滑稽;以"穷开心客栈里唱新歌,活受驱斜土路上卖水果"一节最发噱;"带米偷鸡勿着蚀把米,为人作嫁忠厚难做人"一节为最好笑;"卖奋勇挺身破匪窟,庆成功衣锦归故乡"一节,最使人称快。全片以胡桃为关键,说明上之"用力打破了壳,便可以吃得到肉了"最能使人猛省。而马浪荡之一个"哦"字,大有蝉声曳过别枝之妙。"吃得苦中苦,方为人上人"一幕,虽为梦境,要亦马浪荡成功之缩影。

其他滑稽穿插,如"警察捉贼""假装烂脚""肥人变豕""化装唱戏""特别卧床""三脚椅子""冲洗汽车",在在使人捧腹。

《马浪荡》是一滑稽片,也是一极沉痛之片,"非用自己力量,不能得到胜利",吾亦云然。观之匪仅令人发笑,抑且寓有极充分之人生观的描写,观后有感,濡笔记之如此。

陈积勋

《新闻报本埠附刊》1926 年 8 月 13 日

《电影女明星》试映记

天一影片公司素以出片迅速称,其最近《电影女明星》一片,又告竣工,于中元节试映于中央大戏院矣。记者承约往观,片计长十一本,为中国电影关于电影外史第一次创作。剧情叙三个女明星之一段轶事,略叙如次:

女学生倪秀珍,嗜影戏成癖,其表兄罗维德,与有同好。一日,维德见报载华东影片公司招考演员,往告珍,届期同赴华东考试。试毕,主试者谓,录取诸演员,于翌日登报揭晓。翌日,维德至新闻报馆,购报一份,果见载有华东告白,列珍及己名,大喜。亟挟报往告珍,并以原报示之,讵遍觅不见华东告白,盖途次匆促,已将刊有告白之一页遗失。适女佣另送报入，珍阅之，喜不自胜。

越数日，华东开摄新片，罗偕珍至，相继扮演，俱以表情屡试不惬，导演怒，并黜之。罗、倪见黜，至会客室，相对饮泣。时有明星王慧贤者，诘之颠末，乃挈彼诣经理，恳为收容。总理允之。有张梅云者，亦华东之演员，广交际，夫钱润生，好作狭邪游，因是夫妻不相洽。会华东摄外景，秀珍堕马受伤，慧贤等送之回公司，润生见之，亟以见慧美，心存觊觎，既送珍至家，更以车送慧归。慧返，慧夫孙逸民，是日候妻不归，忽见慧与润生同车来，顿起疑窦。

一日，梅云摄戏毕，因赴女友约，匆促间误携慧贤之手囊而去，适梅云之夫润生来，慧具以告，润请慧偕至其家取之。及抵家，以梅未返，慧欲辞行，润生固留之，乘隙逗情，慧怒斥之。时慧夫逸民候妻不归，驰至东华觅之，知已与润生同车，更疑。亟至钱宅，入园中，内见其妻与润生，立窗边谈话，忿极。适梅云自外归，乃指以告之。梅大诧，润生在室内，瞥见梅与逸民在园中私语，亦指以告慧，慧亦愕然。润生急送慧由后门出。抵家，逸民责之，互相攻讦，夫妻间情爱顿失。后润生难忘情于慧贤，一日，趁其妻梅云外出，冒梅名致书慧贤，邀至其家，慧中其计，几为胁迫，幸经罗维德、倪秀珍烛破其奸，润生羞愧无地，向众自陈悔过。只是慧冤乃大白，并与梅互握手以释前嫌。

越数月，秀珍与维德缔姻，离沪度蜜月，润生、逸民夫妇，均至埠送别，殆乎汽笛声声，轮船乃行启碇矣。

情节极曲折紧凑之致，王汉伦女士饰王慧贤，胡蝶女士饰张梅云，素馨女士饰倪秀珍，三女明星分饰三女明星，驾轻就熟，其成绩之优良，自不待言。金玉如之罗维德，学卓别林之怪装时，最为发噱。及以初次演剧时之窘状,表演亦殊不弱。魏鹏飞饰导演葛天雷,手持大号筒,指挥时之声嘶力竭,惟妙惟肖。其余演员均能称职,穿插有"化妆室中的怪脸""肚皮对肚皮顶撞""周空空的两只眼睛"等等,无不令人捧腹。本馆晨间发报时之情形,亦经摄入。此外字幕亦精警有味,光线配光得宜,对于影戏公司之内幕,竭力描写,不失为一佳片也。

图 22　《电影女明星》中(右起)吴素馨、胡蝶、王汉伦合影,
刊于《红玫瑰》1927 年第 3 卷第 29 期

《现世报》1926 年 9 月 5 日

记《还金记》

《还金记》为上海影戏公司最新之出品,剧本为周瘦鹃所编,与以前《传家宝》一片,有异曲同工之妙。全片计十二本,美术家但杜宇导演,但淦亭摄影。第一幕绿杨依依,颇含诗意。殷明珠女士饰柳春,天真烂漫之态,化装极神妙,表演已臻诣绝。入华宅后,以鸭屁股打成两个小球,摇前摇后,尤为有趣。盖殷明珠亦于是片中将

其五千青丝,付之并州快剪矣。古云杰饰韩进,柳岸垂钓,篱边情话,享尽人生乐趣。乃以爱人被劫,以致历尽艰难,孑身深入匪巢,被获格斗,救出柳春。及后流落异地,投身警界,无非亦为爱人之故。迨陌路相逢,追捕恶霸,至后功成,载得美人而归。绿荫深处,渐渐而灭,余味津津然。

陈宝琦饰包仁,为虎作伥;周鸿泉饰土霸魏龙,一搭一挡,鱼肉乡里,无所不为。既劫娇娃,复害客商,为非作恶,罪孽弥天,卒以恶贯盈满,一则自投法网,一则坠山毕命,天理昭彰,令人鼓掌称快。陈周二君,演来都能称职。贺蓉珠饰华夫人,雍容华贵,处于快乐家庭中,"回头一笑百媚生",蓉珠足以当之。惟如斯华丽之家庭中,仅与柳春二人,毋乃太觉寂寞。徐维翰之吴先生,对于柳春之一片痴情,于内心中曲曲传出,其艺术视《险姻缘》中,已见进步。

外景以"溪畔群鹅""绿杨摇月""丛山峻岭""曲桥流水""荒郊驰骋"等数幕,幽倩阗丽,如入画图,最为精彩,剧情亦曲折离奇,层层凑紧无松懈之弊,插入"探亲相骂"之戏中戏,陈宝琦去乡下亲家母,扭扭捏捏,诙谐百出。殷明珠"试浴"一幕,亦足使人魂销,而浴

图23　上海影片公司新片《还金记》之一幕,刊于《图画时报》1926年第320期

池中听电话,尤为特色。他如摄影之光线清晰,角度适中,以及字幕之优美,犹其余事焉。

陈积勋

《申报》1926 年 9 月 30 日

记天一新片《孟姜女》

天一影片公司新片《孟姜女》为南洋方面所预订者,故摄制竣工后,即运往南洋开映。沪上自初一起,始得在中央大戏院开映,而饱吾人之眼福。余于初二晚趋车往观,爰为述之如次:

胡蝶以幽娴秀丽见长,饰孟姜女,适与其个性相合。当万杞良被捉时之仓皇失措,演来能逼真。迨后"长亭惨别""离家寻夫"二幕,悲哀欲绝之态,传神无遗。舟子欲加非礼时之局促状态,亦能恰到好处,适合剧中人身份。最后投水一幕,虽非真景,而其耸身一跃时,已令观众为之心惊胆寒。"哭夫"一幕,有如身历其境,所谓声随泪下,诚不知其适从何来,其真艺术亦即在此。

金玉如君饰万杞良,闻讯时之仓皇,与乎别妻时之欲诉无从,极能逼真。在孟氏花园内之痴头痴脑,则又活似一士老儿,化装亦极神妙。余如王无恐之孟员外,丁华氏之孟夫人,魏鹏飞之孟福,张颠颠之孟兴,张大公之孟富,张慧贤女士之春香,周空空之船夫,萧天呆之船夫母,均能各尽所长,无疵可击。字幕亦颇清晰,惟"消息"均误作"消悉",应改正。摄影方面,颇见新颖,而以"梦会"及"庙神渡江"等数幕,摄法最佳。最后孟姜女投河后,与万杞良自水面冉冉上升,双双情影,隐约于碧浪岸树中见之,迨至入空而灭,亦能适可而至,摄影之佳,可谓妙到秋毫,宜乎其能号召观众也。

陈积勋

《申报》1926 年 12 月 9 日

《儿孙福》剧情质疑

大中华百合公司新片《儿孙福》,在中央大戏院开映以来,已历多日,评论界对于该片之美辞,数数见于报章。第吾所欲言者,乃就片中疑点加以研究。我爱大中华百合公司,尤爱大中华百合公司努力不懈之精神,不愿仅以谀词奖饰之也。

何某(云卿饰)为一了解"儿孙自有儿孙福,莫替儿孙作牛马"之人,则其将来必可得无上人生之乐趣也必矣,乃竟以贪饮之故,误饮火酒精以死。为状之惨,殊有不愿为人道者。惟何某既为一彻悟人物,而其结果也如斯,果能视一般为儿孙作牛马者为安乐否耶?况儿孙之佳者正多,又安必一一均为片中之介晓(王乃东饰),是对于剧旨终未有彻透之描写耳。

图 24　大中华百合影片公司影片《儿孙福》剧照,
刊于《晨报星期画报》1926 年第 2 卷第 53 期

更不解者,即何某家中,供以备有火酒精(寻常家庭中绝少备者),而又置之于极显明之处,宁不知为极危险之违禁品耶?

博晓(王次龙饰)托弟寄银于母,其弟以贪恋荡妇故,乃没收之而购手环赠荡妇,家中老母,以房钱已欠三月,亟盼有钱寄来,望穿秋水,终致失望。然博晓虽为其弟所蒙蔽,然既以孝称,则托弟寄钱至家,而家中无复信来,似应加以追究。或亲自乞假下乡省亲,乃亦复糊里糊涂,不再问闻,殊可怪也?

两女幼时,天真烂漫,活泼可爱,胥慈母爱护之功也。乃长大后其所得之报酬也竟相反,且遭大女儿之白眼,描写固极得力。然此间有可注意之点者,即两女幼时之发,均截去为时下盛行之鸭屁股式,而两女成人后则均挽成发髻,是岂中间相隔数年,忽而又留起来乎?然幼时又何必截去,虽为小疵,究终不合情理耳。

以上所述,仅就管见所及,并非故意欲吹毛求疵,不过录之以供商榷耳,若谓有所指摘,则吾岂敢。

陈积勋
《现世报》1926 年 10 月 5 日

谈第一集《奇中奇》

开心影片公司新片《剑侠奇中奇》第一集,业已竣事。于昨日(十九)在新中央试映,兹述之如次:

本事已志昨日本报,与以前之《神仙棒》如出一辙,大都述扶危济困、除恶助善之事。其张三、李四、莫上天三人互害一段,取材于周瘦鹃先生所译之《窖藏》(载《半月》杂志),规讽狼心狗肺之徒,图财起意，自相残杀，结果同归于尽，触目惊心，足为一般贪心不足者戒。变化中之水与火，颇有精彩。内景以布景墙，似嫌草率。外景则林泉丘壑，幽蒨秀丽，兼有其胜，与内景较，实不啻天壤矣。

以汪优游之马俊，徐半梅之鲍刚，举动最为自然。某女士之凤栖霞，入后表情较前为佳，周凤文之郝莺，称职而已。

神怪滑稽片摄影最费力，亦最难讨好。是片中变化极多，如马俊初试神剑时，镜架中美女跳舞一幕，舞姿翩跹，时大时小。摄影方面，颇见精彩。

中英字幕书法，俱极秀丽之致，较以前诸片，尤见进步矣。

图 25　开心影片公司影片《奇中奇》剧照，刊于《电影画报》1927 年第 23 期

《新闻报本埠附刊》1927 年 2 月 20 日

《春　潮》

在这张片子里，第一使我感到满意的是国产鹤鸣通的成功，发音非常清晰。其次是一颗新星李丽的发现，她初上银幕，居然会把很难饰的荡妇角色演得那样自然,确非易事。其余袁丛美,也表演得很好,高占非似乎太呆板些。王人美有点过火,可是他俩都是在十分努力地做。摄影和布置还不错。总之,这张片子是值得一看的。

郑应时一身兼编剧和导演,委实劳苦功高,但有些地方不无毛病,譬如国华在天津写信给玉瑛时,先写"玉瑛女士",然后改为"玉瑛吾爱",其实应当先写"玉瑛表妹",因为世间的表兄妹,决没有称呼"先生"或"女士"的。媚梨一爱上国华,就把自己的丈夫马湘逐出门外,也不大近人情,不如屠格涅夫的《春潮》原著中将他写成只知喝酒,不管别事为妥。玉瑛因生活压迫,好容易跑到了天津,然而她不肯在金公馆门口多等一会了,没有看到国华便回来了,这非但空劳往返,并且表示出她这次的北上没有抱着怎样大的决心。

在《春潮》原著中,全书充满着一种淡淡的哀愁,而不失为一幕深刻动人的悲剧。在这张片子里,却把它改成流血、死亡、坐狱的严重事件,可是悲剧的成分,反而不如《春潮》原著深刻,这乃劳而无功的。中国的电影大都认为非大团圆不足以算喜剧,非大流血、

图 26 《春潮》中李丽与高占非,刊于《时代》1932 年第 3 卷第 6 期

大死亡,不能称为悲剧,绝对是一种误解或肤浅。

演员方面,除了高占非之外,不能使人完全的满意,譬如王人美,她表演一个活泼快乐的女性,是再适合也没有的,可是在悲哀的场所,她却失败了。如本片中到天津去寻表哥时和临终时,都不能深刻地表演出来。李丽饰一风流的荡妇,还算称职,但也有不少地方未免矫揉造作。秦虹云在酒店中遇到高时,说的话太多,太高深,表情却嫌不足。马湘简直是一个不速之客,因为他每一次的出现,都使大家不知道是怎样来的。饰医生的化妆技术太坏,使人一望而知是假的。袁丛美我们知道他扮反派小生是很适合的,可是这一次却并没有成功。

沙蕾①

《申报》1933 年 10 月 31 日

英语片的摄制

许多人都说中国已成了次殖民地,原因是无论何项事业都直接间接受着外来的侵袭的支配,甚至"民以食为天"的米,也被外来者在中国盘踞着一大市场,中国还说是"以农立国"的呢!

说到电影事业,国产电影在制作技术方面,近几年来虽在不断的迈进中,但因着经济的贫乏,产量非但不见增加,甚至有比以前锐减的趋势,于是始终让外片在大都会中霸占着绝大的市场,而无法与之抗争。

据说最近消息,英国高蒙公司已派遣技术人员来沪,预备摄制

① "沙蕾"为陈蝶衣笔名之一。另有一笔名为"沙蕾"的诗人沙风骞(1912—1986),不可混为一人。

一部全体华人主演的影片,而另配英语对白。这显然是海外电影商人在加紧扩展在华片销市场之余,并且进一步而谋占华片运销海外的先着了。

听说明星公司也有摄制英语片的计划,甚望这一个计划能及早见诸实行,庶几为这奄奄垂绝的国产电影业,在海外开拓出一条新的大道来,也可以为一向在外片重压之下的中国电影稍舒一口气。

蝶衣

《明星》1936 年第 5 卷第 1 期

《红楼梦》搬上银幕

《红楼梦》在小说的结构中有些地方也蕴孕着一部分时代意识,作者曹雪芹的民族思想是很可以在人物的讽刺方面看得出来的,但如果搬上银幕,却不容易表现,因此也有人以《红楼梦》徒写儿女之私而反对取它为影片的题材,这自然是严格的说法,要是从电影艺术的欣赏方面论,古代的热情儿女间所演出的蕴藉的限制性的爱,也许比二十世纪青年男女的奔放的暴动性的爱要动人得多。所以《红楼梦》的搬上银幕,正不妨以研究古代情的范畴内的罗曼史的眼光去看它。

新华影业公司正式决定开拍《王熙凤大闹宁国府》,列为《红楼梦》之第一集,这一节故事在《红楼梦》中是比较有一点独特性的,它的参与人物并不是贾宝玉、林黛玉以及薛宝钗诸人,而是尤氏三姊妹与贾琏、王熙凤间的斗争事件。王熙凤是一个善于运用手腕而饶有智略的人,以顾兰君担任这一个角色是最适当没有的。过去顾兰君在《武则天》中已充分地发挥了她的富有决断的个性,而王熙凤正是与武则天同一型的人。此外,陆露明、黄耐霜、李红的尤氏三姊妹,支配得也是颇合乎理想的。

　　自来就爱看《红楼梦》,对于《红楼梦》之搬上银幕带有一点欣悦的心期待着。虽然有人以采取徒写儿女之私的《红楼梦》为电影题材而不以为然,但由我的揣想,也许"不以为然"的内在原因是唯恐银幕上的演出不能尽善尽美以致损伤了《红楼梦》原书的文艺价值,这一点自然

图27　影片《王熙凤大闹宁国府》剧照,顾兰君饰演王熙凤,刊于《新华画报》1939年第4卷第8期

是值得注视的。文艺电影在中国先后所产生而能使人满意的尚少,何况《红楼梦》这样以描写人物见长的细腻繁复的作品,要处理得没有一丝缺憾确是一件相当繁重的工作,所可以释然的是岳枫的导演手法近来颇趋向于缜密的一路,这或者不至于使我们如何失望,何况还有顾兰君、陆露明、黄耐霜、李红以及梅熹(饰贾琏)这几位演技优越的演员,支撑着全部画面的精神呢!

　　这就是我对于《红楼梦》的搬上银幕带有一点欣悦的心期待着的理由。

滌夷[1]

《电影世界》1939年第1卷第2期

———————————

[1]　"滌夷"为陈蝶衣笔名之一。

《秦淮世家》在我的生命史上

接到周剑云先生的来信,要我为《秦淮世家》特刊写一点东西。在读完了信与《秦淮世家》的本事之后,就是一阵伤感。

是一个我愿意淡忘的日子,张恨水的新著《秦淮世家》,开始在新闻报的副刊《茶话》中发表,那时我还没有被摒于粉红的范围以外,我爱好恨水的小说,于是有人给我在一本精美的册子上,按日将《秦淮世家》粘贴起来。她是那么小心地担任这项工作,在夏之夜,月的清辉之下,度我的温馨生活的时期,那册子往往会放到我的膝头或她的膝头。这就是说,我们研究《秦淮世家》的书中人物在那时候也是占着一部分时间的。

不幸这样的情况,没有能够延续到《秦淮世家》终篇,我记得仅仅看了六七回,正在杨育权劫夺唐小春的时候,我的粉红色的梦打破了! 自此,我对于《秦淮世家》再也没有欣赏的机会,或者说是心绪。

现在,《秦淮世家》不但是全书终篇,而且被搬上了银幕,当我听得此片开摄的消息时,我就害怕。而现在剑云先生偏偏还要我发表一点意见,又附了一张本事来,使我的心弦因此起了剧烈的震荡,我

图 28　影片《秦淮世家》剧照,周曼华饰唐小春,夏霞饰唐二春,刊于《金星特刊》1940 年第 1 期

在伤感的情绪之下读完了本事,分明这故事中的登场人物,是我在某一个时期所熟谙的。但叫我说些什么才好呢?

说句不怕人讪笑的话,提到《秦淮世家》,我真是有点怯弱的,我也不明了《秦淮世家》怎么会在我的生命史上划下惨痛的一页。

可是在另一观念之下,我也许会瞧瞧《秦淮世家》的映出的,我想能够给我看到在银幕上的杨育权之流,毕竟是怎样的一副面目?

陈蝶衣

《金星特刊》1940 年第 2 期

《孔夫子》的问世

我自承是一个对于《孔夫子》影片的关心者,自《孔夫子》开始摄制,就不断有关于《孔夫子》的消息在我所编的《小说日报》上发表。我认为《孔夫子》的搬上银幕是一件艰巨的工作,以孔夫子在一般印象中的地位的崇高,搬上银幕后要能尽如人意,怕是不容易的事。

然而,《孔夫子》在费穆先生导演之下,现在是终于完成了!内容毕竟如何虽没有知道,但我已在电影刊物上看到了一部分《孔夫子》的画面,画面上是那么的庄严,伟大,"窥豹一斑"就"可概其余",我相信民华公司对于

图 29 影片《孔夫子》剧照,唐槐秋饰孔子,刊于《电影世界》1940 年第 11 期

此片在慎重摄制的态度之下,演出的成绩是一定不会叫人失望的。

老实说一句,我对于民华之摄制《孔夫子》是着实替他们担一点心事的,所以我要认为《孔夫子》的搬上银幕是一件艰巨的工作,而现在则我这个局外之人,是可以不必多虑了。在民间故事电影闹得乌烟瘴气的时际,有这样一部严肃的作品出现,无异是一杆醒世之钟。向来喜欢看看电影,而别无其他嗜好的我,对于《孔夫子》的问世,真觉得有一种莫可名状的愉快。

陈蝶衣

《孔夫子影片特刊》1940 年

《木偶奇遇记》观后

看过了《木偶奇遇记》,比诺丘(木偶的名字)有一只小蟋蟀做他的良心,教导他诚实,勇敢,但是比诺丘禁不起狐狸和野猫的诱惑,狐狸与野猫以荣誉与金钱为香饵,使比诺丘投进了他们的圈套,在木偶舞台上,搬演着使人捧腹的滑稽剧。而一场戏表演下来的命运,是被主子关进了笼子里,给予他的报酬是"老了当柴烧"!幸而还有小蟋蟀做着他的良心,良心来了,将他救出了樊笼。

图 30 影片《木偶奇遇记》广告,刊于《大美周报》1940 年第 48 期

然而转瞬之间,他又受了狐狸与野猫的第二度的诱惑,他分不出敌

友,他憧憬着快乐岛的快乐生活。结果,头上长出了两只长耳朵,屁股上长出了一条长尾巴,乐极生悲,比诺丘变成了畜类——一头小驴子。

如果不是有小蟋蟀做着他的良心,领导着他逃出那魔窟——也就是所谓"快乐岛"的话,那么这可怜的小木偶,将终其身成为畜类了。

一个木偶,他之缺少清楚的头脑是不足苛责的,最奇怪的是有些所谓"人",也会学着比诺丘的样,跳上木偶舞台上演着使人捧腹的戏,同样也做着快乐岛的幻梦,他们以为这些是奇遇,全不想到老了当柴烧以及长出驴耳驴尾巴的命运!他们的小蟋蟀到哪里去了呢?

婴宁

《小说日报》1940 年 5 月 11 日

预　言

自《孔夫子》一片问世,民华公司便以制片态度的"不苟且"获得舆论上的一致赞美。本来,每一部影片的摄制都应该置于"郑重其事"的原则之下的,无如现时的影坛为那些制造小热昏影片的电影商人所搅乱,以致所有的出品几于百无一是。而民华对于制片方面,却能以认真的态度出之,这自然不能不使人认为难能可贵了。

基于上述的原因,预料民华的第二部作品《古中国之歌》,也一定不会使我们失望。将平剧搬上银幕,在过去已数见不鲜,但成功的极少,原因是搬上银幕的平剧,虽然通过了电影的手法,而映现于画面上的却仍是平剧而不是电影。我们希望的是以电影的手法改造平剧,而过去的平剧电影则几乎是平剧改造了电影,当然不会有良好的成就。

图 31　《古中国之歌》剧照,刊于《大美周报》1941 年第 91 期

但民华的《古中国之歌》,却可以预料它一定有良好的成绩:第一,在民华的不苟且的制片态度下,出品决不会因简就陋;第二,《古中国之歌》的导演者是费穆先生,费穆先生的作品一向是认真的严肃的,因此可以揣知《古中国之歌》在费穆先生的编织下,一定有特异的优点,展示在我们之前。

我敢肯定地说我的预料不会离事实太远。

蝶衣

《青青电影》1941 年号外《〈古中国之歌〉影片特刊》

关于《桃源艳迹》

过去,屡次在兰心看到《火鸟》《胡桃夹》和《高贝丽雅》的上演,当时对于这一种苏俄的歌剧滋生了极度的爱好，因而蕴蓄了从事于东方化的 Opera 之推动的兴趣。

远在半年以前，当《凤凰于飞》正在摄制歌舞场面的时候，我曾一度向阿方哥(沛霖)建议，提出了我的意见，我说："现在的话剧虽然有音乐伴奏，但并没有完全渗化到戏剧里去，我以为如果能创造一种有故事性的音乐、唱歌、舞蹈剧，冶多种舞台艺术于一炉，必能为戏剧史展开新的一页，这一种新型的戏剧相当于苏俄的 Opera，但范围比较扩大一点。"

阿方哥十分注意地倾听着我的建议，他认为这的确是很合理想的一种尝试，于是我们之间便有了旨趣上的默契。

《凤凰于飞》完成后，便旧事重提。这时我们已增加了两位同志，一位是舞台装置家陈明勋，一位是音乐家陈歌辛。经过了几度

图 32 《凤凰于飞》剧照，刊于《新影坛》1944 年第 3 卷第 3 期

的研讨,就成立了我们的组织的名称:"第一歌舞艺术剧团"。我们决定按照着我们的兴趣,冒险踏上荒漠之途。

我们的第一个戏,以陶渊明的《桃花源记》为蓝本,本来应该直接地名为《桃花源》,因为魏如晦先生过去已采为剧名,于是改名《桃源艳迹》。虽然选用了战前考尔门主演的一部影片的名称,但内容是不同的。

陈蝶衣

《青青电影》1945 年革新第 6 期

艺 苑 散 记

挽郑正秋先生

郑正秋先生已于昨晨作古了。郑先生为人,虚怀若谷,真可说是一位谦谦君子!而他的生平行事,最使人钦佩的,便是终身服膺孙中山先生"三民主义",致力于革命宣传,数十年如一日。这在先生从事于话剧运动时的现身说法,以至入电影界后在银幕上的说教(如《自由之花》《姊妹花》《女儿经》《热血忠魂》诸作)就可以知道郑先生对于革命的鼓吹,是曾尽过很大的义务的。然而先生对于革命,虽曾尽过很大的义务,却并不希望获得酬佣性质的权利。先生曾说:"我始终循从着我坚定的主张,无论在舞台上在银幕上,能尽一分力便是一分,无论受到任何困难,我都要这样干的。"先生的

图33 郑正秋遗像,刊于《明星》1935年第2卷第2期《郑正秋先生追悼专号》

襟宇，看是如何的高洁，思想是如何的坚纯，这应该是尤其值得我们叹服的。先生平日对于社会事业，凡有求于先生者，无不尽力援助，就历次参加的游艺表演而言，便不知有数十百次。所以先生之死，不仅是我国电影界折一柱石，社会上也失却了一个见义勇为的战士，这实在是很可扼腕的！我的认识先生，是始于林屋师的宴上，其后常与先生晤面，总是那么一副和蔼近人的态度。民国二十一年秋间，我在远东饭店结褵，请先生证婚，先生很早就到，当时的一番说辞，颇有风趣，我至今还很清楚的记得。然而先生已是赴修文之召，此后再也不能够领略先生的言论丰采了。匆促间成一挽联，聊志我衷心的哀痛，工拙是非所计及的了：

一生致力革命宣传，自舞台现身，至银幕说教，为党国形劳，何尝输躬冒矢石？

廿载尽瘁社会事业，每痌瘝在抱，曾辛劬勿辞，遗人群惠泽，畴不仰前辈仪型！

蝶衣

《明星》1935 年第 2 卷第 2 期《郑正秋先生追悼专号》

王元龙的太太流居津门

以前负有"银坛霸王"之誉的王元龙，近数年来蛰居天津，消息沉沉。最近，为了艺华公司筹备拍摄《楚霸王》历史片，由他的老弟次龙的举荐，才又将他请到了上海来。

王元龙从前曾与谭绍基同居多年，而且已养了几个孩子，但自从往年王元龙北上以后，两人就分袂了。后来王元龙在北平，另外觅得了一位新夫人，姓陆名淑贞，当时的平津报纸是常将"王元龙夫人"五字与"陆淑贞"连缀在一起的。

图34　王元龙小姨陆美，刊于《中国艺坛画报》1939年第6期

谭绍基以前是北里红倌人，芳名雅秋老四，这是大家知道的。现在王元龙的夫人陆淑贞，本来也是堕溷之花，在樽畔酒旁，和王元龙厮熟，后来便跟了他。

这位陆淑贞太太，因为是出身北里的关系，所以在行动上脱不了往时的习惯，尤其是对于理财的没有计划，有时候为了要买一毛钱的瓜子，会坐了半个钟头的汽车去找，可是王元龙并不计较这些。

这次王元龙应聘来沪，陆淑贞太太并没有跟他同来，同来的却是他的小姨，在李萍倩导演的《凤求凰》一片中，他的这位小姨将参加演出。王元龙颇想将她捧成第二个谭雪蓉（谭绍基的妹妹）呢！

沙蕾
《香海画报》1938年第18期

"赵丹第二"严化

电影界曾一度高喊过"提拔新人"的口号，但新人之真被提拔起来的还是绝对少数，有许多影迷企图跃登银幕，而往往千回百折犹不能如愿,即使给你侥幸进了影片公司,也未必立刻就有发展的机会。

例如严化①即是类此之一人。严化是一个戏剧爱好者,早年曾与宁萱、张聪同时考进天一影片公司,他的体格有些像赵丹,当时有"赵丹第二"之称,但他的命运则不如赵丹远甚。进了天一之后始终是无声无息,大明星的迷梦未获实现。战后,他改向话剧界活动,现在总算已是新演剧社的一

图 35　严化,刊于《青青电影》1940 年第 5 卷第 5 期

员,新演剧社定四日早场在卡尔登戏院公演《伪君子》,严化将参加演出,饰杨蔚如一角。

同时,他又加入了艺华影业公司,在孙敬导演的《香江歌女》中,有他的一个角色。

严化的好运似乎已开始,但距离他投考天一公司,已经两年多了。

沙蕾

《社会日报》1939 年 6 月 1 日

与王公子谈《文素臣》

最近王公子②在本报,曾指摘周信芳排演《文素臣》之非,这大

---

① 严化即港星秦沛和姜大卫的生父。1951 年,严化因病在香港逝世,年仅 31 岁。
② 王公子为王小逸笔名,彼时王小逸以"王公子"之名在《社会日报》辟专栏《乱话三千》。

概是王公子仅仅看了报上广告中的《古庙双栖》《有女同衾》剧目，而没有看到戏的内容之故。基于爱护新型平剧的滋长的原则之下，我想与王公子谈一谈。

第一，我们先要认清楚，戏剧这东西毕竟是娱乐，利用娱乐产生说教的效果则可，若要将戏剧完全铸成说教的工具，那不如在家里读教科书了！谁愿意跑上戏院子里来领教？这一点，我们第一要弄明白。

周信芳排演《文素臣》，我自第一集起至第五集止都看过，在《文素臣》中，决不是纯粹演些《古庙双栖》《有女同衾》《灼火眠屏》《撕罗裂帛》等等的，一般地有骂权奸，锄强梁，除暴安良，忠心谋国的激昂慷慨场面，它能使人兴奋，痛快，也能使人感动得掉下泪来。所以，周信芳的《文素臣》决不是一部绝无意义的戏。

就说那些旖旎风光的场面，也纯粹属于至情流露的描写，例如第一集中的《有女同衾》，那是多么凄婉动人的一支插曲，你能说它是诲淫的吗？你能看了不洒一掬同情之泪吗？《文素臣》之娱乐性的浓厚，但它并没有在娱乐性中羼入毒素，这至少是可以肯定地说的。

而且，《文素臣》在演出的形式上，许多地方已能运用电影化的手法，而脱离了旧剧的窠臼，这尤其是值得颂赞的。所以我说，周信芳的《文素臣》是有别于一般本戏的新型平剧，在"改良平剧"尚未成功之前，对于这一类的新型平剧我们正应该加以扶植，而不宜菲薄的。

如果仅仅看了《古庙双栖》《有女同衾》的剧目而没有看到戏的内容，便以为《文素臣》是要不得的戏，那就是完全估计错误了！

沙蕾

《社会日报》1940 年 12 月 5 日

附:答沙蕾谈《文素臣》

吾曾说:"信芳演技,众口一词,余亦深佩,惟若论及改良平剧革新平剧,则以信芳之地位与其拥有多数观众之种种便利,责以排《文素臣》之无甚价值,我意此亦公道话。"昨承沙蕾先生指教,于是所谓公道话者,乃似一句盲谈,岂不瘟杀!

吾于平剧及一般戏剧,都无甚研究,本不敢多辩,不过,细读沙蕾先生的文章,觉得彼此之间的意见,实在很接近,只消略一说明,便可分晓,既不累工,又不致伤和气,所以乐于再饶舌几句。

沙蕾先生之重视《文素臣》,基于"爱护新型平剧的滋长的原则"上,我之谓"责以排《文素臣》之无甚价值",亦以信芳在革新平剧上之地位而言,这是立足点的彼此接近。

沙蕾先生说:"周信芳的《文素臣》,是有别于一般本戏的新型平剧,在改良平剧尚未成功之前,对于这一类的新型平剧我们正应该加以扶植,而是不宜菲薄的。"在改良平剧的观点上,可见沙蕾先生并不以《文素臣》为成功,拙见亦然,这又是论断的接近。

所不同的是,就是在改良平剧尚未成功之前,正因《文素臣》之能有别于一般本戏的新型平剧,沙蕾便以为对它应加以扶植,而我却菲薄它了。这不同是不难说明的。

上海多数舞台正排着连台本戏,炫奇争胜,虽则"这里面,一般地有骂权奸,锄强梁,除暴安良,忠心谋国的激昂慷慨场面",也有"悽惋动人的插曲",而且也在"运用电影化的手法",但是这一些,仍都说不上他们是在长进,以《文素臣》与之一较,瑕瑜立见,我们不捧周信芳捧谁?所以沙蕾先生以为在改良平剧尚未成功之前,我们极应扶植《文素臣》,"扶植",仁者之言也。

　　我呢，我就坏在不愿把《文素臣》与一般本戏的新型平剧去比较，莫非我太重视了周信芳么？自"改良平剧"的口号喊起以来，社会文化机关并没有提倡的意向，一般有戏剧新知识的人，不屑来参加扶植（欧阳予倩、田汉等后来的参加，那是他们看中了平剧的庞大观众，正是为话剧争取观众的张本），于是这责任，似乎只有落到平剧的从业员与爱护者的身上了。戏剧的重要因素是观众，得不到观众，虽欲努力，也是枉然。平剧名角中，能有几人头脑前进？更能有几人有此决心？努力的不是没有过，但，都是得不到观众而碰壁失败，在如此情形下，我们看肩负这大事的最理想的人是谁？我推重了周信芳，惟有他是演剧的天才，惟有他有了隆重的地位（戏院主人要请他），惟有他有极庞大的观众，他具备了别人没有的条件，但是他的努力，是不是在这方向上！信芳在舞台上的地位，在《文素臣》前早已奠定了，自《明末遗恨》到《文素臣》，他有了什么新的成功？进步了有多少？那进步的程度，与时间的数量又是否配合？我觉得这答案是失望的。这失望是重视信芳，想平剧改良的成功，落在他身上而已。

　　话既说明，可见沙蕾先生的高见与鄙意很接近，所不同的，沙蕾先生对于改良平剧，尚有所待，而我则立刻希望于信芳，是沙蕾先生的迟缓了一步呢？是我多跨了一步呢？还是扶植与责非是对信芳的迈进，可以收指臂之助的伙伴呢？这一句公道话，我自己不敢说了。

　　附注：我们（指主张改良平剧者）的文章，都有一个缺点，便是都少能积极的指出，究竟怎样才是改良平剧？所以破坏性多而建设性少，往往会使听受的人不服气，而在改革上亦无甚贡献。此种文章,也着实不好写,非真有研究心得不可,但少也实在少不得。所以我希望高明之士,以后能积极的指出一些路来,至于像我呢?既无研究,而又不是能专从事于戏剧事业者,所以只好做一个热心的小卒罢了。

王公子

《社会日报》1940 年 12 月 13 日

与王公子再谈《文素臣》

王公子在答复鄙人谈《文素臣》一文中,说明了他对于周信芳的热望,王公子以为《文素臣》无甚价值,而希望信芳能立刻负起改良平剧的责任来。我则对于《文素臣》的演出表示了满意,这自然是我的意见迟缓了一步。不过我以为改良平剧的工作,不是一件一蹴可几的事,事实证明了过去少数人之从事于"改良平剧"运动,结果是难以为继,这并不完全是魄力关系,至少观众的接受与否是一个大问题。就近一点,我们将话剧作为例子吧!为什么话剧运动经这么许多年以来的倡导,所拥有的观众还是不能与平剧争衡?这岂不是一个很可注意的事实?所以我以为,改良平剧宜于缓进而不宜于急进,应该先从潜移默化方面着手,从无形中将剧的形式改良起来,这就是我推崇《文素臣》的缘故。《文素臣》中有许多可取的场面,就提出大家所习知的《枯庙双栖》与《蓬门报德》两场来说,它的对白的隽妙,真是所谓才人之笔,寻常做梦也想不到的。尤其是灯光的配合,就是我上次所说,是运用了电影的手法处理的,至少这些地方已经脱离了旧剧的桎梏,而进入于改良平剧之途。

关于改良平剧的范畴,实在也很难说,怎样才算是改良平剧呢?过去欧阳予倩所编的《渔夫恨》《桃花扇》《梁红玉》之类,是在中华剧团成立时所产生的,如果我们承认它已经算是标准的改良平剧,那么《文素臣》在演出的形式上,至少比欧阳予倩所编的数剧要新型而活泼得多。论其效果,《文素臣》中的正义感也许不在《桃花扇》诸剧之下。所以改良平剧如果并没有一个更崇高的鹄的的话,那么就说《文素臣》即是改良平剧,也未为不可。

说到最后,我还是那句话:"改良平剧宜于缓进而不宜于急进。"实在这一个工作太艰巨了,惟有按部就班才有达到成功之域,正如开辟公路必须先从事测量一样。

王公子自谦对于一般戏剧都无甚研究,其实笔者的戏剧知识也浅薄得很,不过因为兴趣的关系,很愿意跟人家讨论些问题,王公子的讨论态度是我所折服的,所以约略再抒一点鄙见,愿就止于王公子之前。

沙蕾

《社会日报》1940 年 12 月 18 日

附:再答沙蕾谈《文素臣》

读沙蕾先生《再谈〈文素臣〉》,觉得话愈说愈接近,我们着眼之点都在观众,沙蕾先生的态度既非常客气,所以我倒想索性趁嘴瞎说几句,好在说错了,该不会挨"嘘"。

今日的平剧,真不能去给它估价,说起来着实可怜,而观其挟有庞大观众之势力,则又可悲可痛。平剧,有歌唱,有动作,我想在戏剧上当是歌剧之一种，可是我们的平剧，有时竟不像了戏剧，钻火圈，斫石条，简直是卖拳头，变戏法。就是说"打出手"吧，这是玩意儿，哪里是戏剧呢？一个人举以生命相搏的敌人，把刀枪等等抛来接去，岂非滑天下之大稽？我们存着看技艺的心去看他们的练功，击节称赏，未为不可，然而竟有不惜以评剧家地位从而誉扬备至，其可笑与幼稚孰甚！我们虽决不能求戏剧处处像真，但终要合乎情止乎礼。动作不妨象征，但必须美观，一条腿抬上一刻钟一句钟是毫无价值的，只要身段功架，干净漂亮，适合身份，便够喝彩了！

编一出戏，终要把一丝一缕理得清清楚楚，然后一把抓住，把力量集中在一个高潮上。而现在的一般本戏，上场下场，整出戏中如此一幕一幕的竟有数十或至百外，散漫支离，还成什么东西！这简直是宜以大刀阔斧的精神把它连根斩除才是。（《文素臣》的《枯庙双栖》与《蓬门报德》，便是二个高潮，这当然是较优的。）所以改良平剧，我想最重要的便是剧本的编制，非对于戏剧艺术真有深刻研究的人，这重任是不克担当的。上次剧艺社上演的《葛嫩娘》，除了没有歌唱之外，何尝不就是平剧的化装？现在的许多平剧班子，拥有大量的演员，雄厚的资本，而偏故步自封，眼见离戏剧艺术之途愈远，但终不肯杀出一条血路来，天生就一副笨骨头，而独具一双聪明的生意眼，岂不可叹！

然而平剧的奇迹，而是观众艺术趣味的幼稚。我不是说平剧观众都是无知识的，正有许多是极有思想学问的人，不过平剧今日生意之兴，决不建筑在这些人士的身上，它的靠山是一般无知的公子哥儿，无识的太太小姐，和不学无术的富商阔佬耳。饱暖终日，无所事事，所谓潜移默化，亦不过对牛弹琴而已。这艺术欣赏的知识问题，想该是多方面的，上海为通都大市，接受新文化新知识有种种便利，而平剧观众的要求，犹停留在神怪机关、低级趣味上，真是可痛之至。

戏剧艺术，剧本是文学，我们的平剧差得远着呢！急起直追，犹嫌其迟，如何可以缓呢？沙蕾先生常谈平剧，于戏剧知识谅必丰富，而与平剧界当局与内情，或亦因多接触而详熟，其言缓进，当亦是经验阅历之谈，不过我既是十足羊毛，则空口说白话，只自思我立意纯正，便也不顾识者之笑了。

我还有一点意见，不知沙蕾先生以为如何？我并不以为戏剧是说教的工具，不过承平之世，不妨歌舞尽兴，若国步艰难，则剧人亦当多尽一些剧人之力，排《文素臣》，何如排《文天祥》《史可法》《徽钦二帝》呢？然而米价喊到百元以外，靠着这当口榨同胞，发大财，则就是演任何意识的戏，给他们看，也是白白的，真如大郎所谓"有啥话头"呢。

王公子
《社会日报》1940 年 12 月 23 日

创造富于情绪的平剧

很兴奋地看到了王公子又一篇答复我的文章，虽然王公子没有提出改良平剧的具体方案，但已痛快地指出两点：其一，卖艺式的玩意儿要不得；其二，现在的一般本戏在编织上支离散漫，需要有良好的剧本。这两项意见正是与我相同的，譬如说，一般人对于阎世善的"打出手"，都赞美得了不得，我却在看过了他的《杨排风》

以后,就没有再看他第二出戏的兴趣。虽然阎世善扮上了也很妩媚,但"打出手"毕竟不是戏剧的主要艺术,而且出手的套子也不过是那么固定的几下,多看也就不免乏味。

我以为不单是"打出手",就是武戏中的"打连环",也十分可厌,通常像《铁公鸡》《叭蜡庙》一类大动干戈的戏,都有"打连环"的演出,本戏中像《金镖黄天霸》《济公活佛》等,更是照例少不了有一场结结棍棍的开打场面,包括"打连环"在内,不但虚糜时间,而且分散了戏剧的情绪。此外,《拿高登》《四杰村》诸剧中,甚至大摆其石锁(其实是纸糊的),那更是离戏剧太远了。

我以为从事于改良平剧,就不妨分为两种步骤,第一,尽量减少卖艺式的开打藉以经济时间;第二,创造富于情绪的平剧。戏剧正如诗一样,一首吟咏名胜风景的诗,于写景之外,兼须有性灵,一出戏不单是搬演故事,同时也需要有情绪,戏剧的情绪即是诗的性灵。举个例来说,头本《文素臣》中《枯庙双栖》一场,以两座巨型的烛台扣上一袭外衣作为礼教的屏障,地上生起一盆熊熊的炉火来,未鸾吹与文素臣作问题的辩难,那是如何地富于戏剧情绪;又如《蓬门报德》一场,点缀着宫灯,刘大夫妇的门外窃听,以及摇曳着的窗外花枝,它的情绪又是如何地动人! 至于紧接在《蓬门报德》之后的未鸾吹与文素臣之别,那更不啻是白太傅的一曲《琵琶行》,真不能不使江州司马为之青衫皆湿了。就是以老戏来说,《女起解》中苏三的唱词"与三郎重见一面!"以及《打渔杀家》中萧桂英的念白"女儿舍不得爹爹!"那种悲凉的调子,也是充满了戏剧的情绪的。我以为改良平剧在演出方面,至少须充实着类乎以上所列举的情绪,庶几能衍成一出完美的戏。

过去的平剧，无所谓剧本，一出新的本戏的排演，大多数是由编剧的人拟就一张提纲，标明着前后几场戏，每场上哪几个角色，简单的说一说，经过几次响排就成，除重要的唱词另发单片外，差不多些的都是由角儿自己去编上几句合辙的词儿就算。像《文素臣》《香妃》那样的由朱石麟、胡梯维执笔，先产生剧本，然后排戏，那不能不算是进了一步了。

最后，关于王公子所说，与其排《文素臣》何如排《文天祥》《史可法》《徽钦二帝》这一点，据我所知道，《徽钦二帝》以前周信芳曾演过，因为发生了问题才收藏了起来。《文天祥》与《史可法》移风社也曾预告多时，也因为遭遇到了些困难，所以迟迟尚未能上演，这纯粹是由于其他问题的关系，附书于此，以告王公子。

沙蕾

《社会日报》1941 年 1 月 7 日

改良平剧工作的缓进与急进

曾数度与王公子讨论改良平剧的问题，王公子主张急进，而寄其厚望于周信芳，他说："戏剧艺术，剧本是文学，我们的平剧差得远着呢！急起直追，犹嫌其迟，如何可以缓呢？"我则以为改良平剧的工作不是一蹴可几的事，主张从潜移默化着手。当然，在理论方面，王公子的话是对的，但是在事实上，改良平剧工作要责成少数伶人立刻起而行，会遭遇到许多你所不能想象的苦难。关于这一点，当时我没有能够举出佐证，现在却有一个很好的例子，可以告诉王公子：最近，张翼鹏加入更新舞台，张翼鹏是后起伶人中比较思想前进的一个,他此次的出演实抱有改良本戏的雄心,他预备排演《大侠甘凤池》,特地请裴冲编戏,又拟请魏如晦为他写《新西游记》,这多少是一个可喜的消息,但更新的后台,却因此有人在窃窃私议了,你猜怎么着?原来他们说:"要演话剧了吗?"虽然是怀疑的问话,却含有不以为然的成分,于是其结果,裴冲赶写出来的《大侠甘凤池》搁置了起来,《新西游记》的排演则提早付诸实施,而这个所谓《新西游记》,仍是与他前时所演的相差无几,并没有经过魏如晦或其他剧作家的整理和改编。

改良平剧的工作就是如此的艰困,说与王公子,料应同声一叹了。

沙蕾

《社会日报》1941 年 2 月 22 日

哪一种戏剧是我们的国剧?

一个国家应该有一种代表的戏剧,中国的戏剧史已相当悠久,但是直到现在,究竟哪一种戏剧才算我们的京剧?却还没有具体的制定,其间为了戏剧形式的历次变迁,当然是不能确定一种京剧的原因之一,而现有各种戏剧(包括平剧、话剧及昆剧等)的水平,还没有达到较高的标准,也是阻碍了一种代表国家的戏剧的成立的。然而一个现代的国家,尤其是文化艺术素来有着光荣的历史的我国,实在不能不制定一种代表的戏剧。现在我们对于此一问题,特地辟一专页,郑重地提出讨论。我们征集了四位戏剧专家[1]

---

① 四位专家分别为赵景深、周贻白、沙蕾(陈蝶衣笔名)、郑过宜,全文较长,本书仅收录沙蕾之文。

的意见,分别发表在下面(以收到先后为序),这四位专家的意见是可珍的,虽然对于此一问题还没有得到结论,但至少是对于我们未来的京剧,指出了一条明确的途径来了!

——蝶衣识

一个国家是需要一种代表的戏剧的。就我国的现有戏剧来说,地方戏当然除外,较普遍的有平剧(一般谓之京戏)与话剧,昆剧在私人间练习的也很多,如果要决定一种京剧,应该向这三种戏剧中去选择。但是严格的说,这三种戏剧实在都没有当选为京剧的资格,譬如昆曲,就微嫌其词句太雅,只有骚人墨客才听得懂,却不为多数观众所了解,而且剧本也老是那固定的几个,没有新的有意义的创作。所以我们理想中的京剧,昆剧第一个不够资格。

话剧来自西方,本来不是我国固有的戏剧,不过自文明戏蜕化到现在的话剧,经过多年来从事于剧运工作者的努力,我们不能不承认它已有不平凡的成就。在上海,上海剧艺社与中国旅行剧团都是强有力的组织;战后的大后方,话剧所伸展的势力也在逐渐扩张起来,它的普遍性正是在与日俱增着;尤其可喜的是良好的剧本之不断的产生,这一方面的贡献与成绩是较诸任何戏剧为良好的,事实上我们不能不承认话剧在未来的戏剧中地位的重要,但话剧的优点仅在于对白,以及戏剧性比较接近于现代;而唯一的缺点则是没有歌唱,戏剧而没有歌唱这无论如何是一重大缺陷。其次,每一个戏的场子较少也觉得有时是妨碍了戏的进展的,为了布景道具不能像平剧一样随便起卸的关系,只得限定了场子,因此整个的戏受了拘束,绝对不能自由发展,这也是缺点之一。由于这些美中不足之点,觉得现有的话剧,也距离我们理想中的京剧尚远。

说到平剧,它是戏剧中最具有普遍性的,在东北东南数省以及长江流域一带,差不多每一个县城都有演唱平剧的戏院设立,粤、桂、滇、黔诸省的省城也有平剧的踪迹,拥有观众的数量之多是任何一种戏剧所及不上的。但是平剧的本身,也有缺点,那就是它只注重唱与做,以及武剧的开打,对白的富于"讽刺的力",是远不及话剧的。因此,如果以平剧为京剧,也觉得不十分健全。不过比较起来,还是平剧较易造就,因为它是具备了戏剧应有的各种条件的(例如话剧所没有的歌唱,在平剧就特别注意,戏的开展也比较自由,伶人们可以自由发挥他的意旨,不像话剧那样的受束缚。)这里,我又不能不推崇周信芳先生所导演的《文素臣》(过去我对于《文素臣》是曾经一再为文赞美过的),《文素臣》的第一、二集我都看过,它已经在旧的形式下渗入电影的手法,演出细腻而生动,侧重内心表演,有许多的对白都十分紧凑而有力(例如《古庙双栖》《蓬门报德》《公堂抗辩》诸场),同时布景与灯光的配合也都很成功。嚷了许多年的"改良平剧",像《文素臣》这样的戏才可以说是真正的"改良平剧"。当然,这也是为了《文素臣》是出于才人之笔的缘故。

因此,我觉得很可以制定一种理想中的京剧,它是需要融合平剧与话剧二者之长的,至少应该具备如下的条件:

一、歌唱。(新艺剧团演出的《海国英雄》,有陈琦所饰的郑瑜的一段歌唱,很可取。)

二、动作(在平剧中称为做工)之外的内心表演。

三、布景道具与灯光并重。

四、战争场面随剧情的需要而穿插,取消平戏中旧有的卖艺式的冗长的大开打场面。

五、对白生动而紧凑,针对现代。(这就需要完美的剧本)

能够照这样做,才可以完成一种完美的京剧。

我的结论是:我们的京剧还需要创造,现有的若干种戏剧都配不上称为京剧!

沙蕾

《万象》1941 年第 1 卷第 1 期

女艺人群像

王熙春

王熙春,过去是南京的一个歌女,《秦淮世家》的典型人物,但是她富于进取心,对于自己的艺术生命知道爱惜,她终于没有菲薄了自己,在相当时期的努力之下,她由清唱转变到正式下海,下海的地点是南京的南京大戏院,那还不过是民国二十五年间的事,与她初次合作的须生是赵韵声,后来还有现在同隶卡尔登的高百岁。

战后,熙春到过汉口,与赵如泉、安舒元合作在天声舞台演唱,我曾看过她一次《玉堂春》,赵如泉的蓝袍,安舒元的红袍;一次《霸王别姬》,是赵如泉的霸王,正当虞姬要舞剑的当儿,空袭警报来了,全院电炬尽熄,隔了半个钟头才继续开演,我想这也是熙春演剧史可纪念的一日吧!

我的初识熙春也是在汉口,她住在天声舞台后面一条弄堂里,距铁路饭店没有多远,已记不清是叫做什么里了,我去访问她时,是在一个下午,她着了一袭很朴素的印花旗袍出来见我,她很健谈,告诉了我许多在南京鬻歌以及从师学戏的事,更谈起南京的报人与田汉。田汉在南京时,是很捧她的。临了,她又送了我一张戏装照片。

图 36　王熙春,刊于《青青电影》1939 年第 4 卷第 12 期

二十七年的春天,熙春以移风剧社的邀请,由汉口到香港,再由香港到上海,开始与周信芳合作,在卡尔登戏院演唱,登台未久,即以演《香妃恨》一剧而获得了普遍的赞美。之后她又跃上了银幕,主演过《文素臣》《香妃》《孟丽君》数片,而且还做了摄制《孟丽君》一片的春明影片公司的老板。

熙春演戏,以细腻见长,饰初解风情的闺中少女最适合她的个性,她有个雅号叫"小鸟",至今她还是像小姑娘那么的天真。

唐塑[①]

《申报》1940 年 11 月 12 日

孙景璐

孙景璐,是一九四〇年度崛起于艺坛上的一位新人,现在她是中旅剧团的台柱,兼金星影片公司的基本演员,在话剧舞台上与银幕上,已成为最幸运而享名最盛的一个。

---

① "唐塑"为陈蝶衣笔名之一。

曾在璇宫剧院看过她演《原野》一剧中的金子,她的舞台作风颇近于唐若青,演技是那么的洗练,而国语又是那么的流利,她自幼生长于北平,国语的流利当然不是意外的事,但她的原籍却是上海,这恐怕知道的人很少。

图 37　孙景璐,刊于
《中华》1940 年第 94 期

汉口,这是孙景璐的第三故乡,战时的中旅剧团在汉口演戏时,她正在汉口的懿训女中肄业,由于兴趣的关系,她投效而加入了中旅的阵线,中旅到香港时,她已成为主要演员之一,但不幸中旅的内部忽然发生了内讧,她和姜明等人同时脱离了,加入了欧阳予倩主持的中华艺术剧团,但这一个剧团为时不久就解散了,于是她流徙而来到她的第一故乡——上海。

来沪以后,她继续为话剧运动努力,最初是加入辣斐剧场演出,后来唐槐秋来沪,中旅剧团复活,她以唐槐秋的邀请,又重回中旅。因为唐若青难得登台,于是她便被倚为中旅的唯一台柱子。她从参加剧运到现在,仅有短短的三年时间,但她已偿了她的初愿,而成为话剧舞台上的成功者了。

金星摄制《秦淮世家》,孙景璐以客串的姿态在片中演出,饰阿金一角,在她不过是尝试性质,但片成公映以后,因为演技的精湛,大家一致推许她是成功了!金星当局正需要人才,也就很迅速地征取了她的同意,签订了一年的合同。

现在,孙景璐还仅仅是一个十八岁的姑娘。

唐塑

《申报》1940 年 11 月 13 日

林砚纹

一个皈依佛门的和尚追求一位坤角儿,这是一件滑稽的事,同时,也显示了这位坤角儿的色艺使人倾倒。

这位坤角儿,便是现在出演于卡尔登戏院的林砚纹。砚纹的最初艺名是李琴芳,她是名教师李琴仙的女弟子,同时还有一个李艳芳,那是她的师姊,早在数年之前嫁人了,而琴芳则始终没有放弃她的红氍毹生涯。

琴芳打从七岁那年起,就跟着李琴仙学戏,她唱的是旦,但是她却学过武戏《投军别窑》,因此她有着起霸的底子,后来就专从刀马方面努力,《金山寺》《十三妹》《穆柯寨》都是她所擅长的戏,尤其是一出《大英节烈》,她在剧中女扮男装,揭竿起义大战王甫刚诸场,寻常坤角儿都有着改良靠,她却不嫌麻烦,扎大靠,戴紫金冠,那样的认真,在时下女伶中是很少见的,这也就是因为她学过《投军别窑》的缘故。

到了满师以后,她脱离了李琴仙,改名王竞妍,先后在新新花园及新世界演唱过好多年,皈依佛门的方外人追求她的事,就发生在出演于新新花园新声大剧场的时代。

那位方外人,不知如何对王竞妍着了迷,差不多天天去看她的戏,在剧场中发现身披袈裟的和尚,这已经是不常有的事,而那位和尚的企图且不仅在看戏,有一天,王竞妍接到了一封信,正是那

099

位和尚所写,信上除了向王竞妍道仰慕之忱以外,并且说,每天在台下手里捏了一柄如何式样的扇子的和尚,就是他。最后,只求王竞妍给他一封复信。

一封和尚的情书!这不由使王竞妍诧笑起来,后台的许多同行也为之笑不可仰,当作一件奇闻似的传说着。自然,王竞妍对于这一封和尚的情书,是并没有答复,而后来,她在新世界演唱的时候,因为林鹏喜屡次与她合唱《金山寺》《穆天王》《霓虹关》诸剧的关系,她和林鹏喜恋爱上了,便嫁给了他,所以她是个罗敷有夫的人了。

卡尔登秋后开幕,王竞妍与林鹏喜同时加入了移风社的阵线,林鹏喜改名鹏程,而王竞妍则改名林砚纹,林是从她丈夫姓的。

唐塑

《申报》1940 年 11 月 15 日

陈琦

陈琦正与孙景璐一样,同是由话剧舞台跃登银幕的,现在她是合众影业公司的基本演员,同时也是新艺剧社的一分子。名剧作家魏如晦,是最赏识陈琦的一个。在魏如晦的提掖之下,使她在艺坛上像野玫瑰似的绚烂地摇曳着。

今年,她还只是一个十七岁的小姑娘,她的原名是翠棣,曾肄业于中法戏剧学校,为中法剧社基本队伍之一,曾在《阿 Q》中饰七斤嫂,又曾兼代吴妈一角,而以主演许幸之导演的独幕剧《小英雄》成名。她从事于话剧工作已有并不短暂的历史,所以她的舞台经验也相当丰富。之后,她又曾加入上海剧艺社,在《明末遗恨》(即

《葛嫩娘》）中演美娘一角，博得了更普遍的好评。她的加入合众影业公司，也就是在这个时候，处女作是《香妃》，饰兰儿一角，介绍她进合众的就是魏如晦。

图38　陈琦，刊于《青青电影》1944年复刊第1期

现在，合众正摄《赛金花》一片，陈琦也参加演出，饰珊儿一角。《赛金花》的剧本是朱石麟所编，而材料则由魏如晦供给，魏初意要使陈琦担任两个个性不同的角色，但朱石麟在考虑之下是没有接受这个意见，并将魏所贡献的一部分材料删节了，于是陈琦只担任了珊儿一个角色。

不久以前，新艺剧社在璇宫上演《海国英雄》，以陈琦饰郑成功之女郑瑜，虽然仅有一场戏，她却演一场哭一场，许多的观众也陪着她下泪，这证明了她是一个丰于情感的女艺人。我曾有如下的一首诗赞美她："自是娥眉禀赋奇，银筝按罢泪如縻。年来着遍伤离笔，不及歌台一女儿。"就是看了她在《海国英雄》里的演出以后所写的。

但是在私底下，她爱说笑，爱调侃人家，对于任何事都大胆而泼辣，与她在舞台上所显现的个性绝对相反。所以将野玫瑰和她比拟是最恰当的，她是又娇艳而又多刺的一朵艺坛之花呢。

唐塑

《申报》1940年11月19日

英茵

英茵,她有着健美的体格,生长于故都,今年二十五岁,在她诞生以后的两个月,她的父亲就死了,因此她对于她的父亲是毫无认识。她的母亲,不幸亦于上月间在北平亡故,为了环境的关系,英茵没有能够奔丧回去,这是她最近的唯一憾事。

英茵是个北国的女儿,但她的母亲却是海南岛人。英茵的父亲是壮年流亡在海南岛,以打猎为生,有一天,在他安排着的猎兽的陷阱中拽起了一个少女,她是不经意而掉下去的,于是他就收留了她,后来将她携到北平,在老人的许可之下,终于结成了眷属,这就是英茵母亲的来历。英茵时常将这事当作传奇一般地向人叙述着的。

英茵的发祥地是联华歌舞班,银幕上的处女作则是《火山情血》,她有着健美的体格,同时又说得一口清脆流利的国语,所以在那时候已经很受人重视,后来为明星影片公司所罗致,拍过不少戏。她的致力于话剧工作,是开始于业余实验剧团演《欲魔》的时候,女主角花月英就由她担任,她的纯炼的演技使话剧界中人为之惊奇起来,此后,她更以主演《武则天》而享了盛名。

战事西移后,她流浪到重庆,从事于后方的剧运工作,在她离开重庆的不久以前,还主演过老舍的处女剧作《残雾》,以后就由合众影业公司主人的邀请而回

图39 英茵,席与群摄影,刊于《春色》1937年第3卷第14期

到了上海,本来是预备请她主演《西太后》一片的,但是因为剧本与导演的两重问题,一时不能实现,于是改拍《赛金花》,由英茵饰"一代红妆照汗青"的赛二爷,现在已经摄成了十之八九,大约本月底以前就可以全部竣工。

新艺剧社的第二部戏已决定请英茵主演,剧名《荆钗喋血记》,仍是魏如晦所编,十五日起已开始排练,也许下个月就可以上演。

英茵是一个个性亢爽的女性,最近报纸上记载着她恋爱的事,她也不恼,其实她目下是孤寂地住在辣斐德路桃源邨,除了两个女仆以外,她的唯一的玩伴就是最近以十五元代价购得的小汤尼——一头全体白色的狮子狗——了。

唐塑

《申报》1940 年 11 月 20 日

唐若青

谁都不能否认,中国旅行剧团得有今日地位,唐若青是有着极大的功绩的。若青是中旅团长唐槐秋的大女公子,在若青髫龄时唐槐秋就离开了家庭,到法国学习航空去了!槐秋在法国逗留了六年,才回到上海,当他归家的时候,举手打门,有一个女孩子出来把门开了,见了槐秋,不认识是谁,问槐秋找谁?及至瞧见自己的妈妈跟打门的那个人抱头大哭的时候,她才意识到是自己的父亲回来了。——唐槐秋在酒酣耳熟之时,时常很兴奋地向人诉说着这一件女儿不认识爸爸的趣事的。

自唐槐秋组织中国旅行剧团以后,若青即献身于话剧运动,中旅数年来随处流转,若青的足迹,也就踏遍了华北、华中、华南诸省,所以她不但有着丰富的舞台经验,同时也有着丰富的人生阅历。

若青的个性比较坚强,所以她宜于演慷慨激昂的一路戏,例如《明末遗恨》中的葛嫩娘,就是获得甚大成功的。她的发音略带一点沙,但是一字一句都清晰而有力,我曾誉之为"话剧舞台上的女性麒麟童"。

图 40　唐若青,刊于
《特写》1936 年第 10 期

若青的生平唯一嗜好是芒果,上次她从香港来,曾携来了许多芒果,整天的吃着,几于将它代替了一日三餐。她和她的父母及妹妹若英同住在拉都路,那是一个艺术之家,进门就是客厅,正中陈设着餐桌,上面铺设了台毯,花瓶里插着一丛康乃馨,靠窗的一角是沙发与茶几,壁上挂着一帧一帧的照片,全部是艺术性的,绮丽而又整洁。他们家里还养了许多小鸭子,种着丝瓜(那是指夏天时候)和番茄,此外,猫与狗更成了若青最熟稔的伴侣。

从若青的体格上推测,谁都认为她很健硕,她的身形与弱不禁风的女性正是相反的,但是她由香港来沪以后,却时常闹病,经医生诊断下来,说是血亏,所以数月来她是请着医生不断地治疗。为了体质不好,也就影响到她的演剧,她之所以不常登台,便是为了这个缘故。

唐塑

《申报》1940 年 11 月 22 日

顾兰君

一般人于顾兰君的与李英闹恋爱,以为将损及她的艺术前途。其实顾兰君的忠于本位工作的精神,也是不可抹煞的。现在,顾兰君与李英同居于西摩路①的华业大楼,顾兰君对于此事曾公开承认过,不必为她讳言。华业大楼是公寓房子,兰君租了两个房间,其中一间是套房,当兰君明天要拍戏或演戏的时候,先一晚她就住到套房里去了。关着门静静地熟读剧本,谁也不许打扰她,就是李英也不能例外。这说明了她虽然需要恋爱,但是她并没有懈怠着她的本位工作,她仍是随时为着自己的前途努力着的。

兰君在明星影片公司时代,已有着优越的地位,《桃李争艳》是奠定她基础的作品。战后加入新华,以主演《貂蝉》一片而取获了影坛上更崇高的地位,之后就是她的黄金时代。她之与李英发生恋爱是在合演《黄天霸》武侠片的时候,而最近完成的《薄命花》则是她与李英结合以后得首次结晶品了。

《薄命花》的原名是《金钱与爱情》,内容差不多就是兰君为自己写照,兰君过去曾为以六千元易取她的一幅照片的一大山人顾乾麟所擘爱,兰君跟一大山人的感情本来不坏,但是她看了《木偶奇遇记》卡通片以后,思想上受到了很大的影响,她决意摆

图41 顾兰君,刊于
《影坛》1935 年第 1 期

①　西摩路,即今陕西北路。

脱金钱的羁绊,这样才另外开辟了一条恋爱路线,与李英结合了。《薄命花》的剧情就是写她恋爱路线转变的经过,不过剧中的女主角不是电影女明星而是一个舞女罢了。

《薄命花》的剧情既是在这一个主旨之下产生,所以它对于金钱玩弄女性的罪恶是有着充分暴露的。此片的监制人是张松涛,兰君是他的义女,而李英则与他有着师生的关系,所以现在兰君叫李英"大阿哥",李英叫兰君"大妹妹",这特殊的称谓就是因为同门的关系而来的。

兰君对于话剧,也有着相当的兴趣,过去曾与唐若青、徐莘园等在卡尔登戏院演过《群莺乱飞》,最近则曾参与新艺剧社的阵线,在《海国英雄》中演郑成功之妻。她聪明,她知道把握人物个性与戏剧空气,所以无论在银幕上舞台上,她的演技都是熟练而成熟的。

唐塑

《申报》1940 年 11 月 27 日

慕容婉儿

最近在舞台上及银幕上,又崛起了一个擅长演反派戏的新人,那就是慕容婉儿。曾看过银幕上的《秦淮世家》,以及舞台上的《上海屋檐下》者,大概对于慕容婉儿的反派演技,没有一个不同声赞美的吧?她(慕容婉儿)实在是一个甚有希望的剧坛新人,妖姬荡妇一型的角色,在慕容婉儿的个性揣摩之下,往往演得十分生动,仿佛她至少已有着五年以上的舞台经验,其实她还是去年的暑期才脱离学校生活,她肄业于裨文女校,去夏高中毕业后加入上海剧艺社,开始剧艺工作。年余以来,先后曾演过《夜上海》《花溅泪》

《武则天》《明末遗恨》《恋爱与阴谋》《女儿国》《李秀成殉国》《职业妇女》《海恋》《小城故事》《大明英烈传》，以及最近的《上海屋檐下》等十几个戏，大都以反派的姿态演出，她虽然涉世未深，但是她聪明，她能够理解各层阶级的人物个性，兼之她在剧艺社，得有充分发挥她天才的机会，于是锻炼而成为一个优秀的舞台剧人。

图 42　慕容婉儿,刊于《金城月刊》1940 年第 17 期

现在,慕容婉儿是上海剧艺社的重要演员之一,同时,她也是国华影业公司的基本女演员,她在国华的第一部作品是《天涯歌女》,不久将公映。在摄制中的有《西厢记》与《夫妇之道》。此外,在金星公司的《秦淮世家》中,在民华公司的《孔夫子》中,则是客串性质。在银幕人才相当缺乏的今日,此后慕容婉儿将更活跃于电影圈中,那是必然的。

电影与文学,在慕容婉儿是自来就同样爱好的,所以她除了拍戏与演剧之外,有时也从事于写作的尝试,她的求知欲相当强,她一方面更选读有名的小说及文学作品,藉以充实自己,说不定,将来她还会成为一个女作家呢。

此外,她又喜欢习作女红,这几天,她正忙着打绒线衫,不论在家里在后台。

今年,慕容婉儿是二十岁,上海市人。

唐塑

《申报》1940 年 12 月 3 日

白玉艳

近一时期,刀马旦的"打出手"在舞台上风行一时,擅长"打出手"工夫的,北伶以宋德珠、阎世善称一时瑜亮。在上海,以"打出手"而享盛名的男性刀马旦,简直是没有;倒是坤角儿中出了一个白玉艳,以"打出手"负誉于时,为南方的红氍毹上生色不少。

白玉艳小字玲弟,原籍杭州,而生长于上海,今年一十九岁,是白叔安(大世界乾坤大剧场的后台经理)的女儿,白叔安科班出身,文武昆乱都来得,于是将腹笥中所有的都传授给了女儿,其后又命玉艳从郭坤泉练武功,从水上飘(武锡堃的艺名)练把式,而"打出手"则是魏俊卿所授。此外男伶葛华卿、赵绮霞、谷玉兰、李琴仙,女伶碧玉贞等,都曾为玉艳说过戏,所以她除了刀马戏之外,也兼工青衣花衫。笔者曾在更新舞台看过她的《四郎探母》,饰铁镜公

图43 《武家坡》中唐世颐与白玉艳,
刊于《半月戏剧》1941 年第 3 卷第 9 期

主,演与唱都很不错,但她的享名,则还是由于"打出手"。宋德珠、阎世善所有的她无一不能,而她所能的技巧,有些却是宋、阎所没有的,就是内行,也一致承认她的出手,冲而又稳,能兼赅宋、阎二家之长。环顾江南剧坛,能"打出手"的坤角儿,白玉艳之外,确是没有一个能与抗手的。

就为了她擅长"打出手"的缘故,当她在秋初加入共舞台之时,共舞台特地为她在《天河配》中排了一个武装的织女,添了一幕歼妖的戏,使她有展其所长的机会。《天河配》中的织女表演大开打,这是先例所无得,而以白玉艳为首创。现在,共舞台排演九本《济公活佛》,她有打四根鞭的表演,精彩百出,大为观众所欢迎。

她是一个皮簧剧从业员,但是她却嗜好话剧,她与唐若青很熟稔,她曾说:"如果有机会的话,我很想演一次话剧呢!"

唐塑

《申报》1940 年 12 月 5 日

关于批评

为了《秋海棠》,又引起了芷香与秋翁之间的论争。鄙人站在小弟弟的立场上,不辞人微言轻之诮,愿进一言以为双方息争劝。

恕我说句直言,芷香与秋翁二公,平时也未免太爱好批评了。我以为,批评人家的结果,是说好徒然助长人家的骄傲,说坏也惟有使人不快而已!进一步说,流弊所及,万一人家因骄傲而不求上进,因不快而从此灰心,岂不是批评毁了他们? 所以我以为,如果是非必要的,还是多吃饭,少批评人家。

即使非批评不可,那也应该在执笔批评之时,首先要审度一下自己,所谓推己及人者是。譬如说,自己的私生活是糜烂的,何能以严肃责人? 自己是喜欢喝啤酒的,何能硬派喝高粱者的不是?

鄙人在以前,也有个信口雌黄的坏脾气,曾一度因论柳亚子先生诗,而受到了老凤先生的教训。我自己想想,实在也不应该胡乱批评人家,至少限度,柳亚子先生的诗,总做得比我好。像我这样的黄吻年少,凭什么资格可以批评久享文名的南社盟主? 所以嗣后我深自追悔。从此以后,无论看电影,看话剧,看书画展览会,抱定绝对不加批评的宗旨。好与不好,满意与不满意,自己肚里有数就是了。何必以管窥之见行诸笔墨,强人与同?

事实上,批评也很难准确的,各人的思想不同,主观不同,一篇批评文字发表出来,要人人认为精当合理,简直是不可能的事。无论批评的对象是话剧,是电影,它的演出只是表面化的,而完成演出的条件却是多方面的,复杂的,编剧、导演、演员的演技,甚至物质条件都有关系。你说某一点不好,也许这一点不好不是某一点本身的过失。你未曾身历其境,怎能凭表面的观感,胡乱批评人家是与不是呢?

所以,这里我要奉劝芷香、秋翁二公,以后还是多吃饭,少批评人家。尤其是不要为了不相干的事,打无谓的笔墨官司。

当然,我也不是说绝对的不需要批评,我的不批评主义是有限度的,如果是有关社会福利的事,身为文化人,自然应该随时加以批评,以期与社会福利有济。至于《秋海棠》,只是一出戏而已,他们怎样演,爱看不妨多看一遍,不爱看就由它去自生自灭,何劳我们多饶舌呢!

丹蘋①

《海报》②1943 年 2 月 22 日

为喜彩莲伉俪辩

小白玉霜从故都南来,将在天宫登场,正触动了我的听蹦蹦之兴,准备届时一作座上客,忽然在本报上看到了陈羌先生的《爱莲说》,其中谈到喜彩莲的丈夫,说:"喜彩莲畏之如虎,惟饮泣长嗟,不敢与之争也。"关于这一点,我倒想替喜彩莲伉俪辩白一下。

喜彩莲的藁砧,姓李名小舫,通文墨,能自为编导,洵如陈羌先生所说,就下走所知,他们伉俪之间,感情实在很好,因为感情好,夫妇间相互监视得严一点,这也是情理中事。但李小舫也并不完全"不许床头人周旋交际场中",喜娘在二度来沪时,颇与太太奶奶们交游,她藁砧从不禁止。不过像时下一般过房爷之类的人物,不但喜娘的藁砧闻而蹙额,就是喜娘本人,也不爱和这些人周旋。总之,喜彩莲伉俪是以自食其力为生活信条的,不想以几声"过房爷"博取数袭皮大衣,这是他们夫妇洁身自好的地方,值得我们敬佩的。

① "丹蘋"为陈蝶衣笔名之一。
② 《海报》,日刊,1942 年 5 月 1 日创刊于上海,由海报社创办,金雄白为社长兼主编,馆址位于上海九江路 330 号。撰稿者有陈定山、唐大郎、平襟亚、王小逸、包天笑、朱凤蔚、卢大方、冯凤三、柳絮、程小青、张恨水、范烟桥、汪亚尘、郑逸梅等。该报主要刊登长篇小说、社会新闻、艺坛新闻、文艺作品、趣闻文字及少量论说文章。不少名家的长篇名著,如张恨水《回春曲》赵焕亭《红粉金戈》、顾明道《刘秀三》、何家支《鸟鸣春》、张恂子《上海新潮》、周小平《爱的旋律》、吴绮缘《新聊斋》等,均为上乘之作。

喜娘嫁后，生育频繁，现在已有了好几个孩子，这也足以证明他们的伉俪之笃。而且近年以来，喜娘也心广体胖，较往年在沪时已丰腴了不少。这更是以为家庭美满，生活舒适的一证。

喜娘往年在上海时，因为初履江南，水土不服，所以不免有憔悴之色，及一度游汉皋后，重来沪壤，已恢复了她的华焕之色。而现在的喜娘，则更是环肥而不是燕瘦了。

陈先生说喜彩莲结束登场，有活色生香之致，可谓喜娘知己。数月前喜娘有函致下走，大致一时尚不拟南来。不过最近莅沪的小白玉霜，以前在故都，曾加入莲剧团，和喜娘合作过，艺事颇能得喜彩莲之传，不像白玉霜那样的粗犷。小白玉霜登台有日，陈先生倒不妨破工夫去赏鉴一上，也许可以过一过喜彩莲瘾咧！

丹蘋

《海报》1943 年 3 月 1 日

广爱莲说

陈羌先生记喜彩莲为藁砧约束之严，予已为文辩之，兹请更广陈羌先生爱莲之说。

寻常论蹦蹦戏者，殆无不谓蹦蹦戏以插科打诨为专长，趣味低级，无艺术可言。此盖白玉霜先入为主，予人之印象也。予于蹦蹦戏，初亦以为卑卑不足道，及观喜彩莲所演，观念始为之一变。喜娘演剧，独能得"细腻熨帖"四字，虽《马寡妇开店》亦然。白玉霜演《马寡妇开店》，但能显示其"荡"，而喜彩莲则能传马寡妇哀怨之情，相形之下，遂觉喜彩莲清丽，远非白玉霜之伧俗所能及。予与听鹂轩主当日之所以剧赏喜娘者,厥因在此。

维时爱莲之侣,除听鹂轩主与灵犀兄外,复有诗人施叔范。叔范观喜娘演《开店》后,贻之以诗,有"钩拨虚帘残月黄,奇哀融骨是情荒"及"流残掌电无人会,错认青袍是药师"之句可谓喜娘知音,盖亦以悲剧《马寡妇开店》也。

喜娘初莅沪壖时,以知音者稀,复不得场地,局促一隅,郁郁无甚得志,对人自鲜愉容。及北返未久,屡演《梁

图44 喜彩莲戏装,刊于《影与戏》1937年第1卷第5期

红玉》《潘金莲》(欧阳予倩本)诸新剧,声誉大起,而容色亦骤腴。尝见故都名报人哈杀黄为喜娘所集专集,海滨伞下诸影,光艳一团,肌肤胜雪,与曩年在沪时,环肥燕瘦,几判若两人。

江南菊部中,有一人乃与喜娘绝相似,则周梅艳也。梅艳冷艳如雪中梅,不好阿谀取容,个性正与喜娘相若,而演剧之工亦如之,盖并能得"细腻熨帖"四字者。惟至今梅艳犹命途蹭蹬,不获稍展其眉睫,迩来蠖屈金城,沦为备员之一,当年红氍毹上,演《拾玉镯》《战宛城》诸剧时,一种活色生香之致,今乃不可复睹矣!因述喜彩莲,不觉兼念梅艳,勿审梅艳亦有否极泰来如喜娘之一日否?

丹蘋

《海报》1943年3月2日

程砚秋躬耕陇亩记

御霜簃主人程砚秋,比忽以归隐田间躬耕陇亩闻。其事凄婉,其勇毅而良堪敬佩。方下走执笔为此文时,辄不觉热泪之滂沱也。

程砚秋在红氍毹上,为四大名旦之一,创晴空游丝之腔,效之者风靡于时,至有"无旦不程腔"之誉。十数年前,程犹少壮,尝挟妓游欧洲大陆,维时饮誉之盛,缀玉轩主梅兰芳之外,无与比肩者。后此组织秋声社,数度莅沪埭,戏德之佳,尤为内外所称道。梅兰芳博士向日,犹多艳屑流传,惟砚秋则持躬如玉,生平惟宝爱其夫人,绝不作拈花惹草之想。妖姬荡娃之投以眼波者,程在台上视之若无睹。有欲藉电话通款曲者,砚秋辄谆谆其跟包,嘱于话筒中婉谢之,但以"程老板在台上"为辞。砚秋操行之高洁如是,知砚秋者,绳砚秋为梨园完人,要非溢誉。

前岁,砚秋应黄金大戏院之约南来,濒行,东车站检查人员欲施以折辱,砚秋不能堪,奋一掌掴其人之颊,事几不堪收拾。当时吾报尝有《程砚秋大闹东车站》之记载,读吾报者,或犹忆程砚秋当时有此一举,实属快人心意之作。盖北伶之南来者,初不仅砚秋一人受挫,惟砚秋不甘为威武所屈,扬掌一击,直接简洁,胥是为梨园子弟吐气。然卒以此故,砚秋北返之时,箧中所储行头,为挟雠者毁其大半。砚秋痛定思痛,辄忭踊而号曰:"优伶讵非人类,乃遭此无端之辱? 自此以后,势不复登红氍毹!"

于是,砚秋乃货其所余戏衣,买宅于故都西郊之青龙桥,复购邻近之田数顷,率其旧日伙伴之愿相从者,操耜躬耕,度其隐沦之生涯。有时叱驴过市上，识者相互指点曰："此声华藉藉之程砚秋也。当时为四大名旦之一，兹则隐于陇亩，日与樵苏为伍矣！"言者唏嘘，闻者酸噎。

与吾文并刊者，为砚秋《归田》之摄影，观其举耜之顷，仿佛有一种舞台上之身段，洵属别饶妙趣，特砚秋方寸灵台间，则正蕴有无限辛酸泪，似欲藉举耜一击，稍吐其胸次积郁也。

丹蘋

《海报》1944 年 3 月 16 日

悯孙了红

毛列司·勒勃朗完成了《亚森罗苹奇案》，雷司里·杞德烈斯完成了《圣徒奇案》，在文学上，谁都不能否认他们独特的价值。这两位也终于在著作界中享了盛名。然而我们的《侠盗鲁平奇案》作者孙了红，却是不幸的，可怜的。

了红的初期作品，因为不能契合自然现象与选辑范畴，诚然没有多大的意义，而近期作品的成就却是惊人的，以不久前发表的《鲷鱼肝油者》来说，他不仅在作品中表现了他的独特的机智，同时对于看不顺眼的一般奸商与所谓闻人之流，更作着有力的讽刺，他的幽默的"飞弹"的笔调，显示了他作品的一股活力，而这一种方法的利用，差不多在他的近期作品中是时常发现的。所以，了红笔下的侠盗鲁平，并不是一个单纯的偶像，他的行动正是代表了一部分或大部分人的某种见解的。

然而了红是不幸的，可怜的。从我认识他以来的十年中，他始终给病魔缠绕着,他不能以著作养活自己,因为他缺乏写作的体力,无法大量的生产。他又不善于计划,例如出版单行本享受版税的权利等等,而一般的出版商对于著作人照例又是苛刻的,他几次愤恨得要封笔。要不是我的鼓励,他的《囤鱼肝油者》与《劫心记》都不会产生。然而我可能给予了红的帮助,是有限的,到了最近,甚至我也不敢再怂恿他为写作而努力了。写作是不是一种有收获的耕耘?关于了红的侘傺,我对于这一点也怀疑起来。

在写完了《劫心记》以后(事实上是由他口述,请别人笔录的),了红喊出了"告别文坛"的口号,他决定不再搦笔杆儿了。

这是文学上无可补偿的损失,因为在中国,写反侦探小说的仅有了红这么一个。(反侦探小说不能不承认它是文学的一环吧?)

了红之辍笔,是有着许多愤恨的。认识了红的人,都说了红有一点神经质的,然而他本人的质性表现却永远是模糊的,以他那样一个有聪明头脑的人,也会对佛教发生信仰,也会喜欢向菩萨顶礼,这些是完全不科学的思想与行动,而了红却爱好。他甚至喜欢在自己的卧室里养上一巢蜂(不是蜜蜂而是胡蜂),有时候,更喜欢为了莫名其妙的事而和人家争执,甚至诟谇。了红给予人们的神经质的印象,是由此种种而产生的,然而我是了解了红的。了红的一生长在疾苦中,婚姻的原始缺憾是他一生的致命伤,他以痛苦薄炙着自己,陷身于颓废消极中,他觉得这世界上的一切都是丧失了理性的,都是可憎恶的,然而他又不能漠视,于是他有了愤恨,到了愤无可泄的时候,他便要找一个"出气筒"了。争执一场,甚至打一场架,这是了红的要求,然而他知道他所找的"出气筒"是无辜的,事后,他又会向他的"出气筒"握手言欢了。这在一般人,便不能不怀疑到了红有着神经质,而我则是时常愿意在了红愤恨的时候充当他的"出气筒"的,这实在是一剂最灵验的特效药。

然而了解了红的人毕竟太少了,连他的父母也憎厌他,见他写那劳什子的《侠盗鲁平奇案》就摇头,诅咒他"没出息"!我个人的力量是太单薄了,终于,只好眼看着了红抛弃了他的笔,踽踽凉凉地走向缺乏同情的泉源的荒漠中去。

丹蘋

《海报》1944 年 5 月 11 日

一年来上海出版界的全貌

一九四四年的出版界是患着严重的疟疾症的,忽冷忽热,失去了正常的平衡。有几个月出版界非常沉寂。但,突然之间会有好几种新刊物在报摊上出现,于是又显得非常热闹,然而在这一年里,创刊的新杂志虽有二十种左右,可是不是先天不足,就是后天失调,仅仅在出版界露一两次面以后,就寿终正寝了。真能立得住脚的,在艰苦的环境中生存下来的,实不多见。

纸价的狂涨,排印工的昂腾,是出版界最大阻碍。试问在一个出版事业落后,文化程度颇低的国家内,纸价暴涨的倍数在米价之上,出版业如何可以维持?上海出版界能够勉强度过一九四四年的难关,已可说是大幸了。但瞻顾未来,实不敢过于乐观。

不仅新杂志出不长久,就连有销路有历史的杂志也不免脱期,这完全是由于印刷电力不敷及纸张供应的关系。能够准期出版的刊物只有三两种,因为他们的纸张有特殊的来源。

在这一年里所出版的杂志,仍以综合性的为多,计有《万象》《杂志》《大众》《春秋》《飚》《紫罗兰》《千秋》《翰林》《潮流》《九月的海上》等种,其中的《万象》及《春秋》两刊颇有侧重文艺作品的倾向。而以小说为刊名的《小说月报》却已逐渐蜕化而为综合性杂志,惜脱期过久,几于成为季刊了。

以散文随笔为主的刊物有《古今》《天下》《天地》《小天地》《人文》《文史》数种,但前两种皆已休刊,最近又有一本《语林》问世,只是处此乱世,散文随笔之类也不脱清谈与考据,不能适合人心,销上三四千本的已经算畅销了。

纯文艺的杂志有《文潮》《风雨谈》《文艺生活》《新地》等,还有一本专刊新诗的《诗领土》,但以最近创刊的《文艺春秋》内容较佳。

图 45 《浣锦集》,苏青著,上海天地出版社 1944 年 6 月印行

图 46 《结婚十年》,苏青著,上海天地出版社 1944 年 8 月印行

此外关于妇女家庭方面的刊物有《家庭》《健康家庭》《家庭周刊》及《女声》等四种。后者创刊已久,但行销亦有限。过去声誉颇隆的《家庭》在这一年里也仅出了六期。

值得一提的还有一本专以介绍国际知识、战争常识为主的《常识》,其编辑方针甚佳,可惜文章内容比较空洞,这也许是由于材料难以获得的缘故。

最后,要谈的是这一年来出版的单行本。太平洋战事爆发以后,一直很少有出版商敢印行单行本,大家都认为这是亏本生意。唯独在一九四四年,却有很多种单行本问世。如世界书局的《戏剧丛书》,杂志社的《杂志丛书》,及太平书局出的丛书。同时苏青女士印出了《浣锦集》与《结婚十年》,张爱玲女士印出了《传奇》及《流言》。其中,《结婚十年》一书,印至第九版,销路之广,为近三年单

图47 《流言》,张爱玲著,中国
科学公司1944年12月印行

图48 《传奇》,张爱玲著,上海
杂志社1944年9月印行

行本之冠,听说作者很因此发了一点小财,这是不幸的一九四四年出版界中仅有的喜事,也可以说是一个偶然的现象罢了。

《海报》1945 年 1 月 1 日

不怕死的洪深

忆故人之一

"风雨故人来"据说也是人生乐事之一,今晚是个雨夜,当然也有风。某一刊物上看到洪深二次服奎宁自杀,幸而获救的消息。我不明白洪深为什么那样的爱好死?自杀是消极的,而我在战事初起的一年,在汉皋晤及洪深时,他却是十分积极的。

那时候,洪深统率着一个流亡剧团,驻扎在精武体育会,我是先会见金山与王莹,由金山见告,才知洪深另有下榻处。我记得这已经是一个下午,我在法租界的一个小旅馆里找到了洪深所住的房间,叩了两下门,启扉应客的是一位小姐,她告诉我,洪深先生睡得晚,还没有起床。然而洪深毕竟听得了我的声音,他醒来了。我觉得打扰了他,十分不安,但他终于急急地披衣起床,招待着我。同时给我介绍了那位小姐,我才知她就是颜一烟小姐——此剧团团员之一。

之后,我又在精武体育会,看着他排戏,那是他所编的一个新戏,有一场他需要和王莹拥抱,这一个动作练习的次数很多,那时金山也在旁边,这情形,想起来是很滑稽的。

洪深在上海时,就栗栗危惧着自己的死亡,那是医生的诊断,洪深患着胃病,医生诊断的结果,说他三年内必死!所以他在那一个时期著述甚勤。然而三年早就过去了,洪深并没有给胃病夺去了生命,反而要他自己一再寻死,真是怪事。

洪深以反抗罗克的《不怕死》影片而名重一时,观乎他的一再自杀,倒真有些不怕死的精神。

婴宁

《光化日报》①1945 年 4 月 30 日

地铺的金山

忆故人之二

由于怀念洪深,连带的想起了金山,我和赵氏兄弟及赵含英女士,都很熟识,惟有金山是例外。金山是赵氏兄弟中最小,在上海

图 49 金山与王莹,刊于《青青电影》1937 年第 3 卷第 6 期

---

① 《光化日报》为近代上海小型报纸之一,英文名为 *Kuang-Hwa Daily News*。1945 年 4 月 14 日创刊于上海,自 1945 年 10 月 4 日起由《光复日报》继承,总共发行了 158 期。

记不起曾在什么地方见过。旅居汉上时,到精武体育会去访洪深,洪深没有遇到,金山却很惊异地站起来喊着我的名字,我当时觉得很奇怪,因为在我的想象中,他是不会认识我的,然而他却像熟朋友一样地招呼着我,"相逢居然曾相识",我只好怪自己记忆力太坏。

这时候,金山和王莹女士正互矢爱好,他们就下榻在精武体育会,我参观过他俩的下塌处,其时并没有榻,只是晚上打着地铺睡,白天又卷铺盖而已。他们这一对,那时倒真是同甘共苦的。谁想得到后来竟会劳燕分飞,闹得不欢而散呢。

婴宁

《光化日报》1945 年 5 月 2 日

陈云裳笃定拍戏

张善琨的引渡问题,目前似乎成为一个僵局,据说张善琨的案子,以前在屯溪被捕时,曾由军法处予以审判过,认为无罪而释放了。可是在最高法院里,张的案子还不曾撤销,旧事重提,于是乃有引渡之说,不过最高院有否正式咨港政府,则是一个谜。

张善琨案被提起后,一般人便连带想到了汤婆子陈云裳,认为她也是一个名要角,似乎颇有一提的价值,因此外界传说纷纭。本来陈云裳正在重新踏回银幕,如今她需要避一避风头了。

不仅旁人有如此的猜测,便是陈云裳自己,也觉得有点吃慌,当时奔来奔去,向各方面打听,自己有没有于碍,后来经旁人解释,她是毫无关系的,尤其是白光之流,早就开始活跃,而即是卜万苍

图50　陈云裳签名照,此照为韩建政先生所收藏

也没有罪名,她更是放心好了。陈云裳听了这话,才开始放下了心。

　　现在陈云裳仍在香港,据说已和永华公司订下合同,一俟永华正式成立,即将开始拍戏。不过陈云裳的片子并不是永华第一部出品,大约列为第三部云。

方式①

《辛报》②1947 年 11 月 25 日

上官云珠束腰

　　上官云珠自从和蓝马结合之后,运道一天比一天好起来,较之

---

① "方式"为陈蝶衣笔名之一。
② 《辛报》创刊于 1936 年 6 月 1 日,属于综合型日报。该报原名《小晨报》,是从潘公展的《晨报》里蜕化出来的小型报(1935 年 9 月创刊),姚苏凤任主编。1936 年更名为《辛报》,主编仍为姚苏凤,助理编辑陆小洛。《辛报》以政治时评、政客逸闻以及影剧与小品文见长。

在姚状元夫人时代,那是有审头势得多了。《天亮前后》这里,上官云珠曾被蔡楚生大加赞赏,而《乱世男女》中,上官云珠的演技并不精湛,可是大众也一致说好,这是时来运转,运气上门来,连推都推不掉。

图 51　上官云珠,刊于《电影杂志》1947 年第 3 期

不过上官云珠近来却担有一项心事,她怕的是发胖。一个女人到了三十岁左右,总不知不觉的会得发胖起来,像白虹,简直就如一个啤酒桶,因此无论在拍电影上舞台都大受影响。上官云珠所害怕的,也正是这个理由。

而且,上官云珠和姚克同居,生了孩子之后,也曾一度发胖,腰大十围,她又长得矮小,着实难看之至。后来虽然瘦了下去,可是近来却又有胖的象征,所以担心得什么似的。

避免发胖的唯一办法,只有束腰,此外便是减少饮食,她对于减少饮食一项,已经获得成就,倒是蓝马在旁,大为担心不已。

方式

《辛报》1947 年 12 月 2 日

蔷薇姊妹有志演话剧

童芷苓上舞台演出话剧,此事业经证实,以童芷苓的高头大马身胚,在舞台上可想而知是相当有风头的,而观众也绝对吃她,如此一来,秋风是可以稳照牌头了。

李蔷华和李薇华这姊妹俩,处处地方都有点高不成低不就的模样,但也处处地方都可来得。昨天,有人和姊妹俩谈起了童芷苓演话剧的事情,问她们也有兴趣否? 她们都异口同声表示有机会的话,不妨到台上去试试看。

图 52　李蔷华、李薇华姊妹,刊于《星象》,约 1946 年左右,刊期不详

李蔷华顶喜欢《日出》这一出戏,她说她常为陈白露这一角色而感动得流眼泪,所以要演话剧的话,她一定演陈白露这个角色。

而李薇华是随和她姐姐的,如姐姐演《日出》,她便饰演小东西,本来以李薇华的外型饰小东西是再适合也没有的了。

李蔷华还说笑话,言慧珠不妨客串顾八奶奶,虽然这是一个不重要的角色,但由言二姐演来,保险出色,这话倒也说得对,但不知言慧珠可赞成不赞成呢?

方式

《辛报》1947 年 12 月 10 日

胡蝶演西太后条件

《珍妃》这一部戏,起初是有三家公司要拍,后来只剩得两家了,一家是国泰,一家是大中华,而至今又有两家都告放弃的消息,其实都属空气而已,实际上大家均在积极筹备,采用出奇制胜的方法。

胡蝶串演西太后的消息,便是积极筹备中的内幕新闻,论胡蝶的年龄,如气派,演西太后这一角色自是合宜的,但论戏路,似乎胡蝶难以胜任愉快,至于胡蝶自己,她很有兴趣来饰演这一角儿,不过她是有条件的。

她的条件是,第一,要戏重一点,不可只当做偶像;第二,要排名最大;第三,戏中西太后的一切,皆须沿照真西太后;第四,是酬劳问题,其中一三四个条件都容易解决,只有第二条,因

图53　胡蝶,刊于《银星》1928年第18期

为此戏是珍妃、光绪为主,西太后无论如何不能算是最重要的角色,那么排名上一定有纠葛发生也。

方式

《辛报》1947年12月15日

陈琦来沪办年货

四姊妹如今已正式宣告拆伙了,大姐龚秋霞为了蒋伯英不满她的丈夫胡心灵,夫妇俩采取同进同退的步骤,一怒而脱离大中华公司,也同时向香港告别,全家搬回上海,四姊妹只剩其三,看来破镜难圆了。

可是二姐陈琦,近来却也仆仆风尘于港沪道上,好像很忙的样子。日前有人发现她在南京西路上买东西,可是第二天,却又有人证实她已经上了赴港的大轮船了。

碰着陈琦的人,探询她到上海来为什么事情,她起初不肯说明,后来才透露了一句话,说是到上海来买点东西,因为过年就在眼前了。

如此看来,陈琦是到上海来采办年货的,这话未免有点滑稽,然而她如此说,又怎么能够不相信呢?究竟葫芦里卖的什么药,可就没人解答得出了。

方式

《辛报》1948 年 1 月 10 日

司马音会见记

司马音小姐为了探视母病,最近归自香港,这是她参加选美获隽,荣膺一九四八年香港小姐尊号后第一次衣锦荣归。二十一日下午,她特地到国际八仙厅来看我,其人高躯健骨,身材的长度极适合世界选美标准,她能够在香港小姐竞选中压倒群雌,当是由于体态健美的缘故。

司马小姐告诉我,香港的中英影片公司请她主演一部粤语片,关于她的部分则用国语对白,她对于此一邀请尚未允诺,她的愿望是想在上海电影界谋发展。如成事实,那么上海小姐(谢家骅)到香港去拍片,香港小姐到上海来拍片,倒也是一桩佳话。

司马小姐操国语甚流利,又有着天赋的歌喉,上银幕条件具备,但愿她"有志者,事竟成"。

蝶衣

《上海舞讯》1948 年第 1 期创刊号

艺人百态图（1947—1948 年）

石挥

话剧舞台称帝王，看来一表亦堂堂。

难忘惟有金嗓子，假凤虚凰最断肠。

陈蝶衣作诗，乐汉英绘画

《幸福世界》①1947 年第 2 卷第 1 期

---

① 《幸福世界》月刊，1946 年 5 月 1 日创刊于上海，为综合类刊物，汪波任主编，冯葆善、罗斌为发行人，环球出版社出版，地址为南京路慈淑大楼 528 号。该刊初名《幸福》，第 1 卷第 3 期时改为《幸福世界》，第 2 卷第 7 期后又改回原名。

黄尧

> 频年浪迹遍西东,漫画界中声誉隆。
>
> 妙笔构成牛鼻子,教人想象到尊容。

陈蝶衣作诗,乐汉英绘画

《幸福世界》1947 年第 2 卷第 1 期

白杨

> 十字街头享盛名,爱情跳虱结深盟。
>
> 廿年韵事从头记,骏马合该驮美人。

陈蝶衣作诗,乐汉英绘画

《幸福世界》1947 年第 2 卷第 1 期

徐吁

灵和蜀柳想清标，闻写文章破寂寥。

时下作家齐敛手，一编争诵风萧萧。

陈蝶衣作诗，乐汉英绘画

《幸福世界》1947 年第 2 卷第 1 期

孙了红

频年煮字误晨昏，侠盗何尝能疗贫。

摆个香烟摊子卖，不如权作小商人。

陈蝶衣作诗，乐汉英绘画

《幸福世界》1948 年第 2 卷第 2 期

刘琼

银坛道是大明星,架子小生仰典型。

从此毋须愁不孝,承欢膝下有宁馨。

陈蝶衣作诗,乐汉英绘画

《幸福世界》1948 年第 2 卷第 2 期

张乐平

舞场曾记共春宵,十二年前旧挚交。

胜利归来犹契阔,闻从报上读三毛。

陈蝶衣作诗,乐汉英绘画

《幸福世界》1948 年第 2 卷第 2 期

韩菁清

海隅江甸姓名扬,妙舞清歌两擅长。

闲遣时光临古帖,案头泛长墨花香。

陈蝶衣作诗,乐汉英绘画

《幸福世界》1948 年第 2 卷第 2 期

老舍

妙笔最能写诡奇,皋比坐拥亦名师。

骆驼祥子登银幕,歃动世人定一时。

陈蝶衣作诗,乐汉英绘画

《幸福世界》1948 年第 2 卷第 3 期

丁聪

画皮有笔独能工，十载浪迹巴蜀中。

弹铗归来歌哭纵，少年意气璨如虹。

陈蝶衣作诗，乐汉英绘画

《幸福世界》1948 年第 2 卷第 3 期

丁芝

天赋斯人绮练才，笔端时复粲琼瑰。

一编争诵浮沉录，岂仅扬名在舞台。

陈蝶衣作诗，乐汉英绘画

《幸福世界》1948 年第 2 卷第 3 期

金山

松花江上泪痕斑，壮士重驱匹马还。

棱角未磨身手健，金山犹是旧金山。

陈蝶衣作诗，乐汉英绘画

《幸福世界》1948 年第 2 卷第 3 期

陈燕燕

银幕现身久饮誉，人言此是女唐衢。

当年小鸟今慈母，膝下承欢亦有雏。

陈蝶衣作诗，乐汉英绘画

《幸福世界》1948 年第 2 卷第 5 期

金焰、秦怡

长是置身摄影场,悲欢离合只寻常。

自从香岛传佳讯,银海鸳鸯又一双。

陈蝶衣作诗,乐汉英绘画

《幸福世界》1948 年第 2 卷第 5 期

巴金

说苑久推大作家,十年烽火走天涯。

归来一事骄余子,抗战夫人貌似花。

陈蝶衣作诗,乐汉英绘画

《幸福世界》1948 年第 2 卷第 5 期

丰子恺

戒杀护生入画图，未殊七级建浮屠。

年来只爱西湖好，湖畔结庐且隐居。

陈蝶衣作诗，乐汉英绘画

《幸福世界》1948 年第 2 卷第 5 期

婴 宁 说 白

上海青年会的工作精神

青年会,在公元一八四四年为英人威廉兹所发起,初创的时候,仅有伦敦商店中的少数青年加入,以举行祈祷和研究《圣经》为主要目标,完全是宗教性质的一种事业。后来逐渐发达,始遍及于欧、亚、美三大洲。只要是基督教徒,足迹所及的大城市,都有青年会的出现。至一八五五年,第一次世界基督教青年会大会在法京巴黎揭幕,才确定以启发青年德、智、体、群四育及增进社交利便为宗旨。事业方面,关于教育的,像举办学术讲演、团体旅行、各科补习学校、读书会、图画馆等;关于体育的,像设立球场、游泳池、健身房等;关于社会事业的,像开设会食堂、浴室、寄宿舍、理发室等,于是,博得了青年们普遍的欢迎,青年会也就风起云涌来,奠定了它今日的社会基础。

我国的青年会,历史已很悠久,因为能本着基督为大众服务的精神,在替社会作着各种经常非常的工作,所以到处受人欢迎。各大都市,像上海、昆明、长沙等地,都有青年会的组织。在上海,并且还有着两个,一个在四川路桥,一个在八仙桥,大概因地点的关系吧,前者的历史虽长,会所设备及举办事业,都不及后者。在平时,他们的事业有寄宿舍、会食堂、图书馆、青年会学校、职业辅导处、旅行团、国术班、学术演讲等。

寄宿舍租金低廉,供应也还周到,最特殊的地方,就是这里不像普通旅馆的烦嚣,赌博等不正当事绝对禁止,明窗净几,真是青年们藏修休息的住所。会食堂中西菜都具备,喜庆宴会,都可以容七八百人进餐。不过到这里进餐的人,没有酒喝,不论啤酒、陈酒、威士忌酒,一概在禁止之列,这是很合新生活运动的。图书馆起初仅限于会员去阅读书报,现在非会员只要缴纳阅览费一元,就可以阅览一年。假使要把书籍借出,则须另缴保证金,等到不借时发还。开放的时间很长,上午九至十二时,下午二至九时,为便利青年学子及职业青年去阅览,所以除了特别纪念日外,是终年开放的。青年会学校是专为灌施职业上智能以提高青年服务效率而设。职业辅导处,是专为失业青年谋业并调剂供求两方的需要而设。旅行团、学术演讲,原是很有成绩的,但现在受战事影响,已无形停顿。而国术班的人数却激增起来,这倒是反映在战时的一个好现象。

织素①

《小说日报》②1940 年 3 月 10 日

---

① "织素"为陈蝶衣笔名之一。
② 《小说日报》1939 年 8 月 15 日在上海创刊,1940 年 2 月 6 日至 10 日、1941 年 1 月 24 日至 29 日休刊,1941 年 12 月 31 日停刊,前后共出版 353 期。该报由上海小说日报社编辑发行,地址在上海南京路慈淑大楼五楼 528 号。主要刊载 20 世纪 40 年代前后各种类型的小说,并有社会消息的报道。

吃角子老虎在上海的潜势力

吃角子老虎是一种构造极精细，玩法极简便的赌具。只要从这一个名字的意义下看来，我们就不难知道，它是一种很巧妙的骗取人们金钱的东西。这机器的外表是非常地美丽的，全身都用一种银色的金属包着，上面漆有各种色彩，其中有一个积存钱币的部分，与一个决定彩金的转轮。为了只用玻璃遮盖着的缘故，所以它的内部，都可由外面看个清清楚楚。此外，还有一个下注的小眼，与一个吐出彩金的缺口，一个活动的把手。

据说，这一种赌具乃是创始于美国，当时有许多无知的人，由于好奇，由于贪财，他们毫不醒悟地将钱财拼命地送进这个吃角子老虎的口里去，但是结果呢？赌具的主人当然是发了大财，而这般可怜的人却受了很大的损失。于是有些人就向法院起诉，要求禁止这种伤人钱财、激起人们侥幸心理的赌具。然而，这种赌博至今都并未禁得掉，反由美国传至欧洲，传至远东，它的势力是越来越广大而厉害了。

在上海，吃角子老虎多得很，这种赌具都集中在法租界的霞飞路上，大华舞厅里也有三具，此外沪西的惠尔登、伊文泰等舞厅，也有不少。而公共租界当局则绝对不允许这种非法的机器营业的。在法租界，赌具的主人虽然要遵守当局所规定的极严厉规则，但是因为它获利的高厚，吃角子老虎的数量始终只在增加上去。在目前，大约有着三百架之多，每一架每月，至多赚六百元钱，至少有一百元。

当吃角子老虎刚风行到中国来的时候,它的事实真可谓是万分顺利的,在天津,在北平,在汉口等地,也都有这种赌具存在。但是到了后来,政府终于将这种骗人钱财的机器禁止掉了,同时,上海的公共租界也采取同样的态度,于是它的营业的范围是缩小了,利益也减少了!在现在,不过上海法租界存在的三百多架,以及在沪西占有一部分势力罢了。

在事实上,每一个人恐怕都知道这一机器是骗钱的,但是为什么还有如许人在迷恋着它呢?其最大的原因,就是为了它能促动一般人的侥幸心理与贪财欲的缘故。人们虽明知这是一个骗局,但又希望从这只吃角子老虎的口里吐出一大批角子来。大赌场里所以整日整夜地都充满着人,其原因大概也就为此。

《小说日报》1940 年 3 月 11 日

强将手下无弱兵

大新公司四楼,无异成了展览会的中心,打去年起,一次一次的展览会,连续不断地在举行着。一则地点适中,二则场所合乎标准,因此不同性质的展览会,无虞中断的出现着,自然而然吸引了不同嗜好的千万观众。消息传来,从本月二日起,又有龚翁师生的金石书画展,假座该楼公开展览五天。记者对于龚翁的门弟子,不敢说知之甚详,但是他们所学所作,真合了俗语说的强将手下无弱兵。现在先来简单地介绍一下,以供爱好艺术的读者们参考。

龚翁艺事的名满江南,这是毋庸讳言的,因此门弟子很是不少。厕简楼中,不啻杏坛设教,春风广被,桃李盈门。此次参加和乃师合展的共有六位,四男二女,各有千秋。一位是曹家俊,曹君长于刻,循规蹈矩,谨守师法。一位是单孝天,单君的书法,隶篆皆能,此外还写得一手好王字,秀而且劲,不愧是龚翁的高足。至于刻印,在同门中是最好的一个,浑融刚柔,兼善并美,简直是无出其右。此外他还能画兰,这次,参加展览的,也有好几幅在内。一位是陆鲤庭,书法工礼器碑,刻印善摹汉印,颇有功力。一位是叶隐谷,刻印以力见长,和曹家俊有异曲同工之妙。他的书法虽不像孝天那么秀丽,但是苍劲之处,却有过之而无不及。

还有二位女弟子,一位是孙月波,一位是刘洁。刘小姐是故监察委员号称"江南刘三"的侄女,写《泰山金刚经》,功力很深,后来投入龚翁门下,就改习篆隶,所以她的作品中,往往有《金刚经》的笔法显露出来,的确天骨开张,不同凡响。那位孙小姐,喜欢写张迁碑,而用石门颂笔法,非常精妙。孙小姐善书之外,还善画,曾经从过贺天健画山水,作品毫无巾帼气,偶绘花果小品,出入青藤白阳间,风韵绝胜。

读者试看龚翁者这么一位老师,又有曹、单、叶、陆、孙、刘六位高足,混合起来的展览,作品还会不琳琅满目吗?记者特在此诚恳地介绍,凡是爱好龚翁作品的,的确不可不去参观一下。

《小说日报》1940 年 3 月 23 日

一概抹煞!

有人以"色情小报"四字轻轻加在我们的头上,对于这样一概抹煞的论调,我们只有为之苦笑。事实上,我们诚然无法掩饰小型报之传播色情文字,不是没有的,但是这其中应该有一个分析,"黄河里夹杂着泥沙",但不能就说黄河尽是泥沙,也许有不与泥沙同流合污的地段在着。

再护短一点说,我们小型报是无法与大型报相提并论的,我们没有"外力"可以凭藉,自然我们不能像人家一样装出道貌岸然的样子,从而教训别人。可是我们却可以自己告慰自己,我们并没有卸弃了我们能力范围以内的责任,至少对于含有毒素的广告,在本报就是严厉拒绝的,我们决不容许有毒素广告的只字在本报上发现。自创刊到现在是如此,以后还是如此!这一点,我们自信是可以对得起读者的。

我们当然并不因遭受一概抹煞的恶刑而气沮,但希望道貌岸然之士能够有清楚一点的认识,一概抹煞的论调,未免失之于残忍,在这大时代的尖端,我们要收敛起嘲笑的态度,而代之以策励才好。

《小说日报》1940 年 4 月 1 日

一声"哈啰!"

在风雨之夜的途中,忽然传来了一声"哈啰",从车篷的隙缝中向外望去,原来在黯淡的路灯之下,正有一个女人,在向着路旁走过的一个外国人招着手,那一声"哈啰"正是从那个女人的口里发出来的。

时间已经很晚,在寂静的静安寺路上,行人简直绝少,何况又下着雨,然而还有卖淫的人,冒着风雨,鹄立在街头,等候她的主顾到来,使人见了,不由为之恻然。

可是仔细一想,一个好好的女人,为什么定要卖淫呢?为生活所压迫吗?这自然是一块冠冕堂皇的招牌,然而事实上,是不是真的单纯为了生活呢?为了生活,尽可以自食其力,工厂里不是不能容纳,也不是七老八十岁的人,那么做不动了,分明年纪轻轻,卖相也蛮好呀。就是不做工,也还有别的办法,譬如贩卖什物。战后,女人提着贩卖箱,向各公司洋行写字间兜售日用品的,多着呢,她们都能够自食其力,做正当的买卖,多么可敬!而卖淫妇的思想却不同,她不想谋光明的出路,宁愿以皮肉换钱,这当真是单纯的为了生活压迫吗?究其实际,无非是意志薄弱而已。就因为意志薄弱,度惯了淫靡的日子,不肯自己苦干,于是宁愿出卖灵魂,出卖肉体,以博取缠头之费。这一种女人,是自甘堕落,实在是不足怜惜,不足以同情的。尤其是像我在风雨归途中所见的那个卖淫妇,她甚至以向外国人推襟送抱为生意眼,丢尽了中国人的脸,更觉得是无可轻恕。

一声"哈啰",试想这是多么卑鄙,多么丑恶的一种呼声呀!

《小说日报》1940年4月4日

吃难民

在孤岛上,自有所谓难民之后,也就有了"吃难民"的一个名词,依理说,难民已经是要仰仗别人家来救济他们,如何还有余力可以请人家来吃他们呢?我始终猜不透,目下是否真的有所谓吃难民,又是怎样的吃法?

直到最近，我才亲身经历了一件事，虽然不知道是否就如一般人所说的吃难民，但在事实上，这倒确确实实是一件吃难民的事。

原来有一天，我陪了几个朋友上馆子，解决夜饭问题，账目结下来，代价之昂贵自是在意料之中，不必说。账单上，有"难民捐三角五分"一项，上馆子吃饭要带征难民捐，到处都是一律，这个我也知道，所奇怪的是账单上虽有难民捐一项，却并没有难民捐的收条附上来，经追问之下，倒说是忘记了！堂倌陪着笑，将难民捐收条补了来。我想，收铜钿不忘记，给收条倒会忘记了！这未免太疏忽了一点。如果人家不追问呢？这一笔难民捐又将如何报销？

后来朋友们谈起，才知有很多的菜馆，都是如此，账单上是将难民捐开上去的，账房先生的记忆力来得好，决不会漏列。而难民捐的收条，却很少与账单同时附上的，似乎记忆力又特别的坏！

于是我明白了其中的玄理，这是揩油，存心不将收条附上，如果人家漫不经心，那么他们便不客气，将这一笔捐中饱了，三角五分的数字虽然渺乎其小，但是一笔是三角五分，十笔就是三元五角，就这样的小揩油，一个月结下来，为数就很可观了。想不到开饭馆的老板，还会在难民捐上转念头，从中捞横塘①，这岂不是名副其实的吃难民吗？

我想，平常上馆子吃饭的人，对于这一个小节，也许多数人不注意吧？你们不注意，对不起，就造成了人家吃难民的机会，损失一点钱是小事，还让人家将你当作瘟生，岂不冤枉！类如这一种吃

---

① "捞横塘"，上海俗语，指经手人的营私舞弊的不道德行为。在拆白党切口中，"捞横塘"指诱骗女子，将其财物席卷一空。

难民的情形，大概还不在少数，希望大家要谨慎提防着。

《小说日报》1940 年 4 月 7 日

养　蚕

家里写信来，说左右邻家都已经开始养蚕，我家向来是不养蚕的，今年因为我内人在乡下，大家闲着也是闲着，因此由内人提议，破例买了一点蚕种，也准备养蚕。

说起养蚕，在我脑海里也有点儿记忆。我在小时候，曾帮着左右邻居养过蚕。一个小孩子，对于养蚕当然没有多大的常识，但是摘桑叶与撒桑叶，这一类轻松的工作，在我是擅长的。尤其是撒桑叶，我最喜欢捞着一把一把的桑叶，对着蚕箔上的蚕宝宝，没头没脸的撒下去，那些蚕宝宝见有大批桑叶撒下来，而且那些桑叶也实在是翠绿的可爱的，于是它们便拼命的蠕动着抢桑叶吃，一口一口的尽量吞噬。我那时候小孩心理，不解蚕为什么喜欢吃桑叶？但是那些蚕在吃桑叶的时候，固然是吃得津津有味的。

由头眠二眠而三眠，这也许是蚕最得意的时代，只见它们的体积由渺小而逐渐扩大，它们在桑叶堆里蜿蜒着，虽然因体积的扩大，似乎没有以前那样的蠕动得轻便了，但是它们却昂起了头，神气是那样安闲地，似乎这正是它们饱暖终日，安享清福的一个时期。

但是，蚕主人是决不会让你安享清福的，在喂饱了桑叶之后，蚕箔里不再容许你逗留了，那时就得请你上山。所谓"上山"，这是养蚕的术语，就是将蚕迁上蚕蔟。蚕蔟是用稻草扎成的，高低且不平,远不及蚕箔那样的平坦而舒适了!蚕的体质是那么地柔软,游行在山上,也许那粗糙而有棱角的草薂会刺痛了蚕的皮肤。在那些蚕宝宝们,也许是不愿意上山的,但是据说养蚕的习惯却非这么做不可。人家将桑叶喂饱了你,就是要利用你,希望你上山,而且上山之后,还得吐丝作茧,将整个的身子自缚在躯壳里。这样,在蚕的一方面,才算是没有辜负主人家的豢养之恩,而养蚕的目的,也就达到了。

在作茧自缚以后的蚕,它们是永无出头之日了,以后的命运,便陷入于悲惨的境地。我曾随着我的父亲到茧行里去参观过,只见一笼一笼的茧子,推到灶上去烘。灶下是燃烧着烈火,这是多么残酷的待遇呀!那时候,在我脆弱的心灵上,不禁起了一阵伤感,我想,这为烈焰所烘着的茧子,里面正憩卧着以前活泼地吞噬着桑叶而又辛勤地吐着丝的蚕宝宝呢!然而它们是完了!从此丧失了它们的生命了!

蚕,这是一种聪明的动物,然而也就是最愚蠢的动物呀!

《小说日报》1940 年 4 月 11 日

啁唽之声

清晨,从虞洽卿路跑马厅畔走过,看见有许多揎袖突肚的人,手里托着鸟笼很安闲地在那里徜徉着,于是也就可以听得一片鸟语啁唽之声。

鸟,本来翱翔在天空,是何等的自由自在,不幸却被弋者所获,关进了笼子里,成了有闲阶级的玩物。虽然一般地有饮有啄,但是被困在一隅之地,自由行动之权是从此被剥夺了。《四郎探母》剧中,有几句唱词,道是:"我好比,笼中鸟,有翅难展!"可知笼羽槛花,到底是一件苦事,怎及得翱翔于空中,要东就东,要西就西那样的自由而舒适呢?

"鸟为什么会被人关到笼子里去?"这,应该怪鸟自己贪嘴的不好吧。要不是为了贪嘴,便决不会投入罗网,在那些鸟,也许以为住的是金丝笼子,吃的是精美的食料,现成有得供给,不必自己费工夫去觅食,又何乐而不自投罗网呢? 它们不知道一旦关进了笼子,便再也不能自主了! 不但行动受了束缚,甚至命运恶劣一点的,给野猫看上了,伸起它的利爪,一口将鸟啄死了,也是稀松平常的事。所以鸟虽然天赋给它振翅凌风之权,但一旦被人关进了笼子里,却就无法施展了。

最可怜的是那些笼中鸟,虽然丧失了自由,度着苟延残喘的生活,却还得在主人面前,嗫唭而鸣,唱出婉转动听的调子来,以博取主人的欢心,表示其和声鸣盛之意。其实所唱的调子,虽然似乎十分悦耳,但是在旁观者听来,只觉得它无异是一种哀鸣罢了。

《小说日报》1940 年 4 月 13 日

《春闺梦》的问题

最近为了程砚秋演《春闺梦》,似乎闹得很厉害,我以为此事,应该分别讲。程砚秋不应唱《春闺梦》是对的,若说砚秋此来是负着什么传播毒素的使命,所以要唱《春闺梦》,那就近于欲加之罪。前几天,砚秋曾唱过一次《沈云英》,这就是表彰巾帼英雄的一出戏，可知砚秋对于唱什么戏，他是根本没有经过什么考虑，旧剧伶人的演戏，不似话剧那样的慎重，旧剧伶人演惯的戏，他们是随便搬出来唱的，所以有时会演反战的《春闺梦》，有时也会唱鼓励战争的《沈云英》。老实说，一个演旧剧的伶人，他们所知道的，只是挣一天包银，唱一天戏而已。你要同他谈什么意识，谈什么思想之类的大问题，根本是不对路的。（当然，有一部分思想前进的旧剧演员是例外。）

**图54　（右起）李元龙、程砚秋、卢翠兰、顾无为合影，
刊于《百美图》1939 年第 1 卷第 5 期**

《春闺梦》演出之失察，这是无可辞其咎的，以后要避免此弊，除非戏院当局对于每一出新戏（也就是每一个伶人的私房戏）的上演，预先将剧本审查过，否则在戏院当局，既不明了新戏的内容，而差不多点的新戏，又是由着管事（角儿私人所雇）随便排的，在管事也只知道每天排一出戏而已，他们的程度更低，哪里有什么鉴

别力。

伶人的思想，当然也是要紧的，无奈由于传统的习惯，一时间要叫他们个个明了戏剧从业员所负使命的重要，怕是办不到。我所以尝说："要改良平剧，先要改造伶人。"这问题大了，绝不是一朝一夕可以成功的事，大概只能期之于将来了！

《小说日报》1940 年 4 月 26 日

吃角子老虎

《密勒氏评论报》主张严禁"吃角子老虎"。吃角子老虎在现在，似乎十分猖獗，这实在也是一件奇事。

名字叫做"吃角子老虎"，明明知道它是一只老虎。而这只老虎又是要吃角子的，却偏还有人想在虎口里讨食吃，你想这是何等困难的事？不但如此，要想在虎口里讨食吃，还得先将食物投进虎口之内，待它咽下去之后再吐出来，巴望吐出来的能比投进去的多。但老虎毕竟是老虎，连人都要吞噬的，何况食物？即使它的虎口里有的吐出来，也要待它饱得实在咽不下去了，才会有吃剩的吐一点出来。所以妄想以少博多的结果，往往是只见角子被老虎吃进去，却难得见虎口内有角子吐出来。

在一般想从虎口内讨食吃的人，大概都是在转着侥幸的念头，他们无不这样的想："也许别人的角子投进去了，吐不出来，而我的命运或者好一点，说不定一扳就是一个攫克扑！"于是拼命的将角子一枚一枚投进虎口里，结果则是羊入虎口，有去无还。即使偶尔有的吐出来，也只是少数的，而且这些少数的角子，如果你不罢手的话,也终于要完全送进了虎口之内才完结。那时间,自己的命运和别人一样恶劣,额角头并没有比别人高一点。

一个人抱了侥幸之心,无论如何是不容易觉悟的,于是明明知道它是吃角子老虎,角子吃进去了,不大会得吐出来的,但是与吃角子老虎角逐的人,还是多得很,这个去了,自有那个会来,乖乖的将角子膏老虎的谗吻。

然而,与吃角子老虎角逐,也不是完全没有胜利希望的,唯一的办法就是将老虎扑杀了,把它肢解开来,使它再也不能够吃角子,那么不但是虎口里的角子,就是老虎身上的一切的一切,都是属于你的了!

《小说日报》1940 年 4 月 28 日

空气中不闻阿是声

沪人之家有无线电机者,殆无勿知有唐霞辉小姐。唐小姐为三友实业社司播音报告,为无线电听众所艳称,以是三友当轴,于唐小姐亦倚畀弥殷。唐小姐播音,好以"阿是"两字为口头禅,无线电机中,但闻清脆之口音,作一片"阿是"声音,即唐小姐是已。有人以为唐小姐之"阿是"未免太多,劝其酌量减少。唐小姐殊勿愿嘉纳,甚至横一个"阿是",竖一个"阿是",格外"阿是"得起劲。若非"阿是",即不成其为唐小姐者。盖唐小姐以"阿是"而名,亦犹影星谈瑛之黑眼圈,已成为一个商标,不可去也。顾至于最近,空气中骤不闻阿是之声,盖三友向假华东电台播音,今合同已满,不再继续,而新地盘则犹在接洽中,尚未确定,故唐小姐亦得暂时憩息。

惟三友当轴,以唐小姐有功于三友,故在息影期中,于其薪金,仍照支如故,其待遇唐小姐,亦可谓优渥矣。

《社会日报》1940 年 5 月 10 日

投 机

投机分子,在一个时期是裂开了嘴,笑得几乎合不拢来。但不幸而市场起了变动,嬉笑着的脸,转瞬之间便一变而为哭丧脸。在一般做着买空卖空的投机分子,大概没有一个不以为自己是聪明人,以为洋房汽车以及花不溜丢的小老婆,都可以照投机的牌头①,从投机上出产。可是都不会想一想,你也投机,他也投机,大家都想照牌头②,谁又给你牌头你照呢?要知道你在那里投机,人家也是在那里投机,弄得好,洋房汽车小老婆固然可以享受一时,一旦投机而失风,也许你的洋房汽车小老婆,会转移到别人的手里,让人家去享用。而自己则身败名裂,被人家批评起来,这还是"自作孽,不可活"!

最近,据说有许多投机分子吃到了横亏,弄得后悔莫及,可见得投机毕竟勿是生意经!愿一般金融市场以外的投机分子,亦以此为殷鉴,与其贻后来无穷后悔,不如及早回头。

《小说日报》1940 年 5 月 22 日

---

① "牌头",本义是"小头目",《元史》中有"十人为一牌,设牌头,上马则备战斗,下马则屯聚牧养",后引申为"权力、力量、影响"等义。

② "照牌头",沪语,"理所当然"之意。

报 馆 旧 事

文坛五更调

一更一点月初升，独鹤①胡寄尘②。呀呀得而会③，瘦鹃④贡少芹⑤，舍予⑥小蝶⑦王西神⑧。张枕绿⑨，毕倚虹⑩，海上说梦人⑪。呀

---

① 严独鹤，名桢，字子材，别署槟芳馆主，浙江桐乡人。曾主编《新闻报》副刊《快活林》(后改名《新园林》)《红杂志》《红玫瑰》等刊。著有《人海梦》《床第戒严》等作品。
② 胡寄尘，名怀琛，字季庵，安徽泾县人。曾协助柳亚子编《警报》，主编《小说世界》等。著有《科学演义》《蟂首蛇心录》等作品。
③ 亦有写为"呀呀得儿哝"。
④ 周瘦鹃，名国贤，别署紫罗兰主人，江苏吴县人。曾主编《礼拜六》《半月》《紫罗兰》等。著有《恨不相逢未嫁时》《老伶工》等作品。
⑤ 贡少芹，与李涵秋、张丹斧齐名，并称"扬州三杰"。曾主编《中西日报》，撰有连载小说《苏台柳传奇》《刀环梦传奇》。辛亥革命后居湖北，与何海鸣合办《新汉民报》。后到上海，因李涵秋介绍，先后在进步书局、国华书局担任编辑，并主编《小说新报》，后因与创办人意见不合，次年辞去。又办《风人报》，同儿子芹孙合作，有"贡家父子兵"之称。
⑥ 舒舍予，报人，曾创办《太平洋画报》《新报》等刊物，任《小日报》《上海画报》《大晶报》等刊物的编辑。
⑦ 陈小蝶，名蘧，别署醉灵生，浙江杭州人，为陈蝶仙即天虚我生之子，著有《兰因记》《画狱》等作品。
⑧ 王西神，名蕴章，字莼农，别署西神残客、菊影楼，江苏无锡人。曾主编《小说月报》《妇女杂志》，著有《碧血花传奇》《铁云山传奇》等作品。
⑨ 张枕绿，福建罗溪人。曾主编《沪江月》《横行报》等，创办上海良晨好友社。著有《绿窗泼墨》《枕绿小说集》等作品。
⑩ 毕倚虹，名振达，字几庵，别署春明逐客，江苏仪征人。曾主编《上海画报》《上海夜报》等，著有《十年回首》《人间地狱》等作品。
⑪ 海上说梦人为朱瘦菊笔名，撰有《歇浦潮》。

呀得面会达哉①王钝根②。

二更二点月正清，逸梅③潘霜痕④。呀呀得而会，贼菌⑤郑醒民。林屋山人袁寒云，徐卓呆⑥，陆律西⑦，海上漱石生⑧。呀呀得而会，觉迷⑨施济群。

三更三点月将高，豁公⑩江红蕉⑪。呀呀得而会，澹盒⑫范烟桥。天台山农⑬包天笑⑭，徐枕亚⑮，姚民哀⑯，丹翁⑰，范菊

① 陈达哉，《新闻报》记者。
② 王钝根，名晦，字耕培，上海青浦人。曾主编《申报·自由谈》《礼拜六》《社会之花》等。作品以短篇小说为主，如《四少奶奶》等。
③ 郑逸梅，名愿宗，别署纸帐铜瓶室主、扫叶老残等，江苏吴县人。曾主编《游戏新报》《清闲月刊》《金钢钻》等。著有《近代野乘》《小品大观》等作品。
④ 潘霜痕，《先施乐园日报》编辑。
⑤ 缪贼菌。
⑥ 徐卓呆，名傅霖，别署阿呆、李阿毛、闸北徐公等，江苏吴县人。曾留学日本，学习体育，回国后创办中国体操学校。曾主编《新上海》。著有《李阿毛外传》《非嫁同盟会》等作品。
⑦ 陆律西，著有《民国史演义》《多妻遗恨记》等，编有《中华民族史演义》。
⑧ 孙玉声，原名孙家振，字玉声，号漱石，别署漱石生、海上漱石生、退醒庐主人等。上海人。早年任《申报》编辑，《新闻报》初创时，为第一任总主编，后又任《时事新报》《舆论时事报》各报主编。曾自办《采风报》《笑林报》《新世界报》，并开办上海书局。著有《海上繁华梦》《续海上繁华梦》《退醒庐者书谈》等作品。
⑨ 吴中弼，字匡予，号觉迷。上海川沙人。因曾罹文字狱，改署秦士。曾任《申报·自由谈》主编，著有《上海掌故谈》《西药指南》《沪渎岁时记》等作品。
⑩ 刘豁公，曾主编《戏剧月刊》《心声》等。
⑪ 江红蕉，名铸，字镜心，江苏苏州人。曾主编《家庭杂志》《银灯》等。著有《交易所现形记》《大千世界》等作品。
⑫ 陆澹盒，名衍文，字剑寒，别署琼花馆主。江苏吴县人。曾主编《上海》《侦探世界》等。著有《落花流水》《游侠外传》等作品。
⑬ 刘文玠，本名刘青，台州人，号天台山农，为沪上书画名家。曾编辑《小说新报》《大世界报》。1929年6月6日，杭州西湖博览会开幕，进门处对联即为刘文玠所书，联曰："地有湖山，集二十二省无上出品大观，全国精华都归眼底；天然图画，开六月六日空前及时盛会，诸君成竹早在胸中。"其外甥为华东师范大学教授朱大可。
⑭ 包天笑，名清柱，字朗生，别署钏影楼、秋星阁主人等，江苏吴县人。曾主编《苏州白话报》《小说时报》《星期》等。著有《上海春秋》《留芳记》等作品。
⑮ 徐枕亚，名觉，别署东海三郎、枕霞阁主等。江苏常熟人。曾主编《小说季报》《小说丛报》等。主要著有《玉梨魂》《雪鸿泪史》等作品。
⑯ 姚民哀，本名姚朕，字天竞，号民哀。曾主编《春声日报》《世界小报》《新世界报》《游戏杂志》《小说霸王》等报。与文公直、顾明道合称"武坛三健将"。南社成员。1923年，在《侦探世界》上发表连载武侠小说《山东响马传》，与平江不肖生的《江湖奇侠传》《近代侠义英雄传》《江湖怪异传》及赵焕亭的《奇侠精忠全传》同一年发表，被称为现代武侠的"开山五传"。
⑰ 张丹斧(1868—1937)，原名宸，后名延礼，字丹斧，以字行。亦署张无为、丹翁、老丹、丹叟、赤老、张蛇等，斋名伏虎阁、环极馆、瞻麓斋，世居扬州。冶春后社诗人，南社社员。

高①。呀呀得而会,瞻庐②恽铁樵③。

四更四点月正明,爱棠④严芙孙⑤。呀呀得而会,枫隐⑥赵眠云,马二先生⑦何海鸣⑧,许廑父⑨,徐碧波⑩,鄂常⑪,不肖生⑫。呀呀得而会,恨我⑬徐哲身⑭。

五更五点月西沉,碧梧⑮施青萍⑯。呀呀得而会,常觉吕碧城,

---

① 范菊高为范烟桥二弟。
② 程瞻庐,名文楼,字观钦,别署望云居士。江苏苏州人。曾在苏州各学堂执教。著有《鸳鸯小印》《唐祝文周四杰传》《茶寮小史》等作品。
③ 恽铁樵,名树钰,别署冷风、焦木、药庵等。江苏常州人。曾主编《小说月报》,后来弃文从医。著有《孽海暗潮》《村老妪》等作品。
④ 瞿爱棠,曾主编《青年声》。
⑤ 严芙孙,原名严辉,别署黛红。浙江桐乡人。曾创办《雏报》《新新思潮》《青声周刊》等,22岁创办青社(鸳鸯蝴蝶派作家团体)。著有《春梦黛影录》《市影》《残梦录》等作品。
⑥ 朱枫隐。
⑦ 冯叔鸾,为剧评家冯小隐之弟。河北涿州县人,1912年到上海,开始撰写戏剧评论,次年任《大共和日报》主笔,以"马二先生"之笔名在《大公报》《时事新报》等报上发表剧评。1914年,编辑《俳优杂志》,曾兼任上海榛苓小学校长。1936年,任上海版《大公报》副刊《大众俱乐部》主编。著有《啸虹轩剧谈》等作品。
⑧ 何海鸣,字一雁,湖南衡阳人。1911年参加文学社,因发表反清言论而入狱,武昌起义当夜出狱。后到上海,任《民权报》主笔。1913年,最先获悉袁世凯暗杀宋教仁案情,公布于《民权报》,轰动天下。著有《琴娥小传》《娼门红泪录》《海鸣小说集》《求幸福斋随笔》等作品。
⑨ 许廑父,名与澄,字弃疾,又字一厂,别署忏情室主、清风明月楼主。浙江萧山人。曾主编《小说月报》《情杂志》等。著有《沪江风月传》《情海风花录》等作品。
⑩ 徐碧波,字芝房,别署五常、红雨等。江苏吴县人。曾主编《波光》《橄榄》等。著有《青春之火》《血泪鸳鸯》等作品。
⑪ 谢鄂常,浙江嘉兴人。20岁开始集邮,曾与周今觉合编会刊《邮讯月刊》。专集中国明信片、邮简,被誉为"明信片专家"。1931年编写出版中国第一部邮戳专著《中国邮戳纪略》。
⑫ 平江不肖生,本名向恺然,湖南平江人。近代著名武侠小说家,被称为武侠小说奠基人。笔名来自老子《道德经》之"天下皆谓我道大;夫惟其大,故似不肖。"从小文武兼修,两度赴日留学,著有《留东外史》。1922年开始创作武侠小说《江湖奇侠传》。《江湖奇侠传》被明星影片公司拍摄成电影《火烧红莲寺》,连拍十八集,万人空巷。
⑬ 刘恨我,原名刘光祖(1901—1941),旅沪粤人,曾任《先施乐园日报》主编,发起创办文虎社。
⑭ 徐哲身,名宦海,以字行,别署邹应坤。浙江嵊县人。曾以县令候补于苏州,创办《苏州花》杂志,连载自著长篇小说《扬州梦》。1912年2月苏州发生兵变,徐哲身下令闭城,全城得以保全,受到孙中山嘉奖。后移居上海,以卖文为生。曾主编《春华日报》,兼佐天台山农(刘青)编《小说新报》。著有《养花轩诗集》及长篇小说20余种,如《昆仑剑侠传》《峨嵋飞侠传》《清朝三剑侠》《怪侠红灯照》等。
⑮ 张碧梧,江苏仪征人。曾任无锡《商务日报》的主笔,协办《乐园日报》,译过《人猿泰山》等。著有《双雄斗智记》《劫后余生》等作品。
⑯ 施蛰存(1905—2003),原名施德普,字蛰存,浙江杭州人。曾主编《璎珞》《文学工场》《无轨列车》《现代》等刊物,著有《无相庵随笔》等作品。

天虚我生①李允臣②，赵苕狂③，张舍我④，耐庵，姜映青。呀呀得而会，大可程小青⑤。

陈积勋⑥

《先施乐园日报》1924 年 2 月 13 日

第二次的同文叙餐会

六月初十日是第二次同文聚餐会，在小花园都益处举行的日子，在下也是其中一分子。我在五点三刻的时候便趋车前往，那时潘心伊和竹林隐者已经先在了。直到六点半钟，始陆续到齐二十个人，当下便入席，共分二席。不一会，彭云上先生也来了，合计二十一人，比较第一次的叙餐会便热闹得多了。可见不论什么事，都是进步无穷的，这也是一种很显明的成绩呀。我在这个时候真快乐极了。谈谈笑笑，倒也很有趣，既可以联络感情，又得到一种无量的益处。而且诸先生还即席赋诗，真是极一时之盛。席散时已经十点钟了，我觉得这一次的叙餐会非常快乐，便随手把笔来乱涂一阵，因此我的记事也就做成功了。

陈积勋

《先施乐园日报》1924 年 7 月 21 日

---

① 陈蝶仙，名寿嵩，字昆叔，别署天虚我生。浙江钱塘人。曾主编《女子世界》，后创办家庭工业社，主要产品有"无敌牌牙粉""蝶霜"等。著有《泪目珠缘》《玉田恨史》等作品。
② 李允臣，南浔人，电影编剧。1924 年，李允臣与黄文农、沈延哲创办了中国画片公司，这是中国第一家动画公司。1925 年为三星公司影片《觉悟》、朗华公司影片《红姑娘》编剧。著有《银灯回忆录》《银灯腻舞记》等，译有大仲马的《虎口余生记》。
③ 赵苕狂，名泽霖，字雨苍，别署走肖生。浙江吴兴人。曾主编《红玫瑰》《游戏世界》等。著有《世外探险记》《怪富人》等作品。
④ 张舍我，名建中，上海川沙人。曾创办小说函授学校，参与翻译《福尔摩斯探案》，主编《千秋》等。著有《尸变》《舍我小说集》等作品。
⑤ 程小青，字青心，别署茧翁。上海人。早年在上海钟表店当学徒，16 岁开始发表作品，译《福尔摩斯探案》，主编《侦探世界》。著有《霍桑探案》等作品，计 30 余种。
⑥ "陈积勋"为陈蝶衣本名。

谈谈诸同文的信

潘霜痕

霜痕是极忙的人,他来信总没有满三十个字的,可见得他字的高贵了。

冯舒人

舒人写的信非常考究,现在介绍一封在下面,俾大家瞻仰瞻仰:

(上略)

顷展大札,诵悉一切,荷承不弃菲,嘱撰长篇小说,殊深铭感,弟虽不才,敢不遵命,奈值兹战云漫布之时,心以不宁,握管无绪,即使草率成篇,友致遗贵,报以白璧之瑕,是岂可哉!故不敢妄应方命,幸祈恕之是盼。况弟不日又将出外,归期无定,倘有暇,自当为贵刊撰述不误。盖今日境况,成之实不获已,非敢自高也。

(下略)

陆祖庆

祖庆来信,封面上写着海昌陆氏发。我起初很是疑惑,信纸信封上不知什么,香不可言,大约是香粉吧。后来始知,便是本报健将陆祖庆,不然还当他是一位女士呢。

程悲秋

悲秋是提倡三民主义五权宪法的健者,这是大家所知道的,他写信用蓝墨水,映着黄色的纸,字迹非常清秀,怪道人家要说他像女人呢。

陈积勋

《先施乐园日报》1924 年 11 月 4 日

汪汉溪[①]先生轶事

先生每晨七八时即到馆视事,其勤恳有如此者。《新闻报》之有今日,亦先生二十六年来惨淡经营之力也。某日,馆中铃声当当,午饭之时至矣,同事乃相率就餐,先生因晨未果腹,已作鹿鸣矣,遂向同事共桌而食。饭未及半,而座中吃吃之笑声犹未止,盖其时先生须上粘一饭粒,状殊发噱,而同事又不敢言,惟有暗自好笑。殆先生发觉,同事已有喷饭者,而先生亦笑不可仰矣。

以上所记,系同事某君告予,时犹未进馆也。事虽成昨日黄花,然其颇堪发噱,录之以博一粲。

先生轶事甚夥,记者前曾记一则(见十期本报),只再将所闻录下,昨日黄花之诮,知所不免耳。

馆中有华、李二君,某日,因事冲突,初相詈骂,继则动武,两不相让,旋扭至总理室,斤斤言公是公非。余辈固预料先生必将勃然矣,乃殊有出人意外者,先生既不稍怒,抑且笑容可掬,回首向二君曰:“你们俩打架,我不预闻,尽可打到巡捕房里去,这是刑事,我是不能干涉的。”言竟,摇手作状。华、李睹二君此情形,亦各释手而

---

① 汪汉溪(1874—1924),字龙标,浙江温州人,著名报人。毕业于梅溪书院,曾任上海南洋公学(交通大学前身)庶务。1899 年,南洋公学校长福开森购进《新闻报》,委任汪汉溪为总经理兼董事。

去。窃佩先生片言折狱，诚可谓神乎其技矣。

陈积勋

《绿痕》1925 年 3 月 8 日

扶鸾质疑

日昨之夜，偕友游于大世界，入财神会，见人头济济，环而观者，盖济公临坛也。予乃伫足而观，坛即设于济公神像前，香案之后，置一沙盘，二人各扶一丁字形之笔端，沙沙作动，书甚迟，字亦清晰可辨。予诧然曰："果如是乎？惟窃有疑焉。"按：该坛为道德醒心社所设，叩事者可至坛旁办事处付金挂号，依次乩判。开坛时间，每晚八时半及十时半，凡二次，是则济公非依时而到则不可。设吾亦创办一大世界，同样设一坛，时间亦定于八时半及十时半两次，则济公临吾坛乎？抑临他坛耶？抑济公佛法无边，用分身术而不偏于一方耶？可疑一；尝杭州之九九坛，坛置铁笔一，诸仙临坛无定时，至则铁笔自能挥写，今者该坛扶之者凡二人，在右者托于左手掌中，而在左者则用右手挟以两指，似推之便动，未停笔即呼曰斯某字也，其中似已先知。何左者不可亦如右者之托于掌中，而欲挟之以指耶？可疑二。

财神会内设诗谜摊凡二，人声嘈，直赌博场耳，尝闻临坛首须清静，而济公竟肯惠然光临，一奇也；鸾笔何不以线其端而悬之，俟其临坛而自动，奚定须两人扶之，二奇也。总之，该社以劝人善为宗旨，固不无有益于世道人心，若设坛于如斯嘈杂不洁之地，未免有秽济公矣，罪过罪过。

陈积勋

《紫葡萄》1925 年第 16 期

兰 言

人以兰心蕙质喻贞静之女子,吾于紫罗兰亦然。

西湖伊兰,为海上有美堂笺扇店主人。蜀中有花,名赛兰香花,小如金粟,特馥烈,戴之发髻,香闻十步,经月不散。西域以之供佛,名伊兰,文见高士奇《天禄识余》。又,冒襄《兰言》载,云蜀中有花,名赛兰香,又名伊兰花,花小如金粟,香特馥郁,戴之发髻,香闻数十步,经久不散。粤之真珠鱼子,想亦同此所记,大都与高士奇《天禄识余》所载相同,是伊兰,固兰名也。

紫罗兰庵主人有个人小杂志,曰《紫兰花片》,娇小玲珑,雅洁可爱。又有《兰片报》,为一周刊物,主其事为孙石生、温玉书。尚有《紫兰画报》,澎湃于画报潮流中,惜均已停刊。无锡陆柏舜编辑

图 55 《紫兰画报》创刊号,1925 年 9 月第 1 期

之《兰言报》，专载文艺作品，亦未久即中辍。

文友兰畹生有恋人曰兰，卒以未能如愿，颇郁郁不欢，常叹曰"予情场之失意人也"，并云将以事实撰成小说，曰《离恨天》，惟生性极疏懒，未悉何日可以问世耳。

张元赓《张氏卮言》载："桂林有松林四十里，夹翠于冈岭平坡中，列长亭短亭，兰蕙遍生于松杪，号曰树兰，托根高，人不能取，是岁寒君子之节，幽谷王者之香，草木并合而成，其奇者也。"居高临下，吾为兰幸而羡焉。

表姊兰所适匪人，致郁结以死，回忆儿时情景，不禁泪盈盈然。

陈积勋

《紫罗兰》1925 年第 1 卷第 2 期

荷花飞絮集

一

松江黄华林先生，号公侠，诗才清绝，嘤鸣诗文社即其所创，社员达五六十人。去岁（甲子）复与人合创《诚德周报》于海上，因得与相识，谈吐文雅，和蔼可亲。旋该报因故停版，嗣又独创《公言周报》，诗文小说，满幅珠玑，颇为时下所欢迎。先生有《闺怨》七律一首云：

愁丝十丈绕双溪，二六峰头两雁西。

半夜幽情千里月，五更残梦一声鸡。

八行尺素三江远，七月寒砧万户齐。

百事萦心肠九曲,非关四壁有蛩啼。

用"一、二、三、四、五、六、七、八、九、十、百、千、万、丈、尺、两、双、半"十八字,弦外有音,的为不可多得之作。

又《甲子除夕》云:

夜漏沉沉一岁除,挑灯坐守五更余。

韶华不改年年度,人事偏经岁月殊。

作客昨归犹衣褐,承欢每日愧无鱼。

今宵送却穷愁去,好待来朝任展舒。

亦佳。

钱塘钟韵玉,久读其诗,去秋莅沪,经张君士杰之介,得遂瞻韩。风度翩翩,和蔼近人,绿社亦即其创办也。社刊《绿玉》①《绿

图56 《绿玉》1923年4月8日创刊号

---

① 《绿玉》,1923年4月8日创办于浙江杭州,由杭州绿社出版发行。社址起初设在大方伯13号,后迁至岳王路3号和皮市巷31号。

痕》①《绿云》等,均能一日千里,不胫而走。生平爱猫成癖,署曰"百猫厂",可想见其风调矣。

君有《金菊对芙蓉》一阕云:

> 篱落诗痕,水边凉影,岭梅输与春先。使东风未到,总带霜妍。柴桑归去愁无伴,喜曼卿,丰度翩翩。一般江上,橹摇背指,掩映尊前。
>
> 最好月地云天,把画帘低卷,人镜高悬。爱禽华②耐老,酒晕红嫣。分明寿客称觞近,暗相招,醉客流连。几回冒雨,一枝映日,顾影同怜。

清韵铿锵,如嚼橄榄,大有回味之妙。

二

蒋隐岩有《老眼昏花戏笔》十二首,于舅父杜陶南箧中得之,逸趣横生,颇堪发噱,其一云:

> 老眼昏花上课堂,教科书本晕迷茫。
>
> 偏夸兄弟年轻目,一目总须到十行。

其二云:

> 老眼昏花阅报忙,天晴白昼借灯光。

---

① 《绿痕》,近代小报,五日刊,1925 年 1 月 1 日创办于上海。由上海绿社发行,编辑所位于上海祛岭路延庆里 43 号。
② 禽华,菊的别名。出自班婕妤《捣素赋》:"见禽华以麁色,听霜鹤之传音。"

新闻两字看清楚，以外都归云雾乡。

其三云：

老眼昏花作议员，声声老子口头禅。
不妨竟见妄争执，隔席飞来墨盒□。

其四云：

老眼昏花坐马车，洋场十里一鞭加。
问他走遍繁华地，到处花园加酒家。

其五云：

老眼昏花戏叫堂，酒酣局票唤姑娘。
哪知掩到河东吼，后面飞来一耳光。

其六云：

老眼昏花到舞台，悭囊今始见君开。
张飞黑面关红面，锣鼓声中哑谜猜。

其七云：

老眼昏花强赋诗，推敲任自委忙思。

风流说有孟夫子，笑煞旁人绝妙词。

其八云：

老眼昏花行路难，非关风雨阻长安。

日晴遮扇灯提月，防犬还须竹一竿。

其九云：

老眼昏花归去难，宅门走过未曾看。

回头顿忆前宵事，错把邻扉扣月残。

其十云：

老眼昏花补破袍，破袍叶叶舞秋高。

缝缝拆拆缝缝拆，拆得东风鞻不毛。

其十一云：

老眼昏花吃大菜，叉刀割破嘴唇端。

瓶儿酱醋无分别，喝汤须眉酸又酸。

其十二云：

老眼昏花麻雀叉,三翻一式□中夸。

忙将眼镜揩清楚,啊哟东风自我家。

其第三首用墨盒击吴景濂事[1],殆亦东方朔之流亚欤。

三

甲子秋,受人之聘,编辑《品报》,曾蒙孙绮芬先生惠诗数首,嗣因江浙战事起,主事者星散,以致不克出版,而孙君诗亦藏箧中,兹特转录于下。

《春思》云:

芳草离离映绿波,江南红豆艳情多。

楼头对月开妆镜,愁上眉头懒画娥。

《七夕》云:

昨夜双星已渡河,偏逢好事待磋磨。

女娲补就情天缺,试问工夫费几何。

《晨起咏槐》云:

苍枝老干讶虬龙,日上三竿晓寺钟。

劲节愈坚春愈晚,一经雷雨绿阴浓。

---

① 据《顺天时报》1923 年 12 月 19 日载,1923 年 12 月 18 日众议院开会,议员吴景濂被另一议员黄翼以墨盒击中额头,血流如注。

又"燕子衔将春色去,恼人犹自语呢喃",颇得唐人风味。

作诗难,改诗尤难,古人已先我言之矣。惟苟使才学渊博,即能使呆滞之句,生龙活虎,跃跃纸上,如杨云史之改吴佩孚诗是也。

武进名士蒋树声,诗才清绝,多感慨之作,盖环境使然也。曾于箧中得其遗诗二律,一《迎春有忆》云:

> 两岁清寥度汉皋,椒盘柏酒忆家曹。
>
> 将诗赌句君偏隔,欲饮无钱友见招。
>
> 楚馆春添红豆恨,吴山梦渺白云高。
>
> 醉歌风趣登临尽,应笑穷途范叔豪。

盖维时任事于汉口某厂也。

一《矶头晚眺》云:

> 独立平原日暮天,石矶西畔水云边。
>
> 载来野艇人三两,落到风帆路几千。
>
> 江乌饥餐沙岸雪,陈鸦撩碎楚山烟。
>
> 岁阑情绪关河感,自笑穷游不计年。

绝唱也。

四

古歙吴承煊,号东园,诗词名冠天下,远近从游者,不下千余人,寄庐伍佑,创立国粹保存社,因鉴于地方之风气未开,乃兼销新闻报纸，以冀灌沦文化。前日寄来《雨后口占》一律云：

> 万顷黄云淡不收，郊坰雨后乱啼鸠。
>
> 鹰催绿野刚槐夏，雉伏青塍正麦秋。
>
> 蓑笠影低斜血冷，桔槔声碎暮潮流。
>
> 为谁十日平原饮，时难年荒法应酬。

又因林侍郎菽庄在闽之鼓浪屿，张使君化臧在川之云阳，翦博士竺佛在湘之桃源，蔡先生竹铭乔梓及香社诸老在粤之汕头，今皆被兵，感而有赋，调寄《浪淘沙》二阕云：

> 四寨雾皆黄，闽粤川湘，战云臻合日无光。谁敢大风歌一曲，只有刘邦。当道尽豺狼，国势蜩塘，兵灾寇祸又年荒。一局残棋犹打劫，祸乱难防。

> 安乐几吟窝，遍地干戈，故人境况近如何。只恐道途荆棘满，泪洒铜驼。风急鹤声多，大海扬波，玄黄战血入漩涡。四座衣冠皆雪白，击筑悲歌。

忧时之气，跃之纸上。

锡山廉谏钟[1]今春寄《甲子元旦述怀》四绝，兹录之如下：

---

[1] 廉建中(1896—1986)，原名明甫，一名谏钟，号蓉湖散人。无锡北塘区后祁街人。毕业于上海持志大学，毕生从事教育。擅诗词，有《蓉湖诗集初、二、三、四、五集》《蓉湖诗钞选集》《晚晴唱和集》《廉南湖年谱》等作品存世。

数点梅花馥郁中，万家醉笑一欢同。
频年烽火兼氛祲，元日风和卜岁丰。

欲报春晖仰懿亲，冰霜苦节度艰辛。
欣周花甲添慈寿，更祝高堂百福臻。

虚度韶华廿九年，消磨壮志付云烟。
维持道德挽颓俗，乐育英才经训传。

百花灿烂万灯明，畅叙家庭酒满觥。
富贵荣华非我愿，惟求康健享安平。

予依韵和之云：

此生潦倒客居中，□之犹如梦寐同。
枉说干戈消甲子，何时人寿与年丰。

未能自立赡严亲，回忆慈帷倍苦辛。
堪羡君家堂上草，青青甲坼喜来臻。

浪迹天涯年复年，茫茫尘海幻云烟。
依人作嫁多磨折，马齿徒增名不传。

万籁寂然月倍明，愧无春酒满金觥。

九如遥祝写新句,乐也融融享太平。

陈积勋

《华风》①1925 年 5 月 17 日

诗中虹解

《虹报》出版了,在下免不了也要来应应时。东坡吟《安期生》诗,中有"抵掌吐长虹"②之句,本报以揭穿恶魔的假面具,宣布他们黑幕,警顽锄奸为宗旨,抵掌而谈,愿同胞快来听我们宣布他们阴险的勾当,免得一不小心便受愚。

图 57　《虹报》报头,1925 年 8 月 17 日

苏东坡《次韵张琬》③诗有"尚有清诗气吐虹"之句,在下集诗中之"虹",分别解说,这也可数得诗吐虹,坡老毕竟不凡,否则何以现

---

① 《华风》,为近代上海小报之一,1925 年 2 月 27 日创刊于上海,钱释云任主编,社址位于上海广东路五号。
② 苏轼《安期生》:"安期本策士,平日交蒯通。尝干重瞳子,不见隆准公。应如鲁仲连,抵掌吐长虹。难堪踞床洗,宁甘扛鼎雄。事既两大缪,飘然篛遗风。乃知经世士,出世或乘龙。岂比山泽腥,忍饥咬柏松。纵使偶不死,正堪为仆憧。茂陵秋风客,望祖犹蚁蜂。海上如瓜枣,可闻不可逢。"
③ 苏轼《次韵张琬》:"新落霜余两岸隆,尘埃举袂识西风。临淮自古多名士,樽酒相从乐寓公。半日偷闲歌啸里,百年暗尽往来中。知君不向穷愁老,尚有清诗气吐虹。"

在的事,会给他预先猜着,那得叫我不似吃了清气丸一般呢。

高天梅有"才人剑气美人虹"之句,所谓"才人剑气",当然是指本报编者有横扫千军的本领,革除社会上种种劣点之意;"美人虹"是形容虹的颜色犹如美人一般美丽,这一句诗不啻专为本报而吟的了。

陈积勋

《虹报》①1925 年 8 月 14 日

本报点将新酒令(集苏东坡诗)

泥融春燕掠春芹(芹孙)

书叶翻香合细听(听雨)

渔舟一叶江吞天(天白)

紫桑春晚思依依(依依)

作赋慕相如(如生)

樱桃烂熟滴阶红(红樱)

秋后霜林且强红(红霞)

墨汁桃香出砚心(心侠)

一炷清香尽日留(留夷)

黄叶山川知晚秋(秋公)

日落大地平(平民)

敝袍霜叶空残绿(绿鹦)

① 《虹报》,1925 年 8 月 14 日创刊于上海,同年 11 月 29 日停刊,共发行三十六期,主编贡芹孙,馆址位于北浙江路宁安坊 113 号。

人竞春兰笑秋菊(菊仙)

陈积勋

《虹报》1925 年 9 月 10 日

严芙孙莫串《逍遥津》

　　幽居在延庆楼上的曹三爷,不知怎么高兴,炒起蛋来(不是滚蛋)。以堂堂一个大总统的身价,竟然亲自动手做厨子,可惜已经是过时货,否则谁都要尊他老人家一声与民同乐呢。

　　不过因了这件事,却平添了我们不少好资料。天下事往往无独有偶,我们这位芙孙先生,也羡慕起炒蛋的曹三爷来,自称为治餐的庖人(见第一期《星期书报》)。哈哈,先生口吃是很有名气的,既做了治餐的庖人,我们花了四只铜板,当然可以张开口来大吃而特吃。就是有一件很危险的事情,若是芙孙先生学着三爷串起《逍遥津》来,上海十几种书报,倒有些靠勿住喔。

陈积勋

《拂尘》①1925 年 9 月 17 日

《新声》何处去?

　　九月六日的某报上,登着一则《新声杂志》的广告,大约说《新声》为杂志中兴之功臣,共出十册,原定每册五角,现因存书均归本

---

① 《拂尘》,近代上海小报,由继承《旨报》而来,周拂尘、严芙孙等十余人创办发行,取办报人周拂尘之名易为报名。1925 年 9 月创刊于上海,1926 年 8 月停刊。上海拂尘报馆出版发行,馆址位于上海云南路会乐里二六七号。由周拂尘、严芙孙等十余人创办发行。

局收买,特别廉价出售,每册只收小洋二角云。下面是"上海四马路昼锦里口上海图书馆启"的十五个字。在下素仰《新声杂志》是鼎鼎大名的,某报编者所编的,连忙带了两角大洋,赶到上海图书馆去买,想一饱眼福。

这上海图书馆,并不是甚么大高楼之类的图书馆,乃是一家一间门面的小书局。谁料我跑进去一问,一位伙计说没有。我一想,奇怪,某报上不是明明登着瞩目的广告么?莫非我认错了人家?但是回头一看,招牌上明明是上海图书馆。我便将带来的某报上的广告,指给他看。他便从橱里拿出一本书来。这本书的面积很大,封面确是"新声"两字,但我一看并不是某某君的,而且价目又不对。

其时旁边的一位职员道:"你回答他已经卖完便是了。"那伙计倒也听话,遽然照样说了一遍。

我说:"难道一本都没有了么?"

那伙计对职员说:"我早回答过他没有呀。"

我只得怏怏地走了出来,丢掉车资不必说,只是这杂志中兴的功臣,《新声》没有一饱眼福,引为莫大的憾事,要说真个是卖完了吧,在下确是看了九月六日的某报,当日去买的,生意未见这样好。要是说某报没有将广告撤去,那么九月三日的报上并没有《新声》的广告,何以六日才登了出来?而且,《新声》与某报都是某君编的,没有这样东西,绝不会登出广告来。倒要请问某报,这广告是否上海图书馆送登的?或者某报故意弄这个把戏,做个空心大佬官,寻寻人们的开心?我想某报编者似乎是爱惜名誉的,当然不会再学着去年江浙战争的故习,说什么手民之误吧。幸有以语我来,顺便告诉阅者诸君一声,莫再去上这大大的当,多跑许多冤枉路。

图 58 《新声杂志》广告,刊于《新闻报》1922 年 4 月 3 日

陈积勋

《虹报》1925 年 10 月 10 日

多谢芹孙

多谢芹孙先生不弃,称在下一声"著作家"(见一六九号本报)。在下这几年来,握着一管秃笔,虽算在文坛上滥竽充数,这样著作家的头衔,可委实不敢当。况且在下腹笥中尽是些乱茅草,真说不到"著作家"三字。至于"压倒严独鹤,气煞周瘦鹃",更是笑话其鼻涕了。严独鹤和我同在一个报馆,他在三层楼,我在二层楼,只有三层楼在上面可以压倒二层楼,断没有二层楼可以压倒三层楼的道理,否则先施、永安两公司耸入云表的高塔,不要钻入地中海去么?周瘦鹃先生呢,他是一位和蔼长者,对于在下,总是殷殷垂询,

客气得不得了，绝寻有一些名人气，这是我所最钦佩的。说甚么
"压倒气煞"，不过是芹孙先生寻开心罢了。但是多蒙芹孙先生介
绍，那是万分感激的，无物为礼，只好胡诌几句俚词，聊表敬意
罢了。

　　毛笔秃，破纸黄，北调南腔弄白相。惭愧焦桐吾不及，居然今
日过中郎。（调寄《捣练子》）

　　芹孙道："你的文章，实不亚时髦著作家，论你的三字大名，却
没有时髦著作家来得红。我见你的文章，察你的年纪，将来一定压
倒严独鹤，气煞周瘦鹃了。什么三层楼二层楼更不成问题了。可
是有一件事要求你，《风人》虽是小报，销路虽不上万，连本外埠总
有八千上下，在本报做稿子的朋友们，无声而来，带名而去的着实
不少。至于你呢，小小年纪，已有这样大的本领，我断定你将来一
定要大红而特红的。你果红了，千万不可忘记了《风人》，回转头来
和《风人》搭架子呀，哈哈。"

图59　《风人》1924年5月9日报头

陈积勋

《风人》[①]1925年10月15日

---

① 《风人》，近代上海小报，1924年5月6日创刊于上海，英文名 *The Travesty News*，三日刊，风人报馆发行，馆址位于上海北浙江路宁安坊一百十三号。

名字问题

芹孙先生说贱名没有时髦著作家来得红，这句话正中予怀。确实不错，凡是想做小说家，总得题个时髦名字，如红、绿、石、波、芙、鹃、鹤、虹等，在小说界上用的人，很多很多。也有人和我说"积勋"两字太不时髦了，为何不换上一个时髦的呢？我只笑了一笑，平常在我脑海中鼓荡着的，有下面两个问题：

（一）取了时髦名字，作品能否因时髦名字而时髦？若是有一篇时髦的作品，但是名字不时髦，作品是否也因之而不时髦？

（二）时髦名字和普通名字有何分别？是否和商店招揽客的性质相同？

有了上面的两个问题，我断定时髦并不在乎于名字上，须视作品为转移，因为不堪入目字句不通的作品，即便署了时髦名字，决不被称为极有精彩之作品；反之，就是有精彩的作品，决不会因署的名不时髦而称为不堪入目的作品。所以，我不取时髦名字而仍用旧名，便是这个意思。

再进一层，我相信我的作品十分不佳，所以更不必冠以时髦名字。我的别署很多，"禾公"曾一度用过，后来因为别的报纸也有同样的"禾公"发现，所以取消了。"充耳先生"曾在《沪报》上用过，"勋庐主人"在《先施乐园报》上曾用过，现在都不用了，除掉"兰陵残客"和"长发其祥室主"两个别署以外。

新近又题了一个"东壁书屋主人"，尚未用过。还有一个别署很像"积勋"两字的半面，在《风人》报上曾用过二次，除掉芹孙先生以外,恐怕没有第二个人知道罢。

陈积勋
《虹报》1925 年 10 月 19 日

独鹤诗谜

　　东方罗兰冒涵秋生女的名①,闹得满城风雨,一天星斗。偶然翻到十月二十一日的《晶报》第四版上,登着一则怡情诗社诗谜征射的广告,后面附课之下,印着"独鹤诗谜征射"六个字。起初一看,啊呀,独鹤不是鼎鼎大名的小说家么? 他一身兼了数职,怎么倒有空闲功夫来弄这个顽意儿呢? 难道独鹤看着他们也眼热起来,所以组织这怡情诗社的么? 但是看后面第一课第二课,都是署的"望鹤山人值课"六个字,独鹤的别署在下倒没有见有这么一个望鹤山人,而且桐乡也未曾听见有甚么望鹤山,难道这"独鹤诗谜"也和东方罗兰一般的冒牌货呢? 寄语诸位小说家,倒要登个封面广告声明一声,"只此一家,并无分出"呢! 哈哈。

陈积勋
《风人》1925 年 10 月 27 日

请问世界书局

　　上海之滑头书局夥矣! 记者前以《金钢钻报》煌煌然刊登《新声杂志》之广告,以欲一说此杂志界中兴之功臣,不意至上海图书

---

① 　津门有妓名"东方罗兰",假借李涵秋之女的名义招客,轰动一时,后警署出拘票,此女顿匿。

馆询问,竟以无有对,讵呼上当不已。复有无独有偶之事发生者,缘素称信用卓著之世界书局,于数日前亦刊煌煌大赠品广告于各报,谓购书凡满洋五分者,赠怀中照相夹一只;满洋二角者,赠《人生快览》一册。予窃谓世界书局年来蒸蒸日上,且为书局中之铮铮者矣,此次复大送赠品,牌子虽老如商务、中华,未之有也。

记者前遣一役至该局购第十期《红玫瑰》一册,而购归则所谓"满洋五分之赠品",未有也。初尚以此区区,不以为意。殆阅重九日广告中之演义小说类,有《花月痕》一书全四册,定价四角,廉售五折云云,乃欣然携款往,冀得赠品《人生快览》一册。乃询之,竟又以未出版对,不禁疑云阵阵。指以报上广告,职员面现愠色,不得已,怏怏出,窃思书既未出版,何以煌煌滥刊广告?即使刊出,或声明尚在印刷中,一语俾免人徒劳跋涉,亦是一说。然已嫌牵强矣,今且以未出版对者,果何谓也?若谓为惜一册《人生快览》而拒人者,则以堂堂一世界书局当不致出此;若徒以空言谎人,卖弄其滑头故技者,更非如世界书局者所宜为。其他悉不在予怀,惟所欲问世界书局者,则《花月痕》一书既未出版,何必刊登此项空好看之广告?谅世界书局主人阅此,当不能默然不闻不问也。幸有以语我来(若有所辩驳,不妨径函新闻报馆鄙人收,敬当持笔以待)。

编者道,积勋是硬汉。

陈积勋

《风人》1925 年 10 月 30 日

答洪红虹

积勋以一莽夫,猥蒙诸同文不弃,纷投珠玉,安得不受若若惊?廿七期本报刊有洪红虹君《猜陈积勋》一文,所猜数则,略有几分似处,兹特答复如下:

洪君谓予喜阅小报,尤以《风人》《虹报》为最,此固理所当然。惟其他小报,间亦有不阅者,殆以无甚精彩也。

洪君猜予面貌,至中十之四五,所谓"皮色绝没有粉一般的洁白"云云,似太荒诞。盖无论为谁,其皮色决无有白如粉者,所言既无情理,抑直等于说死话矣。

猜写字用墨笔,不错,至于字迹很油滑,我倒不敢自夸,芹孙先生当知之。

积勋

《虹报》1925 年 11 月 4 日

《晶报》看得起任矜蘋

十五日《晶报》,刊有任矜蘋之《北行正误》一稿,盖声明北京新明剧场请其赴京演出之经过也,第此项稿件,不刊于文字栏而刊于封面广告之地位,斯实足奇,盖《晶报》除纪念号文存有刊于封面广告地位者外,平日向不将文字刊于封面。则今《晶报》乃破例为之,殆以任为今之名导演,以名导演文字而尊重之,尊重之而牺牲三格广告地位而刊之,以示不同凡响欤。

然则包天笑说界前辈,亦《晶报》擎天柱也,而其所作乃不获刊之封面广告地位,岂包天笑不迨任矜蘋之声名乎? 更有进者,《晶报》尊重任矜蘋之文字而刊之封面广告地位矣,乃复牺牲四元二角之广告费,刊广告封面三行于《申报》,其一再郑重也若是,则岂又包天笑所能逮欤?《晶报》尊重任矜蘋之文字,即看得起任矜蘋也。虽然,吾微闻任矜蘋之文字,所以得刊《晶报》封面广告地位者,非《晶报》出资以求之,乃任矜蘋出资于《晶报》,盖此《北行正误》一稿实登三格广告于《晶报》,而出广告费者非《晶报》中之文字也。即《申报》上"阅《晶报》者注意"之三行广告,亦系任矜蘋出资所登,非《晶报》之广告也。若然则《晶报》之所以屡屡刊任矜蘋北行失败事,其正以为后日兜揽广告生意之术欤。《晶报》手段,未免大狡狯矣。然《晶报》能知赠以"尚有任矜蘋君北行正误载在封面"十四字,刊于文字栏屁股后头,犹不失为忠厚耳。

小弟弟①

《现世报》②1926 年 9 月 20 日

巴黎医院参观记

日昨得友之介,邀赴巴黎医院参观,院址设于江西路口新康路四号,于午后偕同事沈、蔡、朱诸君并余及友五人往。乘升降梯达三楼,入会客室稍憩,由该院西医沈梅烈君殷殷招待,先导余等参

---

① "小弟弟"为陈蝶衣笔名之一。
② 《现世报》,近代上海小型报纸之一,1926 年 6 月 1 日创刊于上海,五日刊,浪花美术公司发行,英文名为 *The Nodern News*。该报四开四版,主要刊载情感故事、笔记小说、杂文评论等文艺作品以及商业广告等。

观二疗病室,布置整洁,药瓶罗列。盖该院药均自行配置,不须病者更取给于外也。旋复参观电气疗病室,并以友人作实地试验。坐椅上,椅左即置紫光电射器,沈君拨动电钮,电流由器内达于椅上之另一注电处,乃散布于人体之全部及周围。身受者初无特殊之感觉,沈君乃以一玻璃管就离友衣服寸余处移动之,但见管内有紫光物质流动,盖友之四周均电矣。沈君复嘱余辈拍友手背,余试之,则紫色之电光,如火星然,竟随着手处迸射而出。据沈君云,外电供给且不足,于器内自置电管,其发动力有万余。友等乃相继就椅上试验,电力遂次递增加至二万余。继及予,予就坐后,沈君拨动机关,则果无异样感觉,与平常无异。朱君以手击予手背,电光亦随之射出,微觉如有物刺肤,然为时仅二三秒钟耳。殆毕后,则又毫无他异,一如平时矣。据沈君云,此器为美国维克多厂出品,可治疮癣、湿疹、痣等皮肤症,即无病者血脉亦可因之加剧流动,复作种种解说,分奇析疑,明了非常。继复以按摩推拿器于余等胸际按摩,据沈君云,如患有胃气痛等症,凡人按摩所不能到之处,设以此器推拿之,不一刻即霍然而愈。

继更以爱克司光作实验,据沈君云,人之来兹就医者,设欲知体内部有无损坏,只须用爱克司光验查之,如系患痛痒之病,可用爱克司光摄影,一经晒出,则内中情状毕现,而便于治疗矣。又谓此类摄影,须数日后方可晒出,设

图60 巴黎医院广告,刊于《申报》1927年9月30日

欲当时得见,可用此物,言已取一如望远镜而较大之镜,余等门外汉,亦不知其何名,底以铅皮为之,镜口围以呢。友辈互相张观,可见体内心之跳动,咸称奇不置。余亟欲一觇其异,乃以一手置镜之底,立距离爱克司光可二三尺处,张目就镜中观之,则手之内部分之骨络位置,一目了然,肉为极薄之膜清,晰殊甚,诧为未有之奇观。科学发明,固足惊人也。余不敢自私,志之以告阅者诸君。

陈积勋

《新闻报》1927 年 3 月 24 日

天韵餐鞠记

闲居无俚,闻永安公司天韵楼方举行菊花大会,藉以点缀深秋,偶动清兴,因约友往观。由升降梯达屋顶,但见石磴为架,棐几置盆,星缀金枝,伴西风而消瘦。霜凝玉爪,催北雁兮征忙。或则鹅黄凤紫,色铸秋烟;或则素白艳红,香添碎影,与夕照互相辉映,为状之幽,正不必长夏江村也。花间有纸签斜挂,书"请勿动手"字

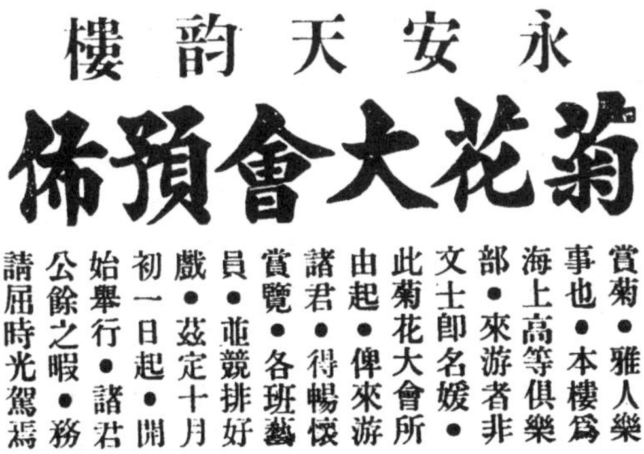

楼韵天安永

菊花大会预佈

赏菊·雅人乐事也·本楼为海上高等俱乐部·文士卿名媛·此菊花大会所由起·俾来游诸君·并得畅怀赏览·各班戏员·兹定十月初一日起举行·公余之暇·务请届时光驾焉

图 61　永安天韵楼菊花大会广告,刊于《申报》1927 年 10 月 19 日

样,殆天韵楼主亦深知东篱采菊为残酷事,以为只可观赏而不可亵
玩欤。维时凉风习习,乱飐湘帘,旋更上北部天台,则向为游客品
茗之所,石桌瓦磴,悉以充作临时花架,繁星攒簇,或疏或密,金铃
安排,亦整亦齐,中隆然如奇峰突起,两旁渐归平坦,为景之佳,无
过于斯。"北部"二字,缀以火炬,下列盆菊十数,最下之四盆,以花
蕊缀成"永安花园"四字,不惟匀称,直欲巧夺天工。扶醉归来,爰
泚笔以为之记。

陈积勋

《新闻报》1927 年 11 月 1 日

蝶衣自说

丹翁前辈先生为我作蝶衣词,美我至矣,惜不序言,泰山九仞,
亏其一篑,未无怅然。今率此说,盖不得九鼎一言而自白也。逸少
见之,能毋失笑。

"蝶衣晒粉花枝午"[①],唐徐浑诗也。蝶衣谫于学,初未深念,承
丹翁先生指示成句,实至足感,不佞署斯名,不过随手拈来耳,固未
知天风吹落,亦自有由。昔苏东坡尝以被聪明误尽一世为恨事,我
独以天不赋聪明于我,误我一生为恨,微丹翁先生言,直教萤窗再
十年,亦不能窥得邺架一斑也。步师尝以惟时懋我,今后当知所
奋矣。

---

① 此诗为宋朝张耒之《夏日》诗,原诗为"长夏江村风日清,檐牙燕雀已生成。蝶衣晒粉花枝午,蛛
网添丝屋角晴。落落疏帘邀月影,嘈嘈虚枕纳溪声。久斑两鬓如霜雪,直欲樵渔过此生"。张耒
(1054—1114),字文潜,号柯山,人称宛丘先生,祖籍亳州。熙宁六年(1073)中进士,历任主簿、
秘书省正字、知州等。为"苏门四学士"之一,在苏轼遭贬后受牵连被贬,后居陈州(河南淮阳)。

丹翁先生词境,出神入化,匡古亘今,视黄九秦七①如足下泥,步师尝谓丹翁近日词,只如说话,而兴象飘逸,思致绵远,宋元名家,且不多见,无论近代,洵非虚语。不佞今录先生作,集之成帙,灯下披诵,辄为废寝,非无以也。

蝶衣

《大报》1928 年 7 月 12 日

胡适博士办小报

文学叛徒胡适之博士,近来也想办一张小报玩玩,这倒是我们敝同业中一桩很可喜的消息。

数日前,胡开文与广户氏两家墨庄,在闸北南山路厂中宴请报界,胡博士不知怎么偶然高兴,也前来兴会,在席间并且发了不少的妙论,他要办小报的话,也就是在筵上所发表的。

胡博士要办小报的起源,是因为近来有一张《硬报》,乃粤方委员所创办,报名为"硬",里面的文字也十分吃硬,骂起人来尤其痛快淋漓,胡博士见着眼热,因此也想办一张玩玩。

胡博士既称为文学叛徒,那么这张报的内容,当然有些新花样,方显得与众不同。据胡博士说,取材并没有界限,什么评论、小说、新闻、科学、诗词都有,定每星期出版一次,报纸的名称就叫"评论周报"。

胡博士的新体诗是一般新青年所极端崇拜的,现在他竟有这样的闲情逸致,我想敝同业对于这位新同志,一定是甚为欢迎的。

---

① "黄九秦七",指宋代诗人黄庭坚和秦观。黄庭坚在堂兄弟中排行第九,人称"黄九",秦观在家族兄弟中排行老七,人称"秦七"。

婴宁在这厢里,敬祝《评论周报》出版以后,也和博士的新体诗一般,传诵于新青年之口。《评论周报》的出版期,据说在明年阳历年初,顺便报告一声。

婴宁

《大报》1928 年 12 月 18 日

海上杂记

小观园植月季菊花,多名种。月之二日起,假新世界饭店大礼堂举行月季菊花争妍会,由吴莲洲、吴天翁、俞逸芬诸君主其事,非会员售门票四角。开幕之第三日,并有名伶名票清唱。又值跑马汛中,故走马看花者,颇不乏人。所陈列出品,为观众购去者可半数,为期仅五天,抱向隅之憾者不尠也。

大舞台聘马连良,数经波折,今始成约,刻马及郝寿臣、姜妙香等一行,已于七日下午二时乘平浦车南下,预计此稿映入诸君眼帘时,马等当早抵上海矣。

该台旬日前曾传聘梅兰芳来沪,迺以时局多故而中止,惟已与该台约明春或须来申一行也。

丹翁作诗挽冯倚魂[1],刊《小锡报》

图 62　张丹翁《挽倚魂》,刊于《锡报》1929 年 10 月 22 日

---

[1]　冯倚魂,字元亮,别号寒研斋,梁溪人氏,张丹斧之徒,善篆刻。

中,至引起倚魂之生死问题,几成疑案。实则倚魂尚在人间,三数日前,曾有函致步林屋师,索《倚魂馆主用笺》题字,赴召玉楼说,其亦海外东坡之谣欤。

女伶鸿雪芳,近鬻歌梁溪。雪芳有妹,名宝宝,传为神仙之女,颇著灵异,有时宝宝入室中,试阖其门少时,再拔关视之,辄能杳无踪影。俄顷自室外呼之,迺应声出。雪芳、宝宝俱林屋师义女,师为予言之如此。

上海近有一交通通讯社出,其主事者为褚民谊、闵罗炳二君,闻社中经费出自铁道部部长孙哲生氏,月拨二千金,为海上诸通讯社中之经济最富裕者,其所发稿,悉与铁道部有关,盖藉此作宣传也。

有《江南晚报》[①]者,为日人主办,所载多反动消息,当局拟查禁。该报乃休刊数日以避注目,旋即复版,并利用时局机会,大登淆惑听闻之消息,市民争购,销路殊畅,甚矣国民之好乱成性也。

蝶衣

《民报(无锡)》1929 年 11 月 12 日

林屋先生病状

一

十六晚,林屋师于济生会跌仆致伤(师寓济生会),诘朝,由济

---

① 《江南晚报》,于 1927 年 2 月 16 日创刊于上海,社址位于海宁路六号。表面上该报由日本人主办,经理为山田纯三郎,塙田太三郎发行。但实际工作由西山会议派的人员负责,包括居正、邹鲁、张继等。由于该报公开反对蒋介石而被查禁,但因该报位于租界且有日本人庇护而未成。直到 1930 年 6 月 10 日,该报才停刊。

生会仆人扶送至本馆。是日午,余赴
谭红梅家。红梅新占弄璋,才弥月,是
日宴请戚友。余久未晤红梅,席间畅
谈至欢,尚不知有此变也。比二时许,
余至馆取杨小楼、梅兰芳合摄《霸王别
姬》戏像铜版,始悉其事。时师仰卧藤
榻间,口噤不能言,左手麻木不能动,
而尚饮白兰地酒不辍。幸神志尚清,
且尝自开一药方,业已煎服。因亟以
电话致朗西、子褒、曲缘诸先生,先后

**图 63　林屋山人,刊于《心声》
1923 年第 1 卷第 3 期**

皆至。相与计议延医,遂命馆役往聘陆士谔医士,复由朗西、子褒
二先生出觅相当医院,彷徨至五时,医犹未至。是日适值本报排版
期,余以不克久待,遂先谒张春帆丈,告以师病状,即驰赴印刷所。
越一小时余,以电话询馆中,知已经丁济万、陆士谔二君会诊,其病
系最轻之一种中风,无大碍,并得徐乾麟先生介,与静安寺路七十
号中德医院洽妥,将移居该院。乃稍慰,迨排版校样竣事,已钟鸣
十一下,匆匆趋中德医院。时师睡正酣,知服药后颇奏效验,遂叮
嘱馆役数语而归。

二

十八日,以隔宵眠迟,十时始起,不及早餐,径趋中德医院。师
所居者,为特等二号病房,室尚宽敞,每日代价为七金,药费等不在
内。院长俞松筠,平日耳师诗名,故一切待遇颇优渥,惟坚不许再
服中药,而以该院所备药水代之。午前,刘锦山医生来,为师施推
拿术,左手渐能举动,精神亦大佳,惟言语犹不清晰。王芸芳及曹

艳秋、马蕙兰、女叫天汪素云等,陆续来院探望。朗西先生、子褒先生、春帆丈,尤殷殷以师病为念,时来存问,而以电话探询者,一日之间,达十数起。是日师进粥凡三次,餐后即饮药水,据医云,但静养三五日,俟头痛消减,即可出院。

十九日,师神志较昨略清,且强起作《拆城谣》一章,盖病中犹未尝稍忘报务也。惟诗稿屡易,仅七句,恐有讹误,医言不可劳神,故不敢渎问,俟师病愈,当再勘正。是日余大雄先生亦来探望。

二十日,症状如昨,徐乾麟先生、冯叔鸾先生、春帆丈及邱云珠姊弟,皆至院慰问,佥望师得早占勿药也。

廿一日,师病虽大见转机,惟发言仍不清晰,而承办龟溺①者皆失约,无已,径命馆役往觅,俟明日取来,以试其效如何。师病中,每不能忘吟诗,是日又强索纸笔,写《一人》一首,屡劝其勿用脑力,暂宜静养,不听,真是无可奈何之事。《一人》凡八句,书成后忽又将"泥丸抑塞"句勾去,复涂改数字,诗意依然可解可不解,故仍其旧照刊,以待他日勘正,想届时师痊愈后自读之,当亦失笑也。是

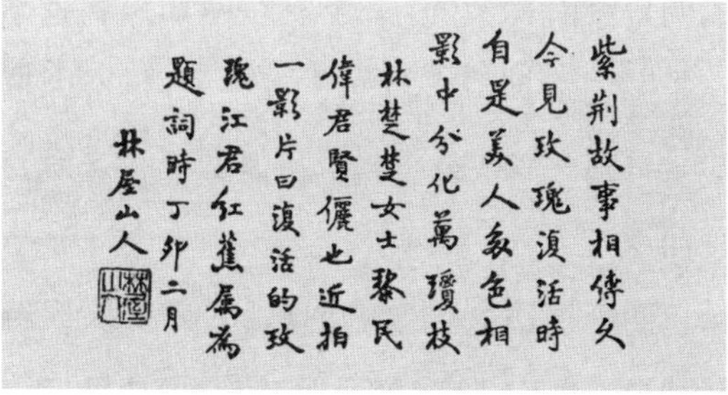

图 64　林屋山人墨迹,刊于《民新特刊》1927 年第 6 期

---

① 据(清)沈穆《本草洞诠》载:龟溺滴耳治聋,点舌下治大人中风舌瘖、小儿惊风不语,磨胸背治龟胸龟背。其取溺法,以龟置瓦盆中,以鉴照之,龟见其影则淫发失尿。龟尿走窍透骨,故能治喑聋及龟背,染髭须也。

日大雪,来医院探望者勿辍。

三

廿二日,病状转无起色,惟昏昏欲睡,饮食亦减,是日为冬至节,或即以此,龟溺须俟明晨往城隍庙采购。师病中,诸友好及门弟子、义子、义女等至医院慰问者颇多,甚可感也。

廿三日,病状较昨略佳,热度36.5°。晨八时进粥二瓯,午进米饭二碗,粥一瓯,食量似颇佳。龟已取来,惟不出溺,将俟明日于阳光中照之方有效。是日王慧贞、慧兰两姊妹来探视,侯疑始先生亦有书,嘱其公子大星君专程过沪奉省。

廿四日,经以龟溺点师舌根后,发言已较清晰,谈话有时能领略,惟非龟溺之效,盖以病状论,亦应逐渐恢复也。是日,师作《海江》一诗,录刊报端,诗意仍不解,当有讹字。周凤琴、王慧贞,午后曾偕来探望。

师在病中,性情犹如旧,有来访者,辄起坐颔首,作道谢意。廿五日,金碧玉来院慰问,亦然。惜言语不便。是晚九时,马连良以电话致余,云明日至院探望先生,予以院中知照病者须静养,不宜谈话劳神,已张贴谢绝探望之启事于院中入口处,因据实告连良,并允代致意,是日招商局栈务科科长洪雁宾先生来院,亦以医院谢绝采访,留片而返。

廿六日,自谢绝探访之启事贴出后,入病房探望者减少,师得养摄之机,精神自较振作,除三餐及服药外,即倚枕假寐,醒时间阅报纸消遣。

蝶衣

《大报》1929 年 12 月 21 日至 27 日

林屋师业已自中德医院移居济生会，病状略见春帆丈此作，不复另撰。

蝶衣谨志。

四

以前文家评点佳文，每谓力透纸背，此不过譬喻之谈，独龟溺之力，则真能直透木背。此次丁济万君诊视林屋盟兄之病，谓发言模糊，其事至易，但取龟溺以点舌根，立时可以发言。自林屋兄移入医院数日后，始由积勋命馆役觅得一龟，取溺点林屋兄之舌根，顾亦未能速效，殆已隔数日即点，而未必即时有效。或点处应在小舌之下，不应点下颚之上舌根之下乎？

林屋兄近数日之病状，已逐渐减轻，想正气一充，外邪必为正气所逐。日前吾虔诚漱盥，为兄占一牙牌数，得中下、中下、中平三数，解曰："双丸跳转乾坤里，差错惟争一度先。但得铜钱逢朔望，东西相对两团圆。"又谓先否后泰，由难而易，似乎兄病魔全退，及发言明晰之期，当在朔日或望日。朔日转瞬即至，但愿此数能验也。龟溺之力，能透入木内，深至二三寸，大约其性能直透皮膜经络，故舌根倔强，丁君即以龟溺疗之。愚以为倘用一种怯风化痰之药水，和入龟溺中点之，则药借龟溺之力，而直达筋脉，或更有效，亦未可知。第吾不通医书，终属理想之谈耳。（属此稿竟，忽闻兄已移回济生会，且有人告我，谓病状不如在医院时之佳，吾惊而往观，则兄方偃卧室中，已能自行起立，及自叠其被，言语亦较前略见清晰，且能徐徐举步，蹒跚而行，不需扶掖。惟吾深惧再跌一扑，则殊非病躯所堪，势必尚招一人，充任看护，乃可无虞。吾与兄约谈一时许,请其安卧,始起而告行。兄忽授我一元票四纸,吾力辞不得,恐兄嗔怒,碍其病体,乃不得不取。他日俟兄病愈,当举此以为笑料也。)

五

元旦大喜。今日为民国十九年之元旦,吾之所谓元旦大喜者,非循例向人作恭喜发财之贺年话,乃元旦日吾个人大喜之事也,大喜谓何?则林屋盟兄之病,大有起色耳。

吾前日往济生会省视兄之病体,各情已志上期本报,今日吾往兄处贺年,则兄方兀坐椅上,举动已较前日为灵动,语言亦较前日为清明,絮絮告我病状,且谓此病幸未杂投医药,否则非死不可矣。语次并能自至晒台之次小遗,步武不前之蹒跚。吾语既欲行,兄坚挽吾手,不令出,立令茶房备肴,留吾午餐。吾不能不留,又亲起觅得酒瓶,斟满一杯,置沸水中温之,更觅一纸烟盒之盖,加诸杯口,保其温度。遂令茶房取二空碟。茶房所取来者,凡巨盘、中盘、细碟,及饭碗酒杯,兄皆不合,乃取笔自书"盏二个"三字,茶房顿悟,取玻碟以进,兄乃颔首而笑。自开福州肉松及鸡松之罐,各满倾一碟,又亲取酒杯授我。吾见兄之举动神识胥与平时不甚差别,所差者,惟言语尚不能完全明晰。然吾已能辨其十之三四,且能知其命意。由此观之,朔日病状大佳,而望日当能痊愈,吾之牙牌数,竟有灵如是,不觉大喜,为之饮满一觥,菜用素肴,即济生会厨房所调治,味乃佳绝。兄与吾各进面包三枚,始告行。当吾第一次告行时,兄坚揽吾腕,必不听行,是足以见兄半生好客之风,虽在病中,犹如平日。此为吾个人新年中第一次可喜之事,特纪之以告兄之友好,及关心兄之病状者。

六

吾两日不见林屋兄矣,四日十时,兄忽自至本馆,令济生会茶房邀吾既往。吾匆匆赴馆,见兄精神甚旺,惟音吐仍与元旦日相同,听之仍不能完全明晰,然其意思可以省识也。

兄步履似较前日为健,命茶房以电话往邀积勋。积勋天明始眠,时尚未起,兄又命茶房续以电话往邀。少时而积勋至,兄亲取挂面,令茶房作汤饼四器,必欲令吾及积勋食之。吾甫进早餐,积勋亦不欲食,吾谓积勋,君苟不食者,渠必不悦。于是吾辈勉强进半器,故汤饼甚佳,盖纯以鸡汤为卤也。谈有顷,而兄之义女曹艳秋至,盖先至济生会询明已到报馆,故追踪而来。坐约五十分钟,曹欲告行,吾亦欲回平报馆属稿,兄力留不令行。立命茶房呼一火锅,留吾辈共饭,吾甫进汤饼,安能再食?顾坚辞之,恐兄病中不快。曹艳秋屡视其表,意欲即行,吾谓渠生平好客,却之恐将羞怒,不如勉进少许为佳。曹乃坐而不去。火锅至后,汤亦绝佳,吾居然又进饭一器。兄则食面包而不进饭,食量亦能与平日相同。曹为之进羹进肴,食后仍坐俟兄之搁箸,然后起立,且谆劝兄勿多吸烟,颇有娇女依依膝下,侍其病父之情。兄义女至多,诚恳殷挚者,当亦不少。特自兄病后,在吾目光中所见之义女,当以曹为最诚挚,此外各义女来时,吾在旁时少,故仅写曹及邱云珠耳。

前为兄占一牙牌数,谓朔望可瘳。今朔日已过,兄病状有起色,至于望日,当可告痊。惟兄不肯进药,悉凭原有之正气以抵风邪,故效力乃甚迟。

七

林屋盟兄之病,日有起色,语言又较前日明晰,惟平日用心过度,神经仍未完全恢复。前日到馆亲取挂面二十封,自书"罗太太"三字,下署"林屋山人"四字,饬馆役送至中华公票房,盖以贻罗曲缘君之夫人也。兄又能自书收条发票,令馆役往取广告之资,且于银数上亲盖林屋山人图章,但于例外另书"叁金"二字,又盖一图章,不知何意。以是知兄之神经尚未恢复原状也。

兄独坐休息时,脑筋甚清晰,而言语过多,即又呈纷乱状,且好用脑筋,多所思虑。吾力劝勿而,兄亦笑而颔首,顾少时即又如是。而屋中苟杂坐多人,兄之神经,亦有刺激与兴奋之状。前日有刘鸿熏律师处之代表某君,来请往领取民生工厂之广告费六十元,吾为代书收据付之,兄且送之门外,再三拱手。吾行时,兄亦必送至门外,阻止不听,行步已能照常。计自朔日至于今日,兄之病况,日日轻减,惟所减甚微,不经意者,似乎仍无进步。谚所谓"病来如山倒,病去若抽丝",来时极速,而去乃极迟,诚非虚语。

图65　新艳秋《红拂传·拜月祝寿》戏照,
刊于《金刚画报》1930年第8期

兄之令子令媛,已有函来,谓于上年十二月二十九日自原籍(河南杞县)来申,计数日内可到。闻兄甚爱其女,想一见之,必能增加愉快,且于病体有益也。

综上病况,如此后仍能逐日轻减,则十五日当能大瘥,此亦爱读《大报》诸君一可喜可贺之消息也。

七日,新艳秋有书问候,且寄照片五张,照尚未到,兄尚殷殷询馆役以有照寄到否,盖兄亦甚爱此婉媚依人之义女也。

八

林屋盟兄病状,今日(十日)又有起色,能与律师事务所自通电话,言语又较前日明晰。其公子虞初及女公子可文亦于昨日到沪,同寓济生会。今日,兄偕其子女同到本馆。记者急往省视,虞初及可文见记者后,再拜而谢,吾亦屈膝答之,二君深道感谢之意。吾曰:"此为份内事,何敢劳谢? 言之徒增吾惭恧耳。"梅兰芳知兄有病,昨日亦来存问,意至殷拳。而可文女士,依依其老父之侧,奉侍至周。虞初则左右给使,其状甚谨。吾谓二君曰:"吾正虑兄无人常川侍奉,至于病体不宜,今君等来沪,且同寓济生会中,朝夕相随,便于调护。"此又吾认为今年可喜之事,而济生会之徐乾麟先生等,对兄及兄之子女,亦甚优待关切,此则更可喜而又可佩矣。兄饮食如常,步履亦便,惟左手手指似尚未完全消肿,足见元气尚未完全恢复,但能左右两手之手指,巨细相等,即为元气恢复,风邪潜遁之时,彼时必能爽气大来,语言如旧。且待望日,觇其究竟,以试吾牙牌数之灵验如何。以吾誓之,今日实为最有企望之日也。兄之子女以一日自开封起行,铁路不通,自陇海转由青岛来沪,途中行程凡九日,想一路甚劳苦。自此以后,兄既有完聚天伦之乐,又有调护扶掖之人,心境一开,病魔斯遁,吾思至此不觉开颜而笑矣。

漱六山房

《大报》1929 年 12 月 30 日至 1930 年 1 月 12 日

九

不佞迩日以馆务纷集,一人应付,苦无暇咎,致多日未谒步师,幸自虞初师兄、可文师姊来沪后,师病中照顾有人,漱六丈复时往探望,而师病亦已大痊,因遂得致力于报务。

昨日下午,不佞特早起,驱车赴济生会谒步师,时罗曲缘夫人及马秀英已先在。秀英方自汉皋鬻歌归,徐朗西先生月前赴汉,曾晤秀英,告以师病状,故秀英方旋申,即亟亟来存问。师欲命茶房以电话致菜馆配购填鸭,以罗夫人及秀英向嗜填鸭之美味也。旋以罗夫人、秀英亟欲辞去,乃罢。师济生会之寓所,虽不甚宽敞,而空气极流通,室中置大火炉(炉形如鼎,类笔记中围炉夜话之炉,古色古香,在外货充斥之上海,不多见也)。师围炉就食,亦颇舒适,予告师以徐碧云将南下,师甚欣悦,并谓已见本报所载,遂坐谈片刻,兴辞而出。

蝶衣

《大报》1930 年 1 月 21 日

清理袁世凯遗产

袁世凯在彰德的财产,民国十七年间曾查抄充公一次。袁世凯的财产为什么要充公?大概因为他曾摧残党人而做皇帝,但求满足其个人之私欲。又曾努力的搜刮民脂民膏,广置别业,以供其一己之享用。当然的,有反对他的人称他为袁逆,凡属逆产,都有查抄充公之必要。谁知民十七时负查抄袁逆财产充公的那位老朋友,未能办理得彻底,于是最近又发现了继续清理袁世凯财产的顽意儿。道是袁氏在彰德的收租地亩,共有四仓。当时没收者只有西仓房一房,其他三仓房,当时没有人报告,竟漏未没收。这一个漏卮大咧,现在可发觉了,正忙着在考查确证。不久这三个仓房,也将没收充公了。呵呵,在袁氏当国时代,这些产业又何异于现在的……庄……台……别墅。但是新陈代谢,时势变了,现在已经成为逆产了,被人没收充公了,于此可见得民脂民膏于摧残的,否则天下共愤起来,身后的产业便难以保全。呜呼,但愿无步袁世凯后尘者。

积勋

《联益之友》1931 年第 186 期

袁寒云与唐志君

洹上寒云公子袁克文,已于三月二十二日赴召修文,公子生前,以家国之痛,遒纵情声色,以为排解。先后所纳姬侍,达十二人,适符金钗之数。中有唐志君者,有咏絮才,能作小说家言。尝撰《陶疯子》一文,按期刊诸《晶报》,传诵一时。尤擅作蝇头小楷,不逾魏夫人簪花格,主人宠之甚。有时为人题跋,辄由志君书之,美俱难并,后者罔不珍宝。讵不久忽因细故发生裂痕,公子弃之如敝屣。志君初恃其色,尚堪维持,卒以美人迟暮,日渐落拓,每岁在

沪,辟室神州旅舍,尝一度拟操许负[①]术,出相天下士。由其师天南佛徒为草缘起,遍征名人题咏。吾师林屋山人作女相士歌曰:

妇女善相古来有,不见汉家称许负。

唐时亦有苗夫人,能识贵婿于清贫。

白衣苍狗多世变,且穷殊相奇自见。

志君精鉴无舛差,不愧作妇柳庄家[②]。

今也卖卜来江浦,回看北渚眇愁予。

弟子阿嫒早入室,金雀丫鬟年十七[③]。

师弟但坐门市前,客履何止日三千。

老夫见之应大乐,勿若相我我相若。

又仪征张丹斧先生诗曰:

各艺有明星,星家的星少。

蓬莱与菱清,双星已佼佼。

后来更居上,共信志君好。

次媳位已尊,不肯谓之小。

陶疯完当当,雄晶披露早。

近来忽刮目,尤复清头脑。

许负今在兹,阅人太了了。

---

① 许负,为西汉初年的女相士,河内郡温县(今河南省温县)人,县令许望与赵氏所生之女,精通相术,曾为许多王公贵族相面,预言灵验,被汉高祖封为"鸣雌侯"(或作"鸣雌亭侯"),是古代少数的女列侯之一。其外孙郭解,是汉代知名的游侠。
② 蝶衣注:明袁柳庄善相,志君前嫁袁氏。
③ 蝶衣注:志君有女弟子,貌美丽。

谁爱屋上鸟，山人林屋老。

一言重九鼎，招来非乱道。

我愿怀疑派，露脸向探讨。

吉固得先知，凶亦险可保。

免旃天下士，囊倾箧速倒。

鹊脑词人王莼农(西神)亦有诗曰：

几辈封侯骨相殊，欲从许负问前途。

书生自愧萧寒甚，火色鸢肩果有无。

厥后志君忽因他故，中止论相，年来踪影久杳，不知漂泊何所。或传其育有数女，暗操神女生涯，以七十鸟自居，则未卜碻否。吾

图 66 张丹翁撰文介绍唐志君为女星家，
刊于《大报》1928 年 11 月 3 日

于寒云之死,忆及志君,迺不禁感慨系之。

陈蝶衣

《联益之友》1931 年第 182 期

本报的新计划

本报出版以来,虽然在成绩方面离我们的预算尚远,但是读者诸君欢迎本报的狂热情形,却超出了我们的期望,尤其是读者诸君不吝赐教,殷殷垂询,使本报同人于惕励之余,感到无限的兴奋。自然,我们对于读者诸君的盛意,是十分感谢地,现在,关于本报在进行中的新计划,特地向诸君约略报告一下。

专差送报

本埠的多数读者来函,以邮递迟缓,不能当日看到本报为憾,关于这一点,是因为邮局复工未久,邮局中积压信件过多,所以本报虽竭力的提早付邮,但是寄到的时候总不免比较的稽迟一点,现在,经我们积极的谋补救办法的结果,决定用脚踏车专差递送,从明日起就可以实行。此后本埠的订户,在晨起之后,就可以看到本报了。这一个新献,我想读者诸君一定是非常满意的。

改良画报

戴长铁君来函,贡献我们改良画报的意见,要求我们换用《摄影画报》的一种纸,这事我们很诚恳的接受了。我们自当尽我们的力量,精益求精,以谋实现,不但如此,而且我们还预备将每星期出一次改为每星期出二次,甚至于每日出版附送,但是我们不愿意草率从事,所以要请读者暂时忍耐一下。这一期因为筹备时间比较的从容,所以较第一期是精彩得多。最后,我得向戴君声明一下,就是本报的画报是非卖品,是随报附送的,比不得《摄影画报》是卖品。

发行汇刊

本报预备每月发行汇订本,以备爱阅诸君的贮藏,许多的读者要求补第二期本报,但是实在因为存余无几了,无法从命,俟汇刊出版后,这一个困难,就可以解决了。

蝶衣

《东方日报》1932 年 6 月 1 日

向读者报告

本报有几件事,要向读者报告,同时对于许多读者殷殷垂询及贡献意见的来信,趁此作一总答复。

在最近的将来,本报于原有的长篇小说之外,将增载一篇极有趣味的社会小说,题目叫做《四少奶奶》,顾名思义,就可以知道这一部小说的内容是脱不了旖旎香艳的。作者 TC 生,以最生动细腻之笔,全力经营此作,现在正在撰著中,不日就可以脱稿了。这是本报要向读者报告的第一件事。

有几位读者来函,说"贵报所刊长篇小说,固甚丰富,但武侠小说犹付阙如,如能增载武侠长篇一种,则锦上添花,当更精彩",本报敬遵此嘱,已函北平钱芥尘先生,请代向赵焕亭先生要求担任武侠长篇。赵焕亭先生的北派武侠小说,久已脍炙人口,已故沪上袁寒云先生曾说:"前有施耐庵,今有赵焕亭。"其实赵先生的笔墨,细腻超脱,尤出施耐庵之上,假使这一个目的能够办到,我想读者一定非常满意,这是本报要向读者报告的第二件事。

自本星期六起,本报将于外版特辟"银幕"一栏,由电影作家开麦拉君主编,有许多电影界的秘史趣闻,将赤裸裸地放映于"银幕"之上,这是本报对于读者的一个新贡献,也就是要向读者报告的第三件事。

许多读者要补第二期的本报,本报虽然将来预备再版,但因时间关系,似乎不能解决读者急不及待的渴望,于是想了个变通办法,准定趁本星期六本报发行第四次增刊扩大篇幅的机会,将第二期中所载的几种长篇小说补登一下,俾读者得窥全豹,这是本报要向读者报告的第四件事。

蝶衣

《东方日报》1932 年 6 月 10 日

百期纪念

本报自出版以迄于今,恰满百日,在这百日之中,经同人的奋斗,及读者的爱护,总算初步的基础,已经树立扎固,好似初出世的婴孩一般,幸而平平安安,没有夭折。不过这一个婴孩,尚在襁褓之中,虽有保姆尽力的卫护着,还端赖诸位读者随时提携啦。

本报初出版时,以一切未有充分的准备,所以内容总不能十分丰富,后来经两次的改革,一方面充实内容,使文字的质量增加;一方面注重排式,并在每一篇有趣味的文字中,附以铜图,这多少可以增加一些美观。不过编者见闻有限,读者诸君如有此等文字,无论是片段的记载或有系统的叙述,如能附以照片,惠寄本报,那时非常欢迎的。

张恨水先生所著的《如此春城》,因续稿没有寄到,曾一度间断,重劳读者纷纷垂询,现在第四回已经寄来,照常刊登,幸而仅中辍两天。此后,本报当竭力设法,务使长篇小说不间断,藉付读者的期望。不过《民间歌曲》,因为作者徐青藤先生抱恙,入上海医院治疗,只得暂停,俟青藤先生病愈,自当继续刊载。

许多读者要求本报增刊一种武侠小说,本报曾托钱芥尘先生代向赵焕亭先生商洽,请赵先生担任。在六月十六日本报中曾向读者报告过,但是芥尘先生很忙,所以直到现在,方始得到赵焕亭先生的复函,慨允为本报撰一武侠长篇小说,书名《红粉奇侠传》(临时或有更改),一俟寄到,即当开始刊布,我想读者诸君知道了这个消息,也一定是以先睹为快。

本来预备在今日扩大篇幅,发行《百期纪念号》,但是一时集稿不易,只得因陋就简,在这里约略与诸君谈几句,诸君如有甚么高见,还望不吝赐教,在可能范围内,本报是无不尽量采纳的。最后,鄙人再郑重的请求读者诸君随时提携,鄙人这厢有礼。

蝶衣

《东方日报》1932 年 9 月 3 日

本报增辟"银色海"启事

本报为适应读者的需要起见,定于七月一日起,增辟"银色海"一栏,取材分为二类,一是"关于电影界的消息及小品文",一是"硬性的电影批评"，编辑者是吴雪云先生，而鄙人也"忝为一份子"。我们颇想力求内容的完美与充实，但并不敢夸大的说以最新的姿态出现于动乱的影坛，不过我们有一贯的主旨，便是"对于国产电影将负一部分扶植的责任"，而对于制片者则将加以"严密的注视"，此外有一个附带的说明，我们这"银色海"纯粹抱公开态度，欢迎大众的参加，同时也欢迎大众的指导。

图 67　《金钢钻》"银色海"专栏首日刊，《金钢钻》1934 年 6 月 29 日

蝶衣

《金钢钻》1934 年 6 月 28 日

打泡戏

本报施济群老板，要我在编大《金钢钻》①之外，还将我派入十

---

① 《金钢钻》，为近代上海小型报刊之一，创刊于 1923 年 10 月 18 日。施济群为主要发行人，陆澹安、朱大可、胡憨珠等人任主要编辑并分别负责不同的版面。《金钢钻》因其及时的新闻报道，贴近民众生活的选材，与《晶报》《福尔摩斯》《罗宾汉》并称为近代上海四大小报。

人团之中，轮流兼编《小金钢钻》①，虽然一大一小，左拥右抱，仿佛深得齐人之乐。但是工作繁重，正好似舞台上跳了加官之后，还要在几出名剧之中，客串一出《小放牛》，一来未免叫我相形见绌，二来更恐吃力不讨好，没的观众们喝起倒彩来，少不得要吃不了兜着走。但是老板吩咐下来，就如戏码子业已排定一般，不管你唱得好不好，反正总得要唱。因此我这个扫边老生，也就不能不吹吹胡子，洒洒袖子，不管怯场不怯场，姑且壮起胆子唱将起来。闲话说完，诺诺诺，在下的打泡戏，也就登场来也。

（西皮慢板）陈蝶衣，坐报馆，自拉自唱。想以前，我本是，独霸一方，施老板，下命令，添《小金钢钻》，却要我，十人中，参加一样。我本来，才学浅，力谦承当，怎奈是，令如山，不容推让。我只得，硬头皮，勉强上装，却还要，众仁兄，大家捧场。

蝶衣

《金钢钻》1934 年 9 月 4 日

《红一点》

《大晚报·火炬》编者崔万秋先生，有《红一点》短篇小说集刊行，以一册遗予。予居红十字会医院，病榻间得此佳著，舒我闷恹，胸次一快。病院有看护女郎，双间患小疮如豆，涂赭色药，猩红一点，倍增妩媚。女郎时来为我易药，因戏为上嘉号曰"红一点"。于是同室十数人于女郎来辄纷纷呼"红一点"，女郎懵然，寻亦省悟，

---

① 《小金钢钻》，为近代上海小报之一，三日刊，1926 年 5 月 7 日创刊于上海南市王家码 225 号，该报以揭露社会黑幕与报道社会新闻为己任，致力于发挥报纸的社会舆论作用。

因有悻悻之色,似以为我辈病客,愁首蹙额之不暇,乃胡乱开人家女孩子玩笑,未免无赖也。

图68　在郑正秋葬礼上,右二为《大晚报》记者崔万秋,刊于《明星》1935年第2卷第2期

婴宁

《社会日报》1935年5月9日

悼张春帆乡丈

郑正秋、恽铁樵二先生谢世才不久,如今张春帆先生又作古人,几位前辈先生,先后赴修文之召,浮生若梦,为之泫然。

春帆先生讳炎,别署漱六山房,所著《九尾龟》说部,洋洋洒洒达二三百回,犹未全部杀青,可说是自有小说以来的第一部巨著,在清季,《九尾龟》差不多是家弦户诵的。书中主人翁章秋谷,有人说是先生夫子自道,先生不否认也不承认,但有一部分记述确是先生的事实。

民国十八年间，先生创办《平报》三日刊，以林屋师的介绍，认识先生，襄助先生担任编辑事宜，那时我与先生每隔一二天必晤面一次，先生的接人待物，非常和易，对于人生观，也很豁达。我对于写作方面，偶有不十分了解的地方，往往就正于先生，所以先生于我，虽无师生之名，却是有师生之实的。

先生在去年冬间，曾得中风之症，疗养了几个月，方始恢复健康。最近先生的精神很好，并没有听说害什么病。立秋那天的晚上，先生买了一条航空奖券回去，晚饭后，还很高兴的与家人等作方城之戏。不料摸到了一只四筒，打出去，忽然口吐涎沫，就此神色大变，入于昏迷状态。立延诸医诊治，至十日下午四时左右，卒以无法挽救，而与世长辞了。遗体已于昨日下午在中国殡仪馆成殓，预备二三日内，运柩回籍（武进）安葬，先生享年五十有七，无嗣。

图 69　张春帆小影，刊于《上海画报》1926 年第 167 期

蝶衣

《金钢钻》1935 年 8 月 12 日

市面不景气

一友供职某绸缎厂，厂主人藉称市面不景气，于职员月薪第给半数，余半数待厂中绸匹作抵，盖援公家机关搭发公债之例也。此在厂主人自甚以为得计，顾一伙小职员苦矣！然尚不说不幸，盖近来绸值虽贱，毕竟还容易脱售，若是换了本报毛经理，也来这么一下子，则区区尚须背上报袋，向长街叫卖，这才是糟糕一抹丝也。

虞洽老以古稀之年，犹复矍铄如少壮，洵人杰已哉！海上各界于洽老之寿，谋留一纪念，因有改海宁路为虞洽卿路之议，请于工部局，而还有人以为不如改西藏路，甚有谓龙门路较短，改称便易，至今犹争持不能决。予愿为诸公献一计，则最适宜者，莫如将阿拉白司脱路①之"白司脱"三字，易为"虞洽卿"，即曰"阿拉虞洽卿路"，宁不大妙哉！

婴宁

《铁报》1936 年 7 月 17 日

三穗堂星聚记

双星渡河之晨，为星社创立十五周年纪念，值年者烟桥、眠云，发起举行雅集于邑庙之三穗堂，约午前先在得意楼茗聚，予此届因转陶兄之介加入，趋车抵邑庙，已在午刻，遂径至三穗堂，其地辟有篁舍，为豆米业子弟肄业之所。昨值星期，故不闻弦歌之声，园内

---

① 阿拉白司脱路，即今曲阜路。

有假山流泉。予至园时,适澹盦先生亦来,乃相将自祝枝山书"溪山真赏"一额之门入,是间平时本严扃,以予雅集之故,始暂启扉也。绕假山而上,登一笠亭,则瘦鹃、慕琴、红蕉、济群、逸梅、释云众星已先在。稍憩,时已过午,重循石磴而下,会于三穗堂。烟桥、眠云、天笑、冷月、半狂、转陶、碧波、秋雁等陆续至,共二十有六人,中一女性,则碧波夫人杨家乐女士也。

一时开宴,烟桥于宴间唱名,介绍新旧社员相见。社员之来,各携纪念品备交换,编列成号,徐碧波夫人之绣件,乃为予所获,逸梅得一玩具,群谓是添丁之兆,而天笑先生所得者,则为高跟鞋形之烟灰缸二具,于是一座皆笑,谓是纳宠之喜也。下届雅集,通过金季鹤之书面提议,决中秋节在虎丘举行,先会于瘦鹃先生之紫兰小筑,然后出发至虎丘,飞觞醉月,期尽竟夕之欢。星社本以壬午七夕创立于虎丘之拥翠山庄,下届之会,可说是回娘家也。

宴散盖近三时矣。

婴宁公子
《铁报》1936 年 8 月 24 日

编余话

本报优先订户应得的明星香品集锦盒,劳诸君盼望多日,现在已经装配就绪了!请获有优先权的诸读者,即日起凭订报收据向福州路中西大药房总店领取赠品。又,此项优先订户,余额已经无多,满限即将截止,假使要订阅的话,尚祈从速。

以后,本报预备随时辟一页地位,发刊特辑,例如"电影专页"

"戏剧专页"之类,下一期我们先来一个"戏剧专页",算是初步的尝试,请读者诸君注意。

一般读者的意见,都认为本报新闻性质的摄影太少,现在,我们已聘定了两位摄影记者,本期的征募寒衣游艺大会的会场摄影,便是我们的进一步贡献。此后,将尽我们的能力在时事照片方面努力,藉以满足读者们的需求。

涤夷

《香海画报》1938 年第 5 期

记忆中的双十节

以往每逢双十节,我总要为《社会日报》赋一首新诗,多没有,大概四五首是少不了的。这样,也就是有上四五年的历史了!今年,似乎已不是写打油诗的时候,因此改变方针,略写一点关于双十节的感慨。在童年时代,也就是在小学校读书的时代,对于双十节的来临,当作旧历元旦一般的欢迎,在幼稚的脑筋中,知道这是我们大中华民国的唯一国庆纪念日,小心眼儿里觉得对于这一个节日有特殊好感,此其一;双十节学校里是放假的,可以多一个玩的机会,此其二。但是我们的乡村学校,颇有点城市化或在都会化,双十节放假,上半天仍须到校举行庆祝仪式,仪式的唯一节目是向国旗举行敬礼与唱国庆纪念歌。其次,校长照例有一番演说,那时候,正是吴子玉将军叱咤风云的时代,小学生对于国事不十分明了,而提到"吴佩孚"三字则是一致拥戴的,因此在校长演说之后,同学们往往要校长解剖国事,校长如果谈到吴佩孚的事,小学生们往往会为之眉飞色舞,听得津津有味。在如今说起来,以党史学家的眼光评判,吴佩孚有汀泗桥阻挠北伐之役,自然是一个罪人,但是在民国史上,吴佩孚总还不失是一个好人,尤其是七七事件发生到现在,吴佩孚在那样的恶劣环境中,始终屹然不动,这实在是未可厚非的。这里并不是为一个过去的军阀张目,不过是为了双十节,记起童年时代对吴佩孚印象之深刻,直到现在,这一位军人的独特的风格,还使人长在记忆之中,因而一谈罢了!

最使我回肠荡气的,是某一年(已记不清是哪一年)的双十节,晚上,在扬子舞厅一连喝了三瓶啤酒,这是我有生以来未有的喝酒记录。在这狂欢之夜,别人都是兴高采烈的,惟有我,眼眶子里涌出了许多热泪,当时还记得我从扬子散出时,曾用粉笔大书"魂消心死都无法,各记春骢恋絷时"十四字于旅客留言牌上。就因为有这样一番缠绵悱恻的经过,使我陷入于迷惘的生活之中,适则现在,成了个不了之局,双十节于我,简直有着不平凡的关系,说起来,也是不胜感慨系之了。

婴宁

《社会日报》1938 年 10 月 10 日

关于柳亚子先生的诗

关于柳亚子先生在本报发表的《图南集》,我一度有所论列,第一个先引起了蒋叔良兄的反响。我因为他所说的话有些误会,因此我答辩了几句,现在又看到了老凤先生的一篇文字(见上月廿七日本报),使我不得不再声述一番。

第一,我对于柳亚子先生的诗,只是有所论列,不敢说是指摘。老凤先生说:"亚兄个性倔强,而偏于刚,诗才横溢,锦心绣口,在南社不作第二人想。"我之所以注意柳亚子先生的诗,正因为他是南社社长,一代诗宗,为当世所共仰,他的作品比不得别人,所以我不愿他的盛名有累。如果换了别人,那么不管他的诗是好是坏,我也不会多饶舌了。我的论列柳先生之诗,正是以爱护柳先生为出发点,决不是菲薄他。这是我对于立场方面所必须声明的。

第二,老凤先生说:"大抵《图南集》诸作,皆邀游宴会投赠之作,类皆即席赋赠,有半小时内成十余首者,故皆不事雕琢,不假思索。"因此认为叔良兄所说的"只可谓由绚烂归于平淡"一语,不失为知言。这里,我首先要提出反证,因为柳先生的诗,如果真如老凤先生所说的"不事雕琢",以及叔良兄所说的"由绚烂归于平淡",倒也罢了!事实上却又不然,例如与"盼极吴公虎,如何竟不来"一诗同日发表的,有《桂园席次赋示公虎》两绝,诗曰:

> 十载淞滨几谶游,汪伦座上共觥筹①。
> 江淹谢眺都无命,感念人琴一泪流②!

> 新新酒阵记喧哗,宾主薰莸共一车。
> 已破吴刚斫桂斧,更羞江总后庭花③。

试看前一首中,又是汪伦,又是江淹,又是谢眺,一首七绝中竟

---

① 蝶衣注:谓亚尘、君立伉俪招饮事。
② 蝶衣注:小鹣、公展,先后长逝。
③ 蝶衣注:"一二八"役,君招集新新酒楼,座有吴醒亚、江某诸人。

引用了三位古人！后一首中，则有吴刚斫桂斧，江总后庭花，如此的运用典实，岂是老凤先生所说的"不事雕琢"？叔良兄所说的"归于平淡"？如果柳先生原诗不加注的话，正不知他是何所指呢？（《平等阁诗话》论朱曼君之诗，有曰："七律典重，微患才多。"）下走于柳诗，正同有此感。

第三，老凤先生说："诚如蝶衣兄言，则'煮豆燃豆萁'，及'松下问童子'诸作。皆可目为粗制滥造耶？"以"煮豆燃豆萁"与"松下问童子"两诗与柳亚子先生的"盼极吴公虎"一诗相比拟，我总觉得有些不称。"煮豆燃豆萁"一诗，其中含孕着一片血泪，为千古所传诵，似乎不是"盼极吴公虎"可与之相提并论的！即言"松下问童子"一首，亦有悠然意远之致。我的所以提出《图南集》中的"盼极吴公虎""诗成报客至"两诗，倒并不一定是说这两首诗平凡，而是看了他的两个题目：（一）七日午，期公虎不至，有作。（二）诗成而公虎至，再赋一绝。我觉得像这样的写诗，诗材未免太多了。我之所以说粗制滥造，就是为此。

第四，老凤先生提到我的诗词，这真使我汗颜，我的诗词都是打油之作，哪里成什么东西！不过老凤先生说我擅写柔情一类，而不擅写刚性诗词文章，这也是只知其一，我也很多"洁涫河边鼓角鸣，书生跃马思长征。头颅一掷拼无价，城阙千家阗有声……"一类慷慨激昂的作品呢！不过没有发表罢了。

最后，关于《图南集》的突然中辍一点，我现在倒也为之相当惋惜，不过这不是我的罪，老凤先生说要向我算账，我却担当不起！

蝶衣

《社会日报》1941 年 4 月 4 日

璇宫饭店

璇宫饭店，位于江汉一路，汉市旅舍，论规模之宏伟，无逾璇宫者，故冠盖往来，率多下榻于此。璇宫有楼凡四层，升降梯司其上下，二楼除辟有酒菜部外，并设有弹子房，供旅客闲中遣兴，以建筑较固，战后每值空袭警报鸣，附近居民，多有趋避其中，视为防空之壕者。二十六年夏，梦云自开封来汉上，曾下榻于璇宫，予往省之，梦云留一宵而行。某年，灵犀随新闻界参观团赴湘，道出汉上，亦宿于璇宫。灵犀以旅次情况，驰函告我，即以璇宫旅客笺书之。此函至今犹藏吾箧，故海上报人与璇宫，亦至有缘也。

不佞前记青年会左近之一电影院，忘其名称。兹承游僧先生函告，谓是光明大戏院，即在兰陵路上。盛意至可感，附此志谢。

红蕤

《社会日报》1941 年 1 月 17 日

金闺国士志

女画家周錬霞，单名一个霭字，学生时代尝用之，后来因为人家不甚识它，便废弃了。（按：霭音聿，三色云也。）又，电影小生白云的夫人罗舜华，尝师事周錬霞，习花卉人物。

庞左玉早年嗜皮黄，一度登台演《四郎探母》，折儿中有"夫妻们"三字，庞改为"你我们"，庞之教师力诚不可，庞说："要我对一个戏子说'夫妻们'，我不愿意。"盖为之配四郎者，为一扫边老生也。

吴青霞尝与爱俪园女主人罗迦陵之义子某议婚,结果好事未谐,至今吴犹待字闺中。

图 70　梳双髻的周鍊霞,刊于《图画时报》1927 年第 373 期

红蕖

《社会日报》1941 年 4 月 28 日

与灵犀兄谈犯不着

灵犀兄在《社日》上,写几篇理论文字,我是很佩服的。不过有时候,此君的一种妥洽态度,却实在叫人不敢恭维。这里,我先抄录一段灵犀的原文:

> ……至于所敬请于乘客者,我想不会有多大收效,乘客能有几人高兴多事,惹是非,替公司做凶人? 做了凶人,也未必

会得到公司的感谢。反之,"猪头三""缺死"[1]"猪猡"的指桑骂槐,冷嘲热讽的侮辱,有时倒是如响斯应的。如果不能忍耐挨骂,或者还会招致更多的麻烦呢。聪明的乘客,自己想想,也觉有点犯不着,自然也就不愿多管闲事了。……

这是灵犀兄对于电车公司和公共汽车公司"敬请乘客注意"的事件而所发表的一段理论,原文见十七日《社日》的《自说》。从这一节文字里,可以看出灵犀对于电车和公共汽车售票人的揩油,是采取纵容的政策,主张妥洽的。他唯一的理由是怕挨骂,怕招致麻烦,认为制止售票人揩油是"替公司做凶人",做了凶人不会得到公司的感谢,因此以为犯不着。"犯不着"就是"聪明的乘客"的处世南针。

在这里,我首先要指出灵犀的观念之错误:第一,乘客制止售票人揩油并不是替公司做凶人!灵犀总应该知道,电车与公共汽车票价之一再增加,最大的原因就是售票人揩油。电车、公共汽车的营业并不坏,只因揩油揩得太多,于是营业收入打了个绝大的折扣,这才一而再再而三的涨价,将重担向乘客的身上压。所以,制止售票人揩油不待公司方面敬请,自己就应该这样做,这正是乘客为自己减轻未来的负担,不如此,票价势将有增无已,这是必然的。灵犀应该把事实认识清楚,制止揩油决不是"替公司做凶人"!

第二,灵犀以为不让售票人揩油,怕要挨骂,怕人家骂他猪头三,骂他缺死(按:"缺"似应作"屈"),我想,这未免太笑话了!出

---

[1] "缺死",沪语,指人缺心眼,脑筋少一根筋。

了相当的代价,当然应该向售票人取相等的车票,这是正理。售票人凭什么可以骂你?相反的是,只怕你出了车资,售票人给了你一张与车资不相等的车票,你不响,甚至他将车资完全揩油,你也不响,他反而会暗地里当你是"屈死",当你是"猪头三"呢!我以为在电车上,在公共汽车上出钱坐车子,对于售票人的揩油,是绝对不应该抱着阿 Q 精神,表示那一种与世无争的畏葸态度的。

灵犀的近来,正在致力"正人心"的工作,要讲到正人心,就得放出一点勇气来,不应该那样的畏畏葸葸,不应该怕挨骂,怕惹是非,不应该为了"犯不着"而做一个聪明的乘客。即使明知是要挨骂,要惹是非,也得"犯上一犯",这才是佛家所说的"我不入地狱,谁入地狱"的道理。既怕挨骂,又怕惹是非,如此畏头畏尾,还谈什么"正人心"呢?

我与灵犀,订交十余年,相知有素,很知道他的为人,灵犀原不是一个没有血性的人,当我做客香港的时候,在秋雁兄那里看到上海寄去的《社日》,看到《社日》的大标题,往往为之称奇不置。在那时候,我们在香港的几个朋友,都很佩服灵犀,以为灵犀毕竟是一个有肝胆的男子。于今时隔三年,灵犀兄还是像从前一样,站在报人的岗位上,没有放弃他的责任,近来并且在致力于"正人心",足见他并不愿意自己意志消沉下去。灵犀为"敬请乘客注意"所写的一段议论,也许是有感而发。灵犀聪明人,岂不知在今日之下,以洋伞为商标的绥靖政策是要不得的呢?

婴宁

《小说日报》1941 年 8 月 19 日

谢柳絮兄

柳絮兄：

承明教，甚感谢。其实我也不是真的怯弱，搁了十数年的笔杆，岂并以牙还牙之技不能优为之？实在是我的人生观，近年来略有改变。在三十岁以前，我是个浑浑噩噩的人，没有什么中心思想；三十岁以后，我就确立了我的宗旨，无论对人对事，宁愿自己委屈，而让别人家踌躇满志。我这是中了哪一种学说的毒？我也说不上来。我只是觉得，纵然我也发狠劲，充其量不过是将别人揿倒在地上，又住了他的咽喉使之透不过气来而已！试问这是不是可以成为了不起的英雄气概？与我毕竟又有何裨益？讷厂先生根据孔老夫子所说的"放于利而行，多怨"而下了一个结论："此退一步想，之所以天宽地阔也！"我认为这话是对的。所以这一二年来，我往往抱了骂我几句打我几下都无所谓的态度，只要自问没有什么对不起人家的地方，我就得到了心灵上的安慰。也许，这在有识者看来是一种阿Q的心理，然而在我的小小的胸襟中，总以为鸡虫得失的争端，是无聊的，也是无谓的。

曾于寂静的晚上，仰首视太空，不禁窃叹宇宙的伟大，在太空间，漂浮着的是一片一片的白云，照临着人间与向人睐眼的是银月和星星。我爱云和星月，因为它们是世界性的，它们只是很自然地在天际游行着，照耀着，闪动着它们的圣洁的光芒，在它们的内心没有机诈，没有斗争，然而世界上的每一隅都可以看到它们，它们是多么的伟大呀！由于它们的伟大，再返视我自身，又是如何的渺小,渺小得简直等于沧海之一粟。我生存着,世界不曾得到我的光芒的照射,我一旦死亡,这世界也不曾归于晦黯,我之生与死,在这个世界上不发生丝毫影响。想一想,我这个人是多么的"起码"呀!像我这样渺小而又起码的人,还不该自惭形秽而退避三舍吗?

我也知道,多数的人都是自视为一尊了不起的人物的,不足为怪的,所可惜的是他们卑鄙的行为往往就成了"了不起"的极大的讥讽,所以我宁愿自承是一个起码的渺小的人物,而不愿招致那些"自我的讥讽"。——当然我更不暇窃笑旁人。

几于上述的观点,如果有人叫我选择,写一篇侮蔑人的文章,或是坐下来喝一杯咖啡,我也是宁愿舍弃前者,采取后者的。我以为,与其苦思焦虑地写一篇侮蔑人的文章,不如静静坐在沙发上喝一杯咖啡来得舒适愉快。

感谢您的好意,使我有一个向您一诉衷曲的机会,明天,我们再谈谈别的事。

即祝安好。

弟丹蘋顿首

《力报》1943 年 10 月 19 日

再致柳絮兄

柳絮兄道席:

昨日与兄书,已略陈衷曲于兄前。虑兄读吾书竟,或且致诘曰:"然则于《海市风花》之记,奈何又不惮词费,必欲哓哓置辩乎?"

此则以文字出于兄之腕底,与市井谰言不同,市井之说,不待辩亦知其诬,而兄则正人,兄有所言,人且以为信而有征矣!所以必上渎清听,至不自觉其喋喋者,职是故耳。

坦白言之,弟于星月之朗,云霞之丽,花鸟虫鱼之生意活泼,盖无不欲倾注吾之热爱,而于人类亦然,此所谓爱恋乃是一种澄澈之爱,广泛之爱,其间盖无不杂些微渣滓者。

在弟之笔下,非时时涉及所谓"丽人"①乎?足下或以为弟之视丽人,殆明珠仙露不啻也。其实弟识此女三数年,舍偶共游宴外,始终未尝一涉暧昧,三数年之间,非无涉暧昧之机会也,特以勿愿丧失一己之自尊心,以易片刻之欢娱,遂宁弃所有机会而无所惜。弟之视丽人,至今不过以为犹在温婉可取耳!迄不欲稍存亵玩念,而下走之所以见重于丽人者亦以此。忆有一夕,弟以三轮车送丽人归,及门,丽人曰:"盍临吾居小坐,啜粥糜少许,然后言归乎?"予曰:"夜已深,勿欲复扰汝母,愿汝亦早一些安息也。"终婉谢其美意而自行。

有一时期,吾尝介丽人于吾友,翼若侪能成一双游宴之侣,而弟之用心,初不为吾友所了解,亦无可奈何事也。

弟良非敦品厉行之士,然立身行事,犹幸不同于狂且,愿兄能迹此愚昧,置弟于爱末,则径寸之珠,或且以得附隋侯而增其光华也。

耑叩百弗;不尽拳拳。

弟丹蘋再拜
《力报》1943 年 10 月 20 日

———————

① "丽人"即国泰舞厅的舞女张丽,彼时陈蝶衣在随笔专栏中时常提及此人。

赵林女士篆刻

女子之工篆刻者,自赵约素(号细阁女子,元梁千秋侍姬)以后,渺如星凤,至今日乃得一赵林,则以女诗人而兼铁笔者。

图71　螺川女子,
赵林治印,刊于《力报》
1944年11月26日

近代之论锲事者,莫不推崇虞山赵古泥(石农),赵林女士即古泥翁掌珠。早年适萧退闇(蜕庵)之公子,寻以故仳离,自此遂不字。时古泥翁尚健在,女士乃从其尊人习锲事,家学渊源,薪传有自,其艺事之精妙,与龚翁邓钝铁可称一时瑜亮,盖龚翁亦古泥翁入室弟子,与女士分属师兄妹也。

赵女士现掌文翰于烟兑公会,以余绪治印,兼工书,故亦鬻字,胥订有润例。作韵语,更好语如珠,惟不轻示人耳。

最近,女士为鍊师娘治二印(一为周鍊霞,一为螺川女子),铁画银钩,足以觇其腕力之不弱,因铸版刊吾报,供读者鉴赏焉。

丹蘋

《力报》1944年11月26日

粤汉线之旅

据报载,粤汉路全线,月内就可以修复通车了。粤汉路在我的人生旅程中,也占据着回忆的一页。

是二十七年——抗战第二年的初夏,我由武昌登车赴广州,初次做了粤汉车中的旅客。为了敌机轰炸，火车曾在将近曲江(韶关)时大开其倒车，车子停在山洞里躲避空袭。又曾在金鸡岭停顿，下车吃腊肠面充饥。为了车行迟误，火车上餐部供应奇缺，蛋炒饭带一碗汤，汤里浮着一二片不知名的菜叶，吃也吃不出味道来，我叫它树叶汤。

车抵乐昌，因为前面的桥梁，未修复停车过夜，我下车进乐昌城，游中山公园，在一家小旅店里宿了一宵。后来，外交耆宿罗文幹先生，就病逝此城。

我有一首粤汉道中诗，即是作于此时，诗曰：

> 东归未得又南征，汉粤道中迂回程。
> 车走殷雷兼昼夜，山横宿霭幻阴晴。
> 人言无不伤蜩沸，农事犹能见犊耕。
> 休谓旅途情绪恶，临风还发浩歌声。

此种迂腐的调调儿，现在是久已不弹了。

丹蘋
《香海画报》1946 年第 13 期

聚　散

人生的聚散，有如空际的行云，往往是变幻无常的。怀念及两位过去昕夕聚首的朋友，为之怅触无端。

一位是王尘无兄，他的影评曾在战前获致崇高的评价，最难得的是新旧文学兼擅,所作小品文,清丽如六朝人之手,在《社会日报》上排日写《吞声小记》,传诵一时。但"吞声"两字成了他命运的注脚,在抗战的初年,当我流亡在汉口的时候,忽然传来了噩耗,尘无病肺,不治而死了! 客中哭之以诗曰:

> 流亡瘟死并斯时,恸哭故人泪欲滋。
> 一记吞声成恶谶,不啻重读绿杨时。

兄有"江南三月春如海,绿尽垂杨不见人"之句,亦不啻诗谶也。

这一位质朴谆和的忧郁诗人,生前是常共樽酒的,而今则墓木早拱。可悲的是不知他埋骨何所,虽欲临风一弔亦无从。

一位是张昭绥,下走于弱冠之年从林屋山人步章五先生游,昭绥兄是步师的青门弟子之一,和我谊属师兄弟,因此时时过从。战事起,下走西行,止于汉皋,与昭绥兄遂不相闻问。越一年,我回到上海,接得了昭绥兄的甬上来书,当时尝有"春来正在酒酣时,喜极重为倾一卮"一诗之作。其后兄忽他徙,音讯又绝,经过了漫长的八年,我还以为他不在人世了。到了去年岁尾,忽然又接得他的来信,才知故人无恙。他告诉我,他在《宁波日报》担任记者;他告诉我,他的女公子已经出阁了。前者使我获悉我的老友依旧站在旧岗位上努力,后者给予我的想象是我的老友在葛裘十易的今日,定然是两鬓已霜了。两地暌隔,把晤末由,不知老友之近况悉如? 为之抚然。

书此稿时,坐在凯司令咖啡馆①的临窗一桌上,去年今日,有几个朋友经常在此聚首,而现在却只剩我孑然一身,惟有案头胆瓶中

---

① 凯司令咖啡馆,位于静安寺路(南京西路)1001 号。

的黄花,仿佛在对我作灿然微笑而已。

陈式①

《大众夜报》1947 年 11 月 10 日

寻春迟

自去年一度游鸳鸯湖后,迄未出门旅游。现在九十春光,瞬将老去,而下走始有白门之行,遂不能无"自是寻春去较迟"之感。

我这一次的旅行,事属临时决定,却也有一番曲折,本来我是预备到常熟去的,两江汽车公司的陈宪琦先生打电话给我,他们所办的音乐旅行团,将于周末赴虞山,希望我参加。我在电话里答应了,但结果则因同行无侣,终于撤回了我的诺言,事后我有一点惆怅。但现在却又预备展白门游屐了,倘亦所谓"一饮一啄,莫非前定"欤?

伏处江关,百无聊赖,我希望能仰赖这一次的短期旅行,湔除一点心头的悒郁,蒸发一点愉快的情绪。同时小妹子韩菁清在都门,有书抵我,我也顺便去看看她。只是灵谷寺的铁干海棠与木兰花,都凋谢了! 寻春较迟的惆怅,殆终无可避免耳!

蝶

《铁报》1948 年 4 月 26 日

痛张超兄

从《大公报》读到一则宁波通讯,谓鄞县参议员兼《鄞报》主笔

---

① "陈式"为陈蝶衣笔名之一。

张超,为暴徒所趁,以石灰掷其双目,张遂失明。这一段消息殊无噩耗,读之悲愤欲绝。

张超兄字昭绥,为下走十余年前好友,他在上海的时候,曾任《晶报》记者,与下走焦不离孟,孟不离焦,盖同为先师步章五(林屋)先生从游弟子也。抗战时期,下走游汉皋,兄亦返甬上,曾有一段很长的时期音讯隔绝。直到胜利以后,忽然接到他的甬上来信,并媵以所著《倭祸九年记》一册,始知故人无恙,而且在抗战八年中,他也曾效忠国家,坚守文化战士的岗位。这样一位忠贞之士,正该赢得任何人的敬仰,不想他竟会遭逢毒手。据《大公报》载,是为了他言论激烈,忤及驵侩之故。如丧明之说果确,他这一生是为了尽报人天职而牺牲了。宁波亦大都市之一,奈何竟听任魑魅横行? 负守土之责者宜缉捕凶徒,置之于法,不当使治下一忠贞之士赍恨以终也。

蝶衣

《铁报》1948 年 9 月 13 日

编 辑 手 记

《万象》月刊

编辑室（创刊号）

《万象》[①]于初春的时候就开始筹备,直到现在,总算是和读者们相见了。在这一个悠长的筹备时间中,我们的编辑方针经过了许多次的修改与补充,就为了这个"慎重将事"的缘故,才使《万象》的创刊期迁延到现在。

我们的编辑方针,在这一期的取材上就不啻有了概括的说明:第一,我们要想使读者看到一点"言之有物"的东西,因此将特别侧重于新科学知识的介绍,以及有时间性的各种记述;第二,我们将竭力使内容趋向广泛化,趣味化,避免单纯和沉闷,例如有价值的电影与戏剧,以及家庭间或宴会间的小规模游戏方法,我们将陆续的采集材料,推荐或贡献于读者之前。此外,关于学术上的研究

---

① 《万象》,月刊,1941年7月创刊于上海,1945年7月停刊,是一份面向都市大众的综合性文学月刊。该刊以"研究学术问题,介绍科学知识,记述时事要闻"为主旨,注重内容广泛化和文字趣味化,所刊登文章包括文学、医学、科学、电影、艺术等。由于编者的更换,《万象》杂志的编辑风格分前、后期。前期由陈蝶衣主编,1943年7月后由柯灵主编。《万象》杂志集中了上海沦陷时期的优秀作家,涌现出一批文学新人,尤以"东吴系女作家"最为耀眼。

(问题讨论之类)与隽永有味的短篇小说,当然也是我们的主要材料之一。

说句夸张一点的话,我们是尽了最大的努力来从事于创刊号的集稿与编排的计划的,单是为了封面的印刷,我们就曾一再地研究比较,最后才决定了现在的式样与色泽。似乎可以说,像我们这样不惜工本的定期刊物,在近年来的出版界中是很少见的。自然,我们并不以此为满足,我们感觉到,一个初诞生的刊物,实在需要更多的力量来扶植它,在这一方面,切望诸位文坛先进与热心的读者,能随时给予我们以指教,给予我们以帮助。

下期要目之可以预告的,有魏如晦先生的一篇《太平天国史料钩沉》,对于文献上是有甚大的贡献的。本期《圣处女》的作者陶冶先生,继续为我们写了一篇《扫帚星》,这是跟《圣处女》同样轻倩流利的一篇创作小说,值得向读者推荐。此外,还有予且先生的短篇小说《莲心》,凡是曾经读过予且先生的《小菊》《凤》两种说部的,对于予且先生的轻松的笔调,一定有相当的认识。现在我们并拟请予且先生和丁谛①先生各写一部长篇,已经获得他们两位的允诺,也许第三期起,便可以开始刊载。

图72 《万象》1941年第1卷第1期(七月创刊号)封面

---

① 丁谛,即吴调公(1914—2000),原名吴鼎第,镇江市区人。1935年大夏大学毕业后在江苏省立镇江师范学校任教。解放后任江苏师范学院、南京师范大学教授。著有《长江的夜潮》《李商隐研究》《神韵论》等,晚年辑有《调公文录》。

本期中,有一篇非常风趣的作品,就是秋翁先生[1]的《孔夫子的苦闷》。秋翁先生是文坛上的一位宿将,说起来大家都知道,不过近年来已久不从事写作,所以他不愿将真姓名示人,另外化了个"秋翁"的笔名。下一期,秋翁先生答应我们再写一篇《江郎别传》,这又是篇跟古人——江淹——开玩笑的妙趣环生之作,请读者诸君注意。

为了适应一般读者的需要,我们又决定每期刊载一篇电影小说,根据将在第一轮戏院公映的影片的故事,衍为短篇,这一期的《忠魂鹃血》[2],就是费文丽最近主演的又一巨片,已经运抵上海,我们在它未公映之前先让观众明了它的故事的轮廓,我想这一定是为多数读者所欢迎的。

一般刊物的通病是脱期,我们则决定每期于出版的前几天提早发行,使读者们得以先睹为快。——我们将竭力做到这一点。

《万象》1941 年第 1 卷第 1 期

编辑室(第二期)

一种定期刊物,由初版再版甚至于三版,这现象在近年来似乎很少见,而我们的《万象》却获得了这意外的成就,这自然首先应该感谢读者们的爱护之忱。而使本刊的内容能够获得读者们的赞美的则是诸位作家的力量,所以同时也应该向为本刊执笔的诸位作家表示谢忱。

---

[1] 《万象》发行人平襟亚笔名之一。
[2] 1941 年上映的美国影片《汉密尔顿夫人》(*That Hamilton Woman*),由亚历山大·柯达执导,沃尔特·瑞奇编剧,费雯·丽、劳伦斯·奥利弗、阿兰·莫布雷、萨拉·奥尔古德、格拉黛丝·库珀主演。

　　为了答谢读者们的热诚拥戴,这一期所表现于诸位之前的,第一,是篇幅并不较创刊特大号为减少;第二,是内容的精彩更在创刊号之上。

　　约略地举例说:在小说方面,予且先生的《莲心》、丁谛先生的《蓝森林》、胡山源先生的《画网巾》、钱今昔先生的《为了艺术的人》,陶冶先生的《扫帚星》、苗坼先生的《利己的妹妹》,都是各具一种风格的佳作。至于译作,《希特勒幕中的军师》是一篇极有价值的文字,原来这一位横行欧亚两大陆的独裁者,他的一切行动是听命于他麾下的一位谋士的,这实在是闻所未闻的国际秘密。另外,《宋氏三姊妹》是一篇有连续性的特载,原著出爱茉兰·海女士的手笔,此书最近在美国出版,营销之广是凌驾任何著作之上的,现在由陶秦先生担任迻译,决定逐期在本刊发表,这是一篇极端名贵的作品,请读者诸君注意。

**图 73　《花蕊夫人》,卢世侯绘,
刊于《万象》1941 年第 1 卷第 3 期**

另有一篇读者所不可忽视的文字，就是张憬女士的《让我工作吧!》，张女士的小说发现于刊物之上，还是最近的事，但已引起文坛上的绝大注意，她的文笔之生动，在近年来的女作家群中，可说是很少可以与她抗衡的，而这篇《让我工作吧!》尤其是女士的力作，全文长一万数千言，我们将它一期刊完，让读者可以读一个痛快。

下期要目之可以预告的，有陶冶先生的《慈善家的铜像》、文宗山先生的《边城故事》、毛志明先生的《鱼类的机械化战争》、周鍊霞女士的《宋医生的罗曼史》，以及范烟桥先生的历史小说《花蕊夫人》。另有一幅卢世侯先生画的《花蕊夫人图》，已制成三色版，决定在下期同时刊出。魏如晦先生的《太平天国史料钩沉》，下期可以续完。此外胡山源先生的《散花寺》、予且先生的《金凤影》两长篇，下期也可以开始刊载了。

本刊零售每册一元，定阅全年十二元，已较廉于一般刊物。有许多读者打电话或写信来，要求定阅全年仍照优待办法计算，这一点不能照办，因为我们的销数，超出预算之外，成本甚巨，实在不能再削减。不过定阅本刊，有如下的利益：

一、以后每逢发行特大号，零售将提高售价，但定户则不加；二、本刊每月一日正式发行，定阅全年

图74 《万象》1941年第1卷第2期(八月号)封面

的在出版之前一星期优先阅读;三、凡是本刊的定户,持定单向本书店购买各种小说或书籍者,除原有折扣外,可以另享九折优待的权利,这是我们最近订定的一个办法。

"学生文艺征文"虽然在暑假中,也收得佳作甚多,这是甚可欣慰的一件事;现在我们正在着手整理,从第三期起,可以发表一部分。一方面,仍希望各大中学生之有写作兴趣的,踊跃地参加这一个文艺习作运动。

《万象》1941年第1卷第2期

编辑室(第三期)

我对于看电影,有如下的心理,就是"爱副片甚于爱正片"。所谓副片,就是附映于正片之前的新闻片、风景片、卡通片之类,它能够告诉我们许多不知道的事,增加我们许多的知识与阅历。有时候副片也许比较正片为有意义,有价值。现在,我的编辑《万象》也是采此方针,每出版一期就像电影院放映一部新片,在这里,同样可以使读者看到许多新闻片、风景片与卡通片,而最后的长篇小说则等于正片。若论 cast,我们这里也有不少的大明星参加演出,而且都是有着优秀而纯熟的演技的,不过我这个导演人的手法,不甚高明罢了。

本刊第二期,于七月廿五日提早发行,不料三日之内,又复销售一空,于是立刻再版;同时创刊号亦因存书告罄而添印第四版,这样的盛况,实在出于意料之外,因此我们不得不格外奋勉。这一期,又增加了两位新文坛健将的长篇创作,一是胡山源先生的《散花寺》,二是潘予且先生的《金凤影》,使本刊的阵容是格外充实了。

长篇连载《宋氏三姊妹》，本期已说到三姊妹的幼年时代，许多珍贵的史料将陆续告诉读者。短篇方面，周錬霞女士的《宋医生的罗曼史》是一篇十分风趣的作品。周女士娇躯多病，不恒写作，这一篇文字，还是在疗养院中特地为我们赶写起来的，实在值得珍视。秋翁先生的《潘金莲的出走》又是一篇逸趣横生之作。孙了红先生的《窃齿记》是特为本刊而写的《侠盗鲁平第二案》，鲁平在孙先生笔下，又干了一件十分痛快的"义举"。赵景深先生的《封神演义与武王伐纣平话》，则是在学术上极有价值的一篇考证文字。

滕固先生在渝逝世，为学术界一大损失。本期有谭正璧先生的《忆滕固》一文，于滕氏生平有简赅的叙述，可以当作滕氏的一部分传记读。

近代的国际间，对于无线电战争都十分注意，尤其是在此欧亚大陆战事方酣的时期，本期有傅松鹤先生迻译的《窃听全球》一文，可窥见欧美各国无线电战争剧烈情形的一斑。

魏如晦先生有一个剧本交给本刊发表，就是即将在上海剧艺社上演的《牛郎织女传》，是魏先生最近的一个剧作，共五幕，本期先刊一幕，分五期刊完，请读者注意。

张憬女士又为本刊写了一个中篇小说《蠢动》，决定于下期刊出。此外尚有傅松鹤先生的《丘吉尔的私生活》、白凤先生的《纳粹军

图75 《万象》1941年第1卷第3期（九月号）封面

队的训练法》、叶金先生的《美国邮局的偷信贼》、钱今昔先生的《雾》、俞允咏先生的《梦与现实》、包天笑先生的《五七之夜》,因为篇幅关系,都只好留待下期发表了。

"学生文艺选"自本期起开始发表。截至现在为止,我们已收到五十余篇征文,足见参加者的踊跃,不过其中译作多于创作,微与本刊鼓励学生们习作的旨趣相悖,很希望应征者能够多从创作方面努力。

《万象》1941 年第 1 卷第 3 期

编辑室(第四期)

本刊出版到第三期,就遭遇了一个极大的打击,那就是排印费的骤增至百分之五十,同时纸价也上涨不已,使本刊在成本方面,增加了一笔可观的数字。我们一方面要顾到内容,我们是绝对不愿减少文字的质量,以求适应因排印费与纸价的增加的损失的;但一方面我们也不能不兼顾到成本;照现在的售价,我们实在要亏折甚大的数额。因此在几经考虑之下,只得酌增售价,每册零售一元三角,定阅全年仍收十二元。如果读者们改为长期订阅,就等于不增售价。零购的不过多花三毛钱,仍旧可以买到这么一本厚厚的书,比较其他的杂志,也还是便宜的。希望爱护本刊的读者,对于我们万不得已的苦衷,能够赐予同情的原宥。

在上一个月中,接得许多读者的来信,问我们外稿收不收? 其实本刊所刊各稿,除少数特约撰述者外,多数都是外间投来的。如果有好的作品,哪有不欢迎之理? 不过诸君惠稿,有一点要请注意,就是我们需要有"现实性"的文字,无论小说与译作,字数勿超过六千字,愈紧凑愈佳。一万字以上的中篇小说,为了无法容纳的关系,以后恕不再收。

本期有许多有价值的文字,应该向读者推荐:第一,是盛琴儇先生译的《希特勒的恋爱史》,第二,是傅松鹤先生译的《丘吉尔的私生活》。这两位世界名人的生平,应该是读者所亟欲知道的,尤其是希特勒的桃色事件,可以窥见这位欧洲怪杰对于女性的渴慕的一斑,本期先刊上节,准于下期续完。丽维女士译的《荧光灯》,对于最近流行到上海的荧光灯,有简赅的说明,则是一篇应时的文字。

沈东海先生上期译了一篇《降神会的奇迹——灵魂试验》,本期又译了一篇《鬼屋》,同是出于美国灵魂学专家 Hereward Carrington 氏的手笔。本刊接连发表这两篇文字,似乎有提倡迷信的嫌疑,因此在下一期,我们将有一篇《拆穿降神会的秘密》的文字发表,附有种种关于虚伪的降神会把戏的铜图,读者看了之后,就可

图 76 《潘巧云画传》,董天野绘,刊于《万象》1941 年第 1 卷第 4 期

以恍然于此中的真相了。

本期的另一新贡献是董天野先生所绘的《潘巧云画传》，董先生的古装仕女画在艺坛上早已获得一致的赞美，而《潘巧云画传》则是董先生的近作。潘巧云的事迹在《水浒传》中占有重要的地位，这是读者所熟知的，董先生撷取她的事迹，用工细的画笔将她刻画出来，每期刊载两幅。这一种富于线条美的工笔画，在目下很少有人能够执笔，料想读者们一定都是爱好欣赏的。

图 77 《万象》1941 年第 1 卷第 4 期(十月号)封面

"学生文艺选"本期发表了两篇女学生的作品。因为应征的来稿太多，我们有另出一册《学生文艺》的计划，预备列为《万象号外丛刊》之一。现在正在筹备中，也许短时期内可以实现。

由于长篇小说的过多，将妨碍到短篇的容量，因此我们预备将《宋氏三姊妹》提早出版单行本。丁谛先生的长篇创作《长江的夜潮》，决定俟《宋氏三姊妹》结束后继之刊登，请读者注意。

《万象》1941 年第 1 卷第 4 期

编辑室(第五期)

本刊在初创时曾悬了一个鹄的，是每期印销一万册。我们知道，近年来的文艺刊物，是很少能够销达四千册以上的，所以我们以为一万册已经是一个奢望。然而事实所表现的，是创刊号由初版再版而添印至大版，八月号印至四版，九月号印至三版，十月号也在极短的时期中再版了。平均本刊的销数，是每期二万册，竟倍于我们最初的定额，这就告诉了我们，本刊的取材并没有远离读者的需要，此后，我们自当本着一贯的编辑方针，力求内容的更完善，更充实。

本刊在九月号发表了一篇《降神会的奇迹——灵魂试验》，十月号又发表了一篇《鬼屋》，同是出于美国灵魂学专家 Hereward Carrington 氏的手笔，原文载于 *Tiue* 杂志。我知道这两篇文字的刊载，颇有提倡迷信的嫌疑，因于本期特辟专页，刊载了一部分降神会游戏的铜图，并附以说明，揭露其中的秘密，这样，读者就可以明了，所谓降神会的表演，无非是一种利用科学的魔术游戏。同时，也可以反证另一篇《鬼屋》，大概也是一种故神其说的记述，读者但当它游戏文章看就是了。

发生于九月廿一日的日蚀，是四百年来罕见的天象奇迹，当时曾动员了全国优秀的天文学家和科学家，分赴临洮、武彝山两地，从事有组织的观测，全国的报纸都以显著的地位记载此次日蚀的报告。现在本刊也搜集了一部分日蚀的摄影，辟一专页发表，为这一次的空中奇观留一画面的史迹。本来我们还曾经打电报到重庆中央研究院去，索取日蚀的观测报告和摄影，但是路途遥远，至今尚未寄到，犹不免引以为憾耳。

陶冶先生的《模特儿》和网蛛生①的《窗帘》，是本期短篇中的两篇佳作。毛志明先生的《女元首》、叶金先生的《白蒂斯泰——古巴的独裁者》、露苡②女士的《高血压症的救星》、傅松鹤先生的《欧洲

---

① 平襟亚的笔名。
② 露苡，为陈蝶衣表妹。

沦陷区写真》,都是极有价值的文字,本刊对于此类译稿,是最欢迎的。文宗山先生的《妙峰山》,系根据丁西林先生的剧作而写,是一篇极有意义的戏剧小说(按:此剧现正在辣斐剧场上演)。尚有谭正璧先生的《拜月庭》、汪霆先生的《命运的赌博》、郭敏之先生的《科学侦探》、孙思先生的《空中摄影的技术》,因为稿挤,只好留待下期发表了。

图 78　《万象》1941 年第 1 卷第 5 期(十一月号)封面

　　鲁迅先生的《故事新编》,曾获得广大的读者群的赞美。秋翁先生仿其体例,先后为本刊写过《孔夫子的苦闷》《江郎别传》《潘金莲的出走》《秦始皇入海求仙》四篇小说,读者也一致称誉。胡山源先生前月曾有一封信给编者,说:"秋翁大手笔,为三期来第一,钦佩无似。"其推重如此。现在,秋翁先生又为本刊写了一篇《贾宝玉出家》,恰巧在静安寺龙华寺两大古刹发生纷争之后,秋翁先生的一枝笔,就妙在能抓住现实,予以有力的讽刺。这一篇《贾宝玉出家》,和前期的《潘金莲的出走》,是有异曲同工之妙的。读者对于秋翁先生的作品,早已有了认识,也不必编者多介绍了。

《万象》1941 年第 1 卷第 5 期

编辑室(第六期)

　　我是个最不喜欢谈理论的人(同时更不喜欢喊口号),但是现在却想和惠稿诸君谈谈关于短篇小说的作法。

合乎理想的短篇小说之缺乏，是我编辑本刊以来所感觉到的最大遗憾。我们每个月所收到的外来稿件，数量是相当多的，但能够够得上水平的短篇小说却很少，其中写作技巧之不纯熟固然是使作品本身减色的原因之一，题材的不善抓取也是一个大缺点。不说别的，单讲以信的方式写成的短篇小说，我们先后所收到的，统计一下就在二十篇以上。信固然也可以传达一切情绪，但至少是有些偏于单纯的，片面的；如果写作技巧再不够，如何能成为优越的作品呢！？所以，属于用信的方式所写的小说，我几于是完全摒弃了，虽然未免近于一概抹煞，但也是无可奈何的事。

我以为，一篇好的短篇小说应该具备两个条件：一、需要有一个生动的故事；二、一个出乎意料的结果。这样，就不难成为一篇好小说。当然，笔调的轻松活泼——就是所谓纯熟的写作技巧，也是必要的条件之一。

比较起来，还是不同型的人物事态的描写，带一些地方风土性的作品，比较来得容易使人发生兴趣，容易使人留下深刻的印象。

我们除了欢迎能够合乎上面所说的标准的短篇小说以外，还欢迎大后方的游记一类的文字，希望惠稿诸君能从这两方面努力。

陶秦先生译的《宋氏三姊妹》，以及林俊千先生译的梅逊探案《美人掌》，为了使读者早窥全豹起见，现在已提前出版单行本。（本期附有半价优待券，本刊读者凭券购买，可享对折的权利。）

本期关于科学方面的作品比较多一点，如《死光与红外线》《水蛭治病》《科学侦探》《空中摄影的技术》诸篇，都是很有价值的。《白干与银耳》的作者吴克勤女士，是小说家前辈吕伯攸先生的夫人,描写很细腻。陶冶先生的《频伽夫人》,是针对现实的一篇讽刺小说,所影射的事实,读者当能意会。汪霆先生的《命运的赌博》,以投机市场中的人物为描写的对象,生动而有力,可与舞台上的《愁城记》媲美。华光戏剧学校教授谭正璧先生的《拜月庭》,是根据关汉卿杂剧《闺怨佳人拜月庭》所改作,也是一篇极有意义的作品。

图 79 《万象》1941 年第 1 卷
第 6 期(十二月号)封面

"学生文艺选"本期已增加至三篇,庶几爱好文艺写作的学生们可以多一点发表的机会。不过我们原定的发行《学生文艺号外特辑》的计划,因为受了纸价狂涨的打击,是只好从缓实行了。

丁谛先生的长篇创作《长江的夜潮》,准于下期起开始刊载,请读者注意。

下期本刊,恰逢岁首出版,因此我们预备特辟一部分篇幅,出一个《新年特辑》,以资点缀,欢迎读者们以应时的作品见赐。

《万象》1941 年第 1 卷第 6 期

编辑室(第七期)

时间是一支银烛,过去的已成蜡泪,未来的有待于燃点,惟有现在是光明的一环。我们于悼念过去之余,唯一应该的是紧紧地把握住光明的现在,以迎接更绚烂的未来,尤其是在这新岁来临之际。愿本刊的每一个读者，能各站在自己的本位上，以此自勉。

在上个月中，接到很多讨论短篇小说作法的来信。上期，我曾提出了两个短篇小说应具备的条件：一个生动的故事，一个出乎意外的结束。在这，我愿意补充一点我的意见，就是在生动的故事中，更应注意下列数点：一、题材忠于现实；二、人物个性描写深刻；三、不背离时代意识。至于"出乎意外的结束"，则是希望结构不要流于平凡的意思，并不是说每一篇小说都要有一个传奇式的结束，这一点有几位读者略有误解，这里附带解释一下。

这一期适逢元旦出版，因此我们特地辟了个《新年特辑》，为这一个新岁作点缀。其中周鍊霞女士的《新年回忆》，将极琐屑的事也写得十分风趣，女艺人之笔，毕竟是不同寻常的。

陶冶先生的《动荡中的圣诞节》、汪霆先生的《圣诞夜》，是两篇Christmas-tide的应时作品。予且先生以描写小儿女心理见长，这一期为我们写了篇《七擒》，不但故事生动，最后的结束也出人意表，自然是不平凡的作品。谭正璧先生所编的《梅花梦》史剧，将在

图80　万象信箱，《万象》1942年第1卷第7期

璇宫剧场上演,本期有谭先生的《〈梅花梦〉主角彭玉麟及其有关人物考》一文,颇有稗史上的价值。包天笑先生的《吐吐小传》,则是写实之作,其中涉及中国旅行剧团的唐若英女士,是大家熟稔的人物,读起来当然更亲切有味。此外朱凤蔚先生的《党国人物志》,叙述于右任先生的生平,每一节都是珍贵的史料。杨琇珍女士的《蓝色的多瑙河》,在推进防痨运动的今日,也是一篇极有意义的文字。

图 81 《万象》1942 年第 1 卷第 7 期(一月号)封面

下期要目之可以预告的,有文宗山先生的《镀金小姐》、钱今昔先生的《在松林里》、周贻白先生的《鼎盛春秋与旧有传奇》。孙了红先生的《侠盗鲁平第三案——血纸人》,也已经在撰写中,下期或可发表。以后欧美杂志来源断绝,译稿不可得,我们或许将多刊一点创作小说了。

由于纸价的盘旋直上,以及排印工的再度增加,使我们不得不将售价酌量提高,自本期起,零售改为一元八角——我们是尽可能地将售价抑低得仅敷成本的。在市上,要以一元八角的代价购取像本刊这样厚厚的一本杂志,敢说是除了我们《万象》以外,更无第二种。读者只要比较一下,就可以明了我们并不是"志在牟利"了。

为了求取与读者间的声气相应,本期起已添辟《万象信箱》一栏,读者如果有什么意见,或者一般的问题,都可以投函提出或询问,编者当掬诚奉答。

《万象》1942 年第 1 卷第 7 期

编辑室(第八期)

太平洋火药线的爆发,使上海的出版界遭遇了空前的厄运,本刊自然不能例外:

第一,是印刷的发生问题,承印本刊的印刷公司,因粮食恐慌而解雇大批工友,本刊以前只要四天就可以印齐,现在却需展长到十六天,因此全书要分先后两批排印,在工作效能方面,不免大受影响,而印刷费却又增加了几近一倍,上期仅需一千六百六十元,本期起增至三千一百元。于是又不得不略增售价,这实在是出于不得已,希望爱护本刊的读者,能鉴此苦衷;第二,是批发各户的账款,有一部分被搁浅,因此使本刊的经济周转也大感困难;第三,是香港与南洋一带的交通断绝,影响到本刊的销路。所幸京沪线方面读者激增,以营销于南洋一带的移销于京沪线各地,销数仍保持

图 82 《万象》所刊广告,《万象》1942 年第 1 卷第 8 期

着原有的记录,这总算是差堪自慰的事。

本刊虽然是在艰苦支撑之中,但内容取材,还是站在时代的最前端,例如陶冶先生的《平售米》,便是一幅当前的米蛀虫如何趁火打劫剥削平民的绝好写照;文宗山先生的《镀金小姐》,对于浸沉在奢侈生活中的一般女性,有着极深刻的讽刺;而秋翁先生的《孙悟空大战青狮怪》和网蛛生的《贼的故事》,则更是两篇意味深长的文字。

戏剧家周贻白先生,特地为本刊写了一篇《鼎峙春秋与旧有传奇》,和徐文滢先生的《〈水浒传〉中的政治哲学》,同是在文学研究上颇有贡献的作品。

欧美杂志的来源已断,但本期的译稿却并不减少,如沈斑纹先生的《俭约的荷兰女皇》,李信之先生的《人造婴孩》,张心鹃先生的《银色舞后宋雅海妮》,郭敏之先生的《商业用的 X 光》诸篇,都是很有趣味的文字,这应该感谢热忱的读者的协助。

《万象信箱》开辟后,接得许多读者的来信,其中自然有不少珍贵的意见,但有几位对于本刊的督责却未免过苛了。本来我们也定有循序推进的计划,但在一切人力物力的限制之下,我们实在苦于无法施展,能够勉维现状,已是尽了我们所有的能力了。这一点,希望读者们能够明察。

孙了红先生为二竖所厄,以致

**图 83 《万象》1942 年第 1 卷
第 8 期(二月号)封面**

撰写中的侠盗鲁平第三案《血纸人》，未能如期脱稿，只得展缓至下期发表了。有几位爱好了红先生作品的读者，来信要求了红先生每期撰写一篇，我们已将此意转知了红先生；但了红先生体弱多病，我们也不敢过分以写作之事烦渎他；这里，谨代了红先生致感谢之意。

下一期，有一篇极有价值的文字发表，是赵之璧先生执笔的《菲律滨的首府——马尼拉》，对于马尼拉的一切，有详尽的描写，请读者诸君注意。

时间像飞一般的逝去，旧历新年转瞬就要来临了！为了印刷工友岁暮休假的关系，下期本刊将提早一星期排印，读者诸君如有时间性的作品惠赐，也希望能够早日见贶，不胜企盼。

《万象》1942 年第 1 卷第 8 期

编辑室（第九期）

英茵女士之死，赢得千万人的悼惜。为了轸恤人材，兼之由于她的自杀，其中蕴藏着一段可泣可歌的事迹，所以在追悼会举行之日，本刊除制联以挽，并由编者代表本刊亲往吊唁外，又临时决定为她增出了一张号外，在上期本刊中附送，对于英茵女士生前死后的摄影，在短促的时间内尽了我们的能力加以搜集，总算为这一位银星的陨落，留下了可纪念的悲壮之一页。不过即此一纸号外，却耗费了我们一千八百余金，这完全是额外的损失，但愿读者诸君能够明了我们是随时在为《万象》努力着，那么也不枉费我们的一番心力了（因临时增出号外，致递送略误时日，这里附带向定阅诸君致歉意）。

这一期为了要赶在旧历年关以前排印就绪,时间特别的匆促,因此在内容方面,也许未能尽餍读者之望。不过有一点是比较以前进步的,就是尽可能地利用摄影与插画,以为文字的附丽,这样,也许可以增加一点阅读时的兴趣。例如《菲律滨的首府——马尼拉》一文中,附有摄影四幅;《泰罗·鲍华的冒险故事》与《玛琳·奥哈兰的婚姻》两篇,也加入了各个人的照片。以后,我

图84 英茵,刊于《明星》
1937年第8卷第2期

们将遵照着这方针做法,并拟每期刊载一篇关于地方风土人情的介绍文字,这样,似乎比较单纯的游记有价值些。

燕雪雯女士的《海上的孤帆》,是本期中一篇有情感的创作小说;陈灵犀先生的《轧米记》,虽是以嬉笑之笔出之,但文字的内在正隐藏着无限的沉痛的辛酸之泪,与上期陶冶先生的《平售米》可以先后媲美;此外如白苣先生的《姊姊》、金爪先生的《一天》、蓝凫先生的《水乡之春》、王仲鄂先生的《暗香篇》,都能在不同的作风中显示文字的优点。译作方面,《宝贵的海草》《癌症与活力素》诸篇,都是很有价值的作品,读者的鉴别眼光是最锐利的,也不必我一一介绍了。

名女伶王玉蓉,从北平寄来了一篇《私底下的话》,由故都的新年风光说到个人的私生活,以及老供奉王瑶卿家的两件近事,是特地为本刊而作的一篇通讯,且附有名贵的摄影数帧,准于下期中发

表,请读者注意。

"学生文艺"本期选录了两篇。宇宙是一幅生动的画面,尽有许多不平凡的事迹,可供我们歌咏,希望应征者能从更广泛的范围中去觅取题材,惟有不落窠臼才是最好的写作原则。

有几位读者来函询问:"电影小说为什么突然取消?"原因是这样的:以前亚洲影院公司所属各戏院排映新片,有一定的程

**图85 《万象》1942年第1卷
第9期(三月号)封面**

序,在本刊发表的电影小说,要恰逢该片开映在即,读者以文字与影片互相对照,那才有趣味。现在则排片程序并无一定,例如在本刊十二月号中发表的《美人鱼》,至今各戏院还在一映再映,而原定在国历元旦公映的《碧血黄沙》(见一月号本刊),却迁延了日期,使人无从预测,兼之还有另外的一重原因,这里却不便明言,所以我们暂时将它取消了。不过读者既认为需要,我们自然也应该设法冲破难关。如果可能的话,从下期起当恢复刊载。

三十一年二月九日于万象书屋

《万象》1942年第1卷第9期

编辑室(第十期)

春到人间,给我们带来的是轻快的感觉,我们以欢快的情绪迎接春的降临,但同时,我们别有一片重压在心头,要向读者们诉说。

也许读者们是早已明了了的，那就是近来纸价的狂涨，贪婪的纸商不断地以抬价为压榨文化界的武器，其面目之狰狞真叫我们望而股栗。本刊上期所用的白报纸，是以每令八十五元的代价购得的，较诸创刊号出版时已经涨了两倍。而近来呢？仿佛是烈日下的水银柱，眼看着它不住地往上升，往上升，在编者执笔之时，已涨到每令一百七十元，恰一倍于上期(本刊每期需纸一百八十令，代价即需三万〇六百元)。当此书映入读者们的眼帘时，当然更不止此数了。我们原希望纸价有回跌的一天，那么本刊的售价也可以随之而减低，不料结果却是不得不再度增加(零售改为二元八角)，这都是拜"纸老虎"肆虐之赐，我们除了诅咒以外，还有什么其他的办法!?

撇开这使人薅恼的事不谈，且来推荐一下本期的内容吧！首先应该提出的，是两篇关于海外风光的描写的译作，金叔琴先生的《夏威夷的心脏——奥胡岛》与沈翊鹏先生的《澳大利亚的水中动物》。现在，奥胡岛和澳大利亚都是太平洋战争中的重要据点，关于这两个区域的风物情况，该是读者们乐于知道的吧？假使我这个猜测不错的话，那么希望读者们代本刊搜集一点类乎此的材料，这是我们殷切地盼望着的。

其他的佳作当然还有，例如东吴大学高材生施济美小姐，她的作品在各刊物上发表的很多，读者们对于她大概也是向来稔知的，本期有施小姐的一篇《暖室里的蔷薇》，则是她在本刊下海的"处女航"作品，其笔调之轻松活泼，无疑地是将获得读者们的一致赞美的。足以与施小姐的作品相媲美的还有魏谋先生的《热女郎叶玲玲》，在魏先生的笔下，仿佛真有叶玲玲那样的一个热女郎活跃在我们的眼前。如果说一篇短篇小说应该有一个生动的故事和纯熟的描写技巧的话，那么这就可以说是代表作了。还有汪霆先生的《兔子灯》应该加以说明，它和一月号中的《圣诞夜》是姊妹作，读者如果高兴连续的复看一遍，那一定是更能增加兴趣的。

图 86 《万象》1942 年第 1 卷第 10 期（四月号）封面

译稿在这一期似乎特别丰富，除了前面所介绍的以外，还有《人造心脏》《干冰》《电医生》《狼女猿童》《罗马教皇的宫廷》诸篇，可说无一不是趣味盎然之作。关于此一类的译作，我们已收到的还有施杰先生的《人造血》、陶中全先生的《飞机轰炸与鱼雷攻击》、张直舆先生的《欧洲最审慎的独裁者》、文苓先生的《巴拿马运河的透视》等，当于下期起陆续发表。

许多人默念着孙了红先生的侠盗鲁平第三案《血纸人》，本刊曾一再预告过，我们是轻易不愿失信于读者的，但了红先生实在是一病至今，尚未痊愈，自然我们是不能如期发表了。且请读者们再静候一两个月，也许那位神秘的侠盗鲁平，会突然地出现于诸君眼前的。

三十一年三月十一日于万象书屋

《万象》1942 年第 1 卷第 10 期

编辑室(第十一期)

这实在是太使人兴奋的事,本刊的销数,由五千递增到二万,现在又由二万突增至二万五千,这证明了一般读者对于精神食粮需要的迫切。同时,由于来稿的拥挤,使本刊简直无法容纳,则又证明了对于本刊殷切期望着的正有广泛的一群。于是我们在兴奋的情绪之下,不问前途如何艰困,在上月又临时决定了一个计划:另外出版一种《万象》十日刊。

上海的出版界,现在可算是最沉寂的一个时期,许多读物相继停刊了! 爱好文艺者的精神食粮愈趋贫乏,经营出版事业者都改了行。我们也知道,在这时候从事于文化工作,实在是吃力不讨好的事,但我们愿意做人家不愿做的傻子,我们要尽我们的力量打破这出版界的沉寂空气,为上海文坛保留元气的一脉,我们相信,我们的努力是会获得同情的报偿的。

现在,我们的《十日刊》创刊号,和这一期的本刊同时出版了! 这是本刊的姊妹刊,希望读者们能够以爱护本刊的热忱,兼为《十日刊》作一个有力的培植者。

检阅这一期的内容,读者们一定会感到一重意外的喜悦:孙了红先生的侠盗鲁平第三案《血纸人》,在千呼万唤之下,毕竟和读者们相见了! 这是一篇读者们渴望已久的作品,自然,在孙先生也是聚精会神而写的。因为全文过于冗长,只得分为上下篇,现在先发表前半部,虽然又要累读者们盼望些时候,但让大家对于这一个诡奇的故事先运用一点智力揣测一下,应该也是一件有兴味的事。

可以推荐的佳作当然还不止此,魏谋先生的作品大概读者们已有相当认识,本期魏先生又写了一篇《二千万财产的继承人》,不但命题新颖,就是文字的结构,一个留学生经过辽远的航程踏上新大陆,对于景物的描写的真切,也有如在目前之概。此外,吕伯攸先生的《孟母六迁》与周錬霞女士的《螺川小品》之一《露宿》,是两篇不同型的应时文章,都是值得一读的。

图 87 《万象》1942 年第 1 卷
第 11 期(五月号)封面

由于欧美的航运已断,对于译稿的取材,此后只能不分畛域,本期有无锡陶中全先生迻译的《空中轰炸与鱼雷攻击》一文,在太平洋战事方酣的现在,这是一篇足资参阅的时代性作品。

要生存于现环境之下,对于简易的小工艺制造方法,是应该知道一点的,本刊预备介绍一点此类的作品,欢迎读者们惠赐。

我们的原定计划是:每期提前于上月的二十五日出版,让读者们先睹为快。但现在是不可能了! 实在为了印数过多,时间不许我们实践诺言。不过,我们还是尽可能的赶,即使不能提早,至少也要办到如期出版这一点。如果在递送方面略有迟误的话,还得请读者们分外原谅。

下期,我们预备出一个《印度特辑》,先此预告。

三十一年四月十二日于万象书屋

《万象》1942 年第 1 卷第 11 期

编辑室(第十二期)

韶光的消逝有如一支羽箭,离弦后不知隐没在何处。一年了!这悠长的岁月已匆匆别我们而去,所遗下的就是这一卷《万象》。我们知道怎样保持已获得的荣誉,自第二卷起,我们决定继续努力,届时,本刊当以一种新的姿态和读者们相见,第一是封面,我们将有所改革。

许多读者来信赞美孙了红先生的作品,探询了红先生的著作有没有单行本。关于这一点,正是我要代了红先生发牢骚的。了红先生实在是一个了不起的天才作家——也是中国唯一的反侦探小说作家,他的个性和英国的侦探小说家依茄·华雷斯(Eager Wallace)(《万象》十日刊所载《黑衣人》长篇,即其作品)有些相像:不修边幅,金钱到手辄尽,爱过飘泊的生活;他结过婚,但是没有妻子,却又有一个名义上的儿子。了红先生就是这样奇特的人,也就由于他的奇特,在他的笔下便产生了一个神秘莫测的小说人物——侠盗鲁平。了红先生先后曾为本刊写过三篇鲁平奇案:《鬼手》《窃齿记》和现在的《血纸人》。了红先生的作品有一个特异之点,就是在鲁平诸案中,鲁平始终是不出面的人物,这在侦探小说中是一种创格。了红先生不但思想敏捷,而且在他的作品中,充满着一种冷峭的讽刺的力。了红先生的作品,曾在报纸上发表过的还有《蛇誓》《三十三号屋》《画室之谜》数种,已拟有腹稿而尚未动笔的,有《伦敦大火之夜》《一〇二》《蜂》《匹诺丘的奇遇》等,他理想中还想写一部陈查礼回国探案《灯影残棋》。可是了红先生身弱多病,正不知何日始能执笔。至于单行本,却一种也没有。关于此点,如果能力所及的话,我想为了红先生尽一点力。

澳大利亚方面的形势已渐趋紧张,本刊曾在四月号发表过一篇《澳大利亚的水中动物》,本期又请沈鸿渊先生译了一篇《牧羊之国——澳大利亚的富源》,是对于澳洲大陆的描写。此外《印度特辑》承余爱渌先生帮了不少忙,他为我们搜集了许多材料,分请他的同学迻译,余先生自己也译了一篇《战时印度》,这是甚可感谢的。陶冶先生已离

图88 《万象》1942年第2卷
第12期(六月号)封面

沪,《女同事》是他的临别纪念之作。文宗山先生的《新上海经》是一幅讽刺的浮世绘。吕伯攸先生的《鸡》、张克勤女士的《廉颇生胃病》,都是本期中的精彩作品。小工艺制造法本期起已开始刊载,希望读者们源源惠稿。

本刊第一卷将发行汇刊本,自创刊号起至本期止,共计十二册,外赠锦盒一只,以便读者们保存。大约一星期后,就可以开始发售。

时会多艰,本刊的维持实在煞费苦心,本刊能够生存一日,就愿意获得读者们一日的合作。

《万象》1942年第1卷第12期

编辑室(第十三期)

一阵惊涛过去,一阵骇浪又来,呈现在我们眼前的似乎永远只

有动乱,而没有宁静的时候。最叫人透不过气来的是印刷费的再三增加,才自五月份起涨了百分之一百二十,转眼之间,铅印业公会的所谓《标准价目表》,又像哀的美敦书似的送了来:自六月一日起,再增加百分之五十,此外纸价亦由二百五十元涨到四百元以上(一令),这对于本刊,实在是一种严重的威胁。现在我们只有出版一期算一期,如果一旦因无法支持而夭折,就只有请读者们原谅了!

遵循多数读者的意见,暂时决定仍保持原有的篇幅,同时并减少长篇。徐卓呆先生的《李阿毛外传》已于上期结束,冯蘅先生忽然不知去向,这一期的《大学皇后》只得由我代笔而作为告一段落。此后我们决定多选载一点有价值的短篇,读者花了巨大的代价购阅本刊,本刊当然也不能使读者的金钱掷诸虚牝。

这一期,短篇小说的数量已视前增多:文宗山先生的《喜剧与悲剧》,是和二月号的《镀金小姐》同样以话剧后台为背景的,对于人物个性的刻画是文先生作品的特长;杨琇珍小姐的《蓝色的多瑙河》曾为许多读者所怀念,本期杨小姐又为我们写了一篇《圣保罗教堂的晨钟》,依然是一篇富于情感的作品;吴克勤女士过去帮了我们不少忙,这一期寄了一篇《科学夫人》来,对于篇中的一对新婚夫妇写得很诙谐;《动乱的一角》的作者汤雪华女士,就是《散花寺》中的仲秀(已故)的妹妹,现居吴兴,此文就是胡山源先生转来的;孙了红先生的《血纸人》本期已结束,为了鉴于读者的期望的殷切,了红先生已在继续撰写侠盗鲁平奇案之四《一〇二》,鲁平在这一个故事中演出了一幕桃色的悲剧,作风与《血纸人》又自不同,但结构的谨严与情节的诡异则一,一俟脱稿,即当在本刊发表。

一年来我除了《编辑室谈话》以外,没有写过一篇文字,原因很简单,我是想把这一块园地公诸大众。但在最近的几个月中,有许多读者写信来,问我为什么不写一点小说,这一种盛意是可感的。因此,这一期我抽暇修改了一篇未发表的旧作《风雨中的行列》,以后要是匀得出工夫,我也许可以写一点新的作品,无论小说和笔记。

译稿中,《象》《地中海的十字路——马耳他岛》《袖珍无线电与传影机》《橡皮与战争》诸篇,都很有价值。下期有《战时美国的军需工业》一文,附铜图数幅,可以窥知美国近年来备战情形的一斑,请读者注意。

第二卷起,封面已经改了一种式样,这似乎比较澹雅一点,但仍用四色套印。在可能范围内,我们还是不惜工本的。

"学生文艺"的来稿甚多,但多数是以回忆与别离为题材,我们当然不能一再重复的刊载。本期的《佛与上帝》是一篇立意很深刻的作品,希望应征者能以此为标准,注意于故事及意境的创造。

《万象》1942 年第 2 卷第 1 期

编辑室(第十四期)

创业是艰巨的工作,而保守既成的基业也是相当困难的事,过去已有许多刊物仅剩下了历史上的名字,现在我们的十日刊也遭遇了同一命运:为了撙节物力,十日刊决定自本月起停止发行。这在我们当然是一件十分抱憾的,不过以后我们就可以致全力于月刊,不至于为了十日刊而分散精神,这一点,也许是可以取谅于读者的吧?!

上期我写了一篇《风雨中的行列》，我承认是失败的，因为故事的结束落了一般小说的窠臼。这一期又写了一篇《一个"兜得转"的人》，由于最近读了茅盾先生的《烟云集》，所以写作的方法很受一点茅盾先生的影响，不过有许多地方，总觉得"传达"的力量还不够。这里，我愿意接受读者们不客气的批评。

要在短短的数千字之中成就一篇完美的小说，确非易事。每天检阅投进编辑室的来稿，其中短篇小说虽占多数，但大都犯了故事松懈和不能自圆其说的两种缺点，因此修改起来也很费力。我虽然不敢侈谈短篇小说的作法（因为我自己也写不好），不过很希望写作者能够注意下列最浅近的四点：一，确立故事的骨干；二，避免不必要的冗长描写；三，抓取情绪；四，使一切人物动作、环境、对白合理化。这样，就不难产生比较完美的作品。关于此点，编者愿与作者共勉之。

本期有两篇很有趣味的译稿，一是《吃人者的故乡——苏门答腊》，二是《尼罗河流域航行记》。前者附有图画，后者则在附图之外，并特辟摄影专页，这可说是本刊的唯一特色。（上期预告的《战时美国的军需工业》一稿，因故不能发表，附此声明。）

曾文强女士的《蔷薇之恋》，有许多造句很新颖，足以为初学写作者取法。魏谋先生的《投机家列传》，也是本期中一篇划时代的精彩作品。

孙了红先生的《侠盗鲁平奇案》之四《三十三号屋》，是根据旧作而加以彻底的修改的，情节的诡奇更在《血纸人》之上，现在先刊载上篇。原来列为鲁平第四案的《一〇二》，因故事结构煞费经营，而了红先生的病体又没有复原，所以一时未能脱稿，只得改为第五

案,待《三十三号屋》刊毕后再衔
接披露了。

夏霞女士是话剧舞台上很
有成就的一员,她不但戏演得
好,而且富于创作天才,《寡妇
院》是她的最近剧作,虽然是一
个悲剧,但写得十分诙谐。不
久,此剧即将在金都大戏院上
演,本刊获得它的发表权,是非
常荣幸的。下期要目,有黎璎先
生的《色盲症的患者》、陶冶先生

**图89 《万象》1942年第2卷
第2期(八月号)封面**

的《感情的播弄》、邢禾丽女士的《睡莲》、张心鹃先生迻译的《新几
内亚的轮廓画》诸篇,先此预告。

在车中,路上,时常遇见先生们或是小姐们,手里捏了一册《万
象》,有的甚至将包书纸将封面包了起来,这一种爱护之忱,不能不
使我深深的感动。这里,让我向亲爱的先生们小姐们致最诚挚的
谢意;同时,我也愿意告诉你们,《万象》的编辑人是随时随地会站
在你们的身旁的。

《万象》1942年第2卷第2期

编辑室(第十五期)

一年以来,最使本刊杌陧不安的是印刷费的不断递增。现在
经我们以最大的努力,与印刷公司折冲的结果,已签订了一年合
同,在合同有效期内,订明印刷费不再增加;同时我们又设法定购

了一年的白报纸,本刊售价从此可以稳定。过去为了读者负担的一再加重,使我们深感不安,现在差堪告慰于读者了。

关于内容,本期起实行图文并重,如《新几内亚的轮廓画》《准人类的动物——猩猩》《马的黄金时代》《两性之吻》诸篇,均附有摄影;《义姑姊片言退齐兵》及《卧看牵牛织女星》则有插图;张莲君、沈丽维二女士合译的《狄安娜·窦萍的生平》,更特辟图画之页。一种刊物的编制与取材,不应该是拘泥的、定型的,以后我们当从vary方面致力。

文宗山先生近来正为话剧运动而努力,但百忙中仍为本刊写了篇《山野的怒火》,这是文先生的一篇力作;施济美女士的《小三的惆怅》写得很诙谐,看了怕谁都忍不住要笑的;吴绮缘先生是红学专家,《二十世纪红楼梦》可视是他研究"红学"的心得表现;邢禾丽女士的《睡莲》向读者提供了一个婚姻上的问题,很值得研究,论文字也十分优美;陶冶先生离沪后,仍不忘本刊,从数百里外寄了一篇《感情的播弄》来,爱护本刊的热忱是甚可感谢的。

夏霞女士的《寡妇院》剧本,本期已刊至第二幕。此剧原定在金都大戏院上演,结果因合同签订未成而搁浅,不久也许将改在其他戏院作处女演出。

下期,有陆以正先生的《吴梅村与卞玉京》一文,很有文学上的价值;译稿有《水族中的王者——鲸鱼》《欧洲的泽国——荷兰》《疟蚊的发见者》《世界橡皮志》等篇,都是很有趣味的。

十日刊的停刊赢得许多读者的悼惜,但为了月刊的维持已使我们煞费苦心,无论人力与物力,在这一个时候似乎都有珍惜的必要,所以决定不再复刊了。

本刊预备发起一个"通俗文学运动",先从讨论入手,现已征得丁谛先生的《通俗文学的定义》、胡山源先生的《通俗文学的教育性》、危月燕[①]先生的《从大众语说到通俗文学》诸篇,此外尚在征集中,一俟就绪,即当出一专号,以为倡导。除特约执笔之外,同时我们也欢迎读者参加。

图 90　《万象》1942 年第 2 卷第 3 期(九月号)封面

"学生文艺选"的园地的开辟,原拟给予爱好文艺的学生们一个习作的机会,不料我们的热望却招致了意外的恶果——抄袭!这不幸的情形已先后发生两次,这种不道德行为,不但亵渎了本刊的篇幅,同时在抄袭者也无异壅塞了自己的进取心,以一个求学时代的青年而如此不自爱,实在大可痛心。本期起,"学生文艺选"拟暂时取消。以后除非有学校及师长盖章"保送",证明其确为创作;否则这一栏不预备恢复了。

三一年八月一四日大雨之夜

《万象》1942 年第 2 卷第 3 期

编辑室(第十六期)

根据数月来对于读者来函的分析,使我们知道多数人阅读本刊,并不是单纯以消遣为目的,而完全是基于一种求知欲。因此之

---

① 周楞伽笔名。

故,也就格外使我们感觉到所负使命的重大,此后本刊当更侧重于史地及科学常识的介绍;同时,我们并拟推动一种"通俗文学运动",藉以引起更普遍的大众的文学爱好,原拟待至十一月号出《通俗文学运动专号》,现因特约执笔的几位,都很早就缴了卷,所以也就提早于本期发表,而分上下两次刊毕。我们预备由理论以至实践,希望热心的作家和读者们来共同努力这一个运动。

图91 "通俗文学运动",《万象》
1942年第2卷第4期

荷兰曾一度有开辟第二战场的传说,现在虽未实现,但它在国际间的地位之重要是由此可知,本期有徐余先生迻译的《欧洲的泽国——荷兰》一文,附以摄影数帧,读者可以从这里窥见荷兰的一般情形。橡皮是战时军需工业中的重要原料,因此我们特地请杨曼先生译了一篇《世界橡皮志》,所有橡皮的史料可说已集其大成。另有余爱渌先生所译的《水族中的王者——鲸鱼》一文,本期因稿挤,只得改于下期刊出。

这一期的短篇小说,女作家的作品似乎特别多,如俞昭明的《小茉莉》、曾文强的《长春树》、叶玫珍的《第一次的悲哀》、吴仪芬的《助学金》,各有其独特的风格。编者对于选稿,向来一秉至公,如果有良好的作品,不分作者性别,是决不会任其埋没的。

吴梅村是明末清初的一位大诗人,本期陆以正先生的《吴梅村与卞玉京》一文,将吴祭酒与玉京道人的恋爱关系作一综合叙述,是一篇很有价值的考证文字。曹达均先生肄业于震旦大学,课余发明了一种小玩意,叫作"星期计算仪",本期有曹先生所写一稿,将这一个新发明公开贡献给读者,文中有附图四幅,读者可以仿制。

孙了红先生的《三十三号屋》本期业已结束,下期起决定继续刊载《侠盗鲁平奇案》之五《一〇二》,此案的开始是描写一个小剧场的后台情形,由此而展开了一件情杀案,并牵涉及八打半岛的战事,情节极波谲云幻之致,是了红先生在暑期中完成的又一力作,定能获得读者们的一致赞赏。(附志:孙了红先生因患咯血症,已由鄙人送之入广慈医院疗治,除第一个月医药费由鄙人负担外,以后苦无所出,甚望爱好了红先生作品的读者们能酌量捐助,则以后了红先生或犹能继续写作。)

予且先生的长篇创作《金凤影》已于上期刊毕,本期开始登载予且先生的新著《乳娘曲》,全文不若《金凤影》冗长,而故事则不仅曲折有致,抑且富于戏剧性,请读者诸君注意。

由于太爱好接受读者的意见,使本刊的取材有渐趋驳杂不纯之势,关于这一点,深觉有加以调整的必要,此后我们预备取消一部分不必要的材料(例如小工艺之类,坊间尽多专籍,拟不再采用),而多刊载一些学术方面的文字,这样也许比较有益于读者。

三一年九月一五日上弦月之夜

《万象》1942年第2卷第4期

编辑室(第十七期)

最近接连看到了几篇批评文字,一篇发表于华文《每日新闻》,

一篇发表于《中国青年》,此外则是发现于几种报纸的副刊上,他们同样以一概抹煞的态度,将"鸳鸯蝴蝶派刊物"的头衔,重重地压在我们《万象》的头上。我是一个向来喜欢接受人家批评的人,因此之故,我便特地将年余以来的《万象》检阅了一下,"究竟是不是鸳鸯蝴蝶派的刊物呢?"我自己这样的问着自己。说也惭愧,我这里要套用一句成语,叫做"吾生也晚"。从我开始操觚的时候起,就根本没有能够赶上鸳鸯蝴蝶派的那一个时代,所以我对于所谓鸳鸯蝴蝶派实在是很隔膜的。不过就我所知,鸳鸯蝴蝶派这一个名称,是从"卅六鸳鸯同命鸟,一双蝴蝶可怜虫"这两句诗而产生的,这两句诗代表了那一个时期所盛行的长短篇小说,而这一类的小说则在我们《万象》上似乎不大容易找得到。然而那些傲岸的批评家们,却分明在以"鸳鸯蝴蝶派的刊物"视本刊,这不能不使我惊异呀!我不信时下的批评家们,都是戴着灰色眼镜的,他们将《万象》列入鸳鸯蝴蝶派的刊物之内,一定有他们的理由。我想:大概是我的名字取得不好吧?谁叫我的名字之内有一个"蝶"字呢?以"蝶"为名的人所编的刊物就是"鸳鸯蝴蝶派"的刊物,我想,这应该是唯一的理由,唯一的罪状了!写到这里,我真禁不住好笑起来。

不管人家怎样残酷而鄙夷地侮蔑我们,我们还是不变我们的既定方针,还是继续努力的干。这一期,已经将"通俗文学运动"的讨论文字刊毕,之后我们将由理论而至实践,从事于"通俗小说专号"的筹备。同时,关于学术方面的文字也将更注重,本期有叶德均先生自泰县寄来的《民间故事的前人记述》、徐文滢先生的《关于三宝太监下西洋记》两文,都很有价值。科学与医学方面的作品,则有《腺的神秘》《叶绿素治病的发明》《人的诞生》《新式猛烈炸药的分析》诸篇。至少限度,这些总不是鸳鸯蝴蝶派的作品吧!

《侠盗鲁平奇案》的作者孙了红先生,因患咯血症而入广慈医院疗治,这一个消息自经上期本刊透露后,接得了许多读者的来信,或致慰问之词,或助医药之费。影迷服务社主持人杜鳖先生,且愿举行一次电影明星照片义卖,以助了红先生(见本期广告),这一种诚挚的热情,充分地显示了人类最伟大的同情心,真足以使人感动。了红先生是个素性耿介的人,对于捐款的办法本不赞同,经我再三劝说,请他以病体为重之后,才勉强答应进医院。现在可以告慰于读者的,就是医治经过甚为良好,不过因为体质孱弱,病根甚深,非长时期疗养不可,所以对于热心的读者们的物质帮助,我们也只得既感谢而又腼腆地代为收下,兹将捐款诸君台衔列后,以资征信(以后当陆续公布)。

> 一个不知世事的孩子十元、周其镛先生一百元、徐忠浩先生十元、沈之尧先生二十元、陆诚良先生三元、沈太太五十元、柳蔚荪先生二元、吴天昊先生五元、杨名时先生二十元、沈爱梅女士十元、李太太二十元。

《万象》1942 年第 2 卷第 5 期

附:通俗文学运动

一

《万象》自出版到现在,虽然还只有短短的一年余历史,但拥有的读者不仅遍及于知识阶级层,同时在街头的贩夫走卒们手里,也常常可以发见《万象》的踪迹,这可以证明《万象》在目下,已经成为大众化的读物。"大众是需要教育的!"我们每一念及,就不禁凛然感觉到肩上所负文化使命的重大。

现在是个动乱的大时代,战云笼罩着整个世界,烽火燃遍了地球的每个角落,在这样的非常时期中,我们还能栖息在这比较安全的上海,在文艺的园地里培植一些小花草,以点缀安慰急遽慌乱的人生,不能不说是莫大的幸运。

记得战前鲁迅和徐懋庸两先生都曾说过,战争期中中国文艺将要趋于衰落,至少也将显出一种"间歇"状态。这话不能说是没有理由,战时生活的困难,物质的拮据,刊物的减少,都不利于文艺的产生,年余以来,我们就曾经历过纸张印刷费用漫无止境的飞涨的难关。

我们实在不能不佩服鲁、徐两位先生的科学的预见。

然而更伟大的一位预言家却是曹聚仁先生,他说战争期中中国文艺的衰落是必然的,但到那时或者会有一种新的东西——"新的文艺之花"代之而起,这"新的文艺之花"将和过去的纯文艺或带政治宣传作用的文艺不同,它是综合新旧文艺,兼采新旧文艺之长,而为一般大众所喜爱的。曹先生在说这话的当时,当然没有预料到几年以后会有《万象》的产生,然而事实却给他完全说中了。我们虽然不敢说《万象》是一朵"新的文艺之花",但营销的普遍是事实,为"一般大众所喜爱"似乎也无可否认。

有人说《万象》是有闲阶级的消遣读物,甚至批评《万象》是迎合低级趣味的读物,这实在是莫大的冤诬。《万象》的读者因任何阶层都有,我们为了力求一般化起见,有些作品诚然难免较为低级，但这在整个分量上所占的百分比是很少的，我们无时不在力求改进，无时不想向读者提供时代知识和灌输常识，即使因为格于环境，不能正面批判现实，但指摘不合理的社会现象，在所有作品中也是随在可见，而且成为唯一的主题。总之，我们不希望《万象》成为有闲阶级华丽的客厅中的点缀品，反之，倒宁愿它辗转于青年学子和贩夫走卒之手。

每次，在小商店伙计的手里，在男女学生的书夹里，看到《万象》，我们是如何的惶惧不安！同时，在《万象》信箱内接到青年读者的来函，向我们殷殷垂询，我们更是如何的感惭交并！我们相信，他们看《万象》，决没有半点消闲的意味，他们求知识的欲望是那么热烈，我们拿什么来满足他们呢？在目前，我们所能做到的，只有使本刊更加大众化，让一般大众都能看得懂，这，就是我们要倡导"通俗文学运动"的原因。

二

在目前，提倡通俗文学运动决不是没有意义的，它不但合乎时代的需要，而且是广大的读者群众的要求。

中国的文学，在过去本来只有一种，自古至今，一脉相传，不曾有过分歧。可是自从五四时代胡适之先生提倡新文学运动以后，中国文学遂有了新和旧的分别，新文学继承西洋各派的文艺思潮，旧文学则继承中国古代文学的传统。虽然新文学家也尽有许多在研究旧文学，填写旧诗词，旧文学家也有许多转变成新文学家的，但新旧文学双方壁垒的森严，却是无可否认的事实。尽管有人说"思想是有新旧的，文学是没有新旧的"，但他却不能不承认新旧文学壁垒的对立，而且这现象直到现在，也还没有消灭。

　　不过五四以后，新旧文学虽形成了对立的状态，却很少有人能对新旧文学的界线作明显的区分。一般人的见解，大致可分为三种：第一种是以写作的工具文言和白话来分新旧的，第二种是以个人和派别来分新旧的，第三种是以表现的形式来分新旧的。其实这三种分法都是皮相之谈，都不大正确。

　　先说第一种，以写作工具来分新旧的人说："用文言写的是旧文学，用白话写的是新文学。"但这样的分法马上就可以遇着难关，有许多善书、传教书和陈腐的小说，都是用白话文写成的，如果把这些东西都算做是新文学，那新文学岂不是太冤枉了吗？

　　再说第二种，以个人或派别来分新旧的人说："我们只要一说某人是鸳鸯蝴蝶派，就可以断定他是属于旧文学方面的了。"话固然不错，但新文学家中有些人，如林语堂先生、俞平伯先生等，他们已经厌倦了白话文学，厌倦了新体诗，有些在提倡语录体，提倡晚明小品，有些索性埋头在书斋里写旧诗词，他们的行径其实和旧文学家无别，而一般人依旧视他们为新文学家，可见这样的分法也还是不正确的。

　　再说第三种，以表现形式来分新旧的人说："用旧的形式表现出来的是旧文学，用新的形式表现出来的是新文学。因此，古、律、绝和长短句是旧诗词，白话诗、自由诗是新诗，章回体小说是旧小说，欧化体小说是新小说。"这种分法虽然比较容易辨别，但也不免是皮相之见。因为新文学发生的当初，固然是用崭新的形式和传统的旧文学分开壁垒，但新文学成立以后，谁也不能禁止别人来利用这种新的形式。在小说和戏剧方面，这种界线尤其不容易分别清楚。从林琴南先生起，中国小说已经接受了西洋的形式，他所翻译的小说还可说用的是文言,而包天笑先生和周瘦鹃先生却用白话翻译了许多西洋小说。由春柳社发端的文明戏运动,显然是直接间接受了日本新派剧和西洋近代剧的影响。所以如果单是用形式来分新旧,那标准是很难定的。

由此我们可以知道,照上面的三种说法来分新旧文学的界线,虽然一看似乎很明白,实际上却并不这样简单,因为新旧文学的不同,还有更本源的地方,这就是思想上的不同。

以思想不同来分别新旧文学,以前就曾有过,不过明确地加以规定,却还是近十年来的事。在新文学运动的当初,本来是以思想相号召的,但当时从事运动的人,对于自己的思想,不能下一个统一的正确的定义,什么"实用主义""平民文学""人生文学"等名称,虽是五花八门,而意义却没有严密而概括的规定。现在谁都知道,当时的新文学是资本主义社会的文学,反封建的文学,因而从传统下来的旧文学是封建社会的文学,封建的与反封建的对立,这是很明显的不能混淆的两个营垒。而且文学上的这种对立,是和政治的社会的现象相联系的,时代落伍的封建思想,我们尽可以从那些武侠小说神怪小说中间找到,这些作品的社会根据,非常明显。

我们觉得,旧文学和新文学,都各有它们的缺点,也各有它们的优点。从旧文学的缺点方面说,则那些古文和旧诗词,和现代大众的口语,乃至现代大众的日常生活,愈离愈远,它们本来很早就已成了士大夫阶级独有的玩艺,和一般民众根本不发生关系,现在更是除了饱学之士,很少有人能够了解的了。我们除了把它当作文学遗产加以珍重以外,实无再加提倡的必要。

不过我们也不能因此就抹煞旧文学的优点,现在流行民间,深入大众的几部旧小说,如《三国志》《水浒传》《红楼梦》等,它们也都属于旧文学的范围,但文笔的通俗,描写的生动,以及拥有读者数量的众多,却远非新文学作品所能及。可惜的是这些作品里面所代表的封建社会的意识,已经和现时代不适合了。如果能够把内容加以净化,将里面的封建意识,以及迷信、神怪、荒诞、淫秽的地方删除,则不论是在结构方面、描写方面、叙事方面,都有许多值得我们学习的地方。

再从新文学的缺点方面说,则那种佶屈聱牙的欧化体裁和倒装句法,实足使一般初和新文学作品接触的读者莫名其妙,而大多数作者的讲究词藻,注重描写,以及不能把新的思想意识用活生生的具体的形象表现出来,而生硬地把一些公式、术语、教条,堆砌在他们的作品里面,使他们的作品成为新文言,成为使人看不懂的天书,只能为极少数高深的知识阶级所欣赏,也未始不是造成新文学作品和大众隔离的一因。但我们也不能因此便抹煞新文学的优点,新文学作品不但在思想意识方面高出于旧文学一筹,而且新文学作家中有几位第一流作家的作品,如鲁迅先生的《呐喊》《彷徨》,茅盾先生的《幻灭》《动摇》《追求》,巴金先生的激流三部曲《家》《春》《秋》,都写得很通俗,所拥有的读者数量也是极广大的,这些都是值得我们珍视的文苑里的奇葩。

面临着当前这样的大时代,眼看着一般大众急切地要求着知识的供给,急切地要求着文学作品来安慰和鼓舞他们被日常忙迫的工作弄成了疲倦而枯燥的生活,但因知识所限,使他们不能接受那些陈义高深的古文和旧诗词,也不能接受那些体裁欧化词藻典丽的新文学作品,因此我们要起来倡导通俗文学运动,因为通俗文学兼有新旧文学的优点,而又具备明白晓畅的特质,不但为人人所看得懂,而且足以沟通新旧文学双方的壁垒。

三

在提倡通俗文学的时候,我们不要忘记了久已存在于中国民间的俗文学。俗文学的起源很早,如果我们说现在流传下来的章回体白话小说是渊源于宋代平话话本,则俗文学在唐代早已有了。斯坦因博士在敦煌发见的俗文学,就有许多唐代的宝卷、唱本,那形式正与现代佞佛老太婆所唱的宝卷无异,因为唐代原也是一个崇佛的时代,可见俗文学已经由来很久了。至于民间歌曲的起源,恐怕还要早于俗文学,刘勰的《文心雕龙》中就已经将歌与诗并论;其实严格地说来,《诗》三百篇几乎都是古代民间歌曲;我们所常常听到的山歌,也都是早已存在直到后来才经文人笔录下来的。这些流行于民间的俗文学,虽然为士大夫阶级所不齿,但它却是民众自己的文学,具有为老百姓所热烈喜爱的中国气派和中国作风。同时,流行于民间的各种地方戏,如京剧、越剧、河南坠子、蹦蹦戏、滦州戏、粤剧,乃至申曲、苏滩等,这些通俗戏剧,也都属于俗文学的范围,不过山歌、宝卷、唱本等只注重唱,戏剧则唱做并重而已。

通俗文学和俗文学应该是一对很密切的姊妹花,俗文学必须藉着通俗文学作者的记录传布,才能使它流行的范围不致局限于一地,通俗文学作者也必须以俗文学为基础,学习老百姓所热烈喜爱的中国气派和中国作风,才能深入民众层,紧紧抓住民众的心弦。

要使旧文学一变而为新文学也许是不可能的事,但在旧文学影响之下的俗文学,却有经通俗文学的媒介,而递嬗演变为新文学的成分的可能,至少可以很快地变成新文学的友人,这在歌曲和戏剧方面已经有了这样的朕兆,我们只要看过去《大路歌》《毕业歌》等几支雄壮的歌曲兴起后,在很短的时期内便把《毛毛雨》《桃花江》《妹妹我爱你》等靡靡之音扫荡净尽就可以知道。所以如果有人站在正确的立场,来写作弹词、开篇、大鼓、滩簧等的作品,则这种旧形式的俗文学也很可以变做崭新的东西。

提倡通俗文学的目的是要使人人都容易懂得,所以旧形式的利用应该是一件很重要的事,因为大众都习惯了旧形式,而不熟习新形式,固然,要是有人能创造通俗文学的崭新形式而又能为大众所接受,这当然是求之不得的事,无如事实上决不容易办到,所以仍旧不能不先从利用旧形式入手。有人反对通俗文学利用旧形式,说旧形式不适宜于装进新的内容,这其实是一种纸上空谈,我们不要忘记,形式是可以随着内容进化的,就是我们现在所习用的西洋传来的新形式,又何尝不是由旧形式蜕化下来的呢?

通俗文学的范围是相当广泛的,举凡看、说、唱、做,都可以包括在内,但这里我却想把注重做工和唱工的通俗戏剧暂时搁置不谈,因为通俗戏剧虽也属于通俗文学的范围,但它正也和话剧一样,可以独立于文学以外自成一个戏剧部门,所以现在只说看、说、唱这三方面的通俗文学。

在看的一方面的通俗文学,包罗最广,因为凡是可以说可以唱的东西,无不可以看。但这里我却不想把范围扯得过宽,所有说和唱的东西概不列入,这样,剩下来的以看为主的通俗文学就只有两种:一是通俗小说,二是连环图画。

其实现在流行于大众手里的章回体长篇通俗小说，最初也还是重说而不重看。前面我不是说过，它是渊源于宋代平话话本的吗？什么叫做话本呢？原来当宋室盛时，民间娱乐的事情很多，其中有一种"说话"的，大约也像现在的说书一样，这种说话，也有底本，就叫"话本"。据吴自牧在《梦粱录》上所说，当时的说话，本有小说、谈经、讲史书、合生等四种家数，但话本留传下来的，却只有讲史书和小说两种，前者可以《新编五代史平话》为代表，后者可以《京本通俗小说》为代表，这两种话本，对于后来的影响很大，继起者非常之多，《三国演义》《水浒传》等类的长篇小说，便是继《新编五代平话》之后而起的，《警世通言》《醒世恒言》《拍案惊奇》等类的短篇小说，则是继京本通俗小说之后而起的。不论长篇和短篇，形式上大抵都是用回目，不过长篇的回目都是用对偶体，短篇的回目则是单独的，但也不完全单独，大抵每两回合成一对偶。又因体裁仿自说话，所以每回的开头，都沿用"话说"两字。

在最初，长短篇小说是同样流行的，后来大约因为大众不喜欢那些起迄很短的故事，于是短篇小说便渐渐衰落了下去，而让《聊斋志异》一类谈狐说鬼的笔记小说起而替代了它，只有长篇章回小说始终继起不衰，直到现在还有人在写，不过内容和形式方面都已有了显著的变迁，从内容方面说，则讲史书话本体裁的演义小说已不大受读者的欢迎，《金瓶梅》和《红楼梦》的出现，使读者的趣味转移到社会生活和家庭琐屑上去，以后一脉相传，从李伯元、吴趼人一直到李涵秋、张恨水，无不以描写社会的小说称雄一时。从形式方面说，则现在的几个写长篇章回小说的人，虽还都蹈袭着章回的体裁，但已多半不用对偶体回目，在每回的开头，也不再用"话说"

二字,结尾也不再用"欲知后事如何,且听下回分解",不过中间还多半不分出段落来,不免是一大缺点。但照这样发展下去,渐渐有和西洋体裁长篇小说合流的可能。至于出自旧文学家之手的短篇小说,则早都采取了新形式,和新文学家的作品分不出什么不同来了。

今后创作新的通俗小说当然是非常需要的,形式方面业已逐渐蜕化而有统一的趋势已如上述,内容方面,则在目前这样的大时代里,可采取的现实的题材非常之多,就是历史上,也有不少史实可供我们采来写做新的通俗小说。不过在描写方面,有几点必须注意:第一,不要写得噜哩噜苏,而要率直,明白晓畅;第二,不要从事抽象的公式的叙述,而要写得活泼生动,使人读之不忍释手,这就要采用活生生的形象化的描写;第三,必须绝对排除封建腐化、神怪迷信、色情等类毒素,而灌输合于时代思潮的进步的思想意识。

至于连环图画,流行的时间并不怎样悠久,不过是最近一二十年来的事,但它深入大众的程度,和它的潜势力的雄厚,却较通俗的旧小说还要超过。因为看旧小说毕竟还要识字较多才能看得懂,看连环图画则只须略识之无就可以,甚至就是一字不识的人,单看图画也不难看懂。我们只要看街头巷尾围绕着小书摊看连环图画的孩子的众多,就可以知道它是如何的普及,影响又是如何的广大了。这一种形式倘能善自运用,也可以成为教育民众的利器;如果不善运用,则一变而为毒害民众的武器,过去不是已有许多孩子因看连环图画入迷而结伴出走到峨嵋山去求师访道的事情发生过了吗?有心人于此谁能不抱隐忧?鲁迅先生很早以前就主张改革连环图画,可惜有志未逮;后来儿童书局和世界书局等虽曾出过几部新的连环图画,但也打不进大众中间去,因为连环图画有它自己的发行网,不打通这一道难关,就无法和大众接近。现在神怪武侠和封建意识的连环图画仍旧充满在小书摊上,毒害大众的头脑,消极的取缔不是我们的力量所能办到,但积极的创作新的连环图画来代替,却是我们所应该负起来的使命。至于创作的方法,除了聘请有新的思想意识的人才,采选题材,编写故事的轮廓和图画的说明文字以外,还当聘请良好的画师精工绘制图画,这样才能雅俗共赏,而又有益于民众教育。

在说的一方面的通俗文学,只有说书一种,说书的起源很早,小说也还是它的后身,柳敬亭很早便以善说书得名,当时还有人作诗赞他,即所谓"斜阳古道赵家庄,负鼓盲翁正作场。身后是非谁管得,满村听说蔡中郎"者是也。现在的说书,可分为说大书和说小书两种,大书是说《三国演义》《水浒传》,等于以前的讲史;小书是说《珍珠塔》《落金扇》之类,种类很多,但都不脱"私订终身后花园,落难公子中状元"的窠臼,要改革它很不容易,因为它有长时期的封建社会的根据,而它的听众又以有闲阶级和闺阁中人居多,虽然茶楼上和游戏场中下层民众爱听的也不在少数,但要改革它就必须先改革说的底本,这就不是桩容易的工作。以前虽曾有人创作过演讲小说,不过篇幅既短,题材方面也不见得能为大众所接受,作为一时的宣传还可以,要作永久的说书中心决计办不到。这一方面的工作,有待于大家的努力,同时也有待于社会的进化。

至于唱的一方面的通俗文学,可以分为三种:第一种是流行于乡村和城市间的山歌情歌,第二种是流行于都市间的新式歌曲,第三种则是流行于大众中间以陶情作乐为主的,如宝卷、七字唱、弹词、开篇、大鼓词、苏滩、申曲等。

这三种东西虽都以唱为主体,但内容和形式方面却大有区别:

第一种完全出自天籁,不用音乐伴奏,同时也是大众最熟习的形式,利用这种形式,装进新的内容,很容易为大众所接受。过去就曾有许多新的作家利用《四季相思》《五更调》等旧形式来写新的题材意识的作品,收过很大的效果,今后我们不妨来继续他们的工作。

第二种则和音乐电影舞蹈都有关系,题材不外乎雄壮和颓废两种,随时代环境而左右,过去曾有一时期雄壮的歌曲把颓废的歌曲逐出歌坛,但现在却又充满了靡靡之音了!为了环境关系,暂时还谈不到如何改革。

第三种又可分自唱和听人唱两类,自唱是山歌、宝卷、七字唱本、弹词、鼓词等等,这一类东西也都以书的形式出现,在大众中间流行范围之广也正不亚于旧小说,尤其是七字唱本,如《秦雪梅吊孝》《瓦车篷产子》之类,因为定价较低,过去在大众中间极为流行,甚至连不识字的人也有买了来叫人家唱给他听的。

至于听人唱的东西则是申曲、苏滩、大鼓词、弹词、开篇等等,这一类东西虽也有底本,但只流传于唱的人手里,它们都拥有极广大的听众,尤其是无线电播音流行以后,地位更凌驾说书而上之。这些旧形式都是可以利用的,赵景深先生以前就曾写过不少新的大鼓词,今后我们希望能有更多的人来从事这方面的工作。

四

上面所说,都是属于通俗文学的形式方面,现在要进一步的讨论到通俗文学的内容方面了。这里有两个很重要的问题，第一是意识问题，第二是题材和表现问题。其中意识问题更为重要，它简直可说是通俗文学的灵魂，作者的意识如果不合乎时代思潮，或者充满了时代落伍的封建意识，则他的文章纵使写得很通俗，对于读者也还是无益有害。旧文学作家的作品之被人诟病，意识落后也是一因。不过现在还有许多人不明白"意识"二字作何解释，这里不能不先说明一下。

什么是意识呢？通常所说的意识，并不是心理学上的术语，而只是意译为"意识形态"，"观念形态"，音译为"意德沃罗基"（Ideology）的一种东西的略语，所以意识不是一种理论，也不是一种思想，乃是某一阶级由认识到行动的精神作用的整个体系，更具体点说，这里所谓意识，不仅包括理智方面，而且包括感情方面，不是抽象地存在着，而是要具体地表现出来的。

有人说，提倡通俗文学，为的是要使人人都看得懂，所以在意识方面，应该放低一点，至少应在通俗文学的作品中，给意识搀一点水。这话是不是对的呢？原则地说，这是不可能的。因为不论是平民意识或是士大夫意识，都是整个的具体的东西，要把它放低一点，或者给它搀一点水，实在无从着手。即使退一步说，承认这事情是可能的，那么，所谓"放低一点"，就等于放弃一切，所谓"搀一点水"，就等于脱胎换骨，结果只是将原来的意识放弃而已。

我以为要求把通俗文学的意识放低一点，或者搀一点水，实在是起源于知识阶级的一种夸大的幻想。知识阶级，因为理智作用的发达，容易接受别种阶级的意识，往往会自己误认对于这些意识比别种阶级还要深入，因而便发生一种夸大的幻想，以为在意识方面自己应居于优越的地位。其实幻想总归是幻想，逢到盘根错节的时候，知识阶级中间常常会发现放弃已获得的意识的落伍分子。即使是意志坚强的知识分子，如果生活没有改变过，所获得的意识也终不免有些隔靴搔痒。所谓知识分子的动摇，基本原因就在这里，因为意识不是理智作用所能完全把握无遗的，主要的还是生活。

不过在表现意识的方面，知识阶级中的某些部分，如文学家、思想家等，是有特别的能力的。这就是增加了他们的夸大的幻想，以为一般大众对于正确的意识还不能理解，自己应该把这意识放低一点，或者给这意识搀一点水，才能够使这些人们理解，这当然是一种错误了。

这种错误在文艺大众化上面，可以引起两种危险：

第一，对于意识的固执和深入实在是知识阶级的一种错觉，若再放低或搀水，作者势必用自己固有的小资产阶级的意识去代替正确的意识。

第二，从来的通俗文学作品，如旧小说之类，对于大众的毒害就在意识方面，从来的通俗文学作者把和大众的利益相反的意识很巧妙的强使大众接受，这是很不自然的。其实大众对于自身所应有的意识，只要一经点破，就可以豁然贯通，如果我们主张对意识要放低，要搀水，只是杜绝大众接受自己应有的意识道路，而帮助他们向旧的意识去继续投降，这样的通俗文学作品，对于大众不仅无益，而且反是有害的。

其实就是正确的意识，也应该深入浅出，用通俗的文笔，在具体的形象中表现出来。所以题材和表现的重要性，并不下于意识。

大众要求的是具体的事象和说明，抽象的说教是他们所不能理解的。所以通俗文学作者选择题材时，必须在大众的生活中寻找具体的事物，通俗文学作者的表现手法，不妨利用旧形式，或袭用已有的形式，即使要用新形式，也须简单明白，只要能够这样努力，文艺的通俗化、大众化总有成功的一天。

五

我们倡导通俗文学的目的，是想把新旧双方森严的壁垒打通，使新的思想和正确的意识可以藉通俗文学而介绍给一般大众读者。因为面临着目前这样的大时代，眼见得一般大众求知识的欲望是如此热烈，实在不容我们置之不问。不过我们的力量是有限的，不能不希望作家们的协助。语云"众擎易举，独木难支"，我们希望所有的作家，无分新旧，都能起而响应我们的通俗文学运动，共同致力于通俗文学的写作。

过去二十余年的新文学运动，虽然奠定了相当的基础，但直到目前还存在着一个严重的缺点，就是新文学作者不能使自己所写作的东西为大众所接受。现在不仅是失学的大众跟新文学无缘，就是受过相当教育的人，提起新文学也不免面有难色。论理这并不完全是新文学作者的责任，每一种新的文学，在初兴起的时候，总不免局限于少数专门的知识分子的范围以内；经过相当时间，作者的表现手腕也成熟了，读者的修养也提高了，然后新的作品自会流传到大众中间去。可是，在中国，这种任其自然的办法是不行的，尤其是在目前这样的大时代里，新文学应该尽速地和大众发生密切的关系，所以提倡通俗文学运动，实在已经是刻不容缓之图了。

不过所谓通俗文学，并不只是要求作者把作品写得通俗一些就算,还要作者更进一步的和大众在一起生活,向大众学习,学习大众的语言,接受大众的精神遗产,移入大众的感情、趣味,而艺术地表现在他们的作品里。

文学作者应该深入大众,和大众在一起生活,过去已经有不少人说过了。不过知识分子的"洁癖",往往使他们和大众有一重隔膜,怎样去打破这种隔膜,是每个作者应该注意的事。

至于学习大众的语言,虽说深入大众,自然会学得大众的语言,然而事情并不那么简单,因为语言是一切感情和理智的表现,大众的感情和理智是单纯的,知识分子的高深的修养,往往会妨害了这种学习。

此外,注意大众的趣味,利用大众的精神遗产,也是很重要的事。文学作者创作的时候,应该竭力克服自己的趣味而接近大众的趣味,能够活用这种大众的趣味是通俗文学的第一要诀。其次,中国的大多数的民众固然多半是没有受过教育的文盲,然而几千年来,口碑相传,自有他们自己的丰富的精神遗产,这就是我前面提过的俗文学,若能活用这种精神遗产,投合大众趣味,以大众的语言,表现大众的生活,这样的通俗文学,不仅在目前可以获得广大的读者,而且可以更进一步的奠定未来新的文艺的基础。

以上是对新文学作者而说,至于旧文学作者,我们更另有一种希望,旧文学作者的作品本来就较新文学作者的作品更为通俗,更容易为大众接受的,所遗憾的就是意识方面比较落后一点,思想不能迎合时代潮流,但这种缺点是很容易克服的,因为所谓正确的意识,原也浅近得很,并不是什么无字的天书,只要免除成见,略加研究,便不难豁然贯通了。

通俗文学是需要实践的,现在我们所从事的只是理论的探讨,因为一定要先建立理论的基础,然后才能进入实行的阶段,我们预备在不久的将来,再出一个"通俗小说专号",作为实践通俗文学制作的尝试,很希望热心的作家们,能够给我们以协助。

陈蝶衣

《万象》1942 年第 2 卷第 4 期

编辑室(第十八期)

近一时期,与本刊同一型的新刊物,突然有风起云涌之势,已出版的已有二三种,在筹备中的据说也为数不少,站在文化界的岗位上说,这是一种好现象。就刊物的本身而言,因此也有了新的比较,由比较而互相竞争,更可以促使内容的改进。夸张一点说,上海出版界的沉寂空气,是由本刊的问世而打破的,现在眼看着渐渐的趋向于蓬勃之途,我们实在觉得有无限的欣慰。但愿大家能站在同一的本位上,互相提携,互相策励,致力于文化园地的开拓。

本刊近数期来,最感缺乏的是比较具体性的作品。这一期有《蜜蜂的生活》与《闲话行星》两文,前者对于蜜蜂的种种有简赅的解释,后者则是一篇天文常识的叙述文字,这都是读者们的真正精神食粮。本刊所缺少而需要的,就是这一类的作品,希望读者们能随时为本刊搜集类乎此者的材料。

周鍊霞女士因为忙于调弄丹青,好久没有为本刊执笔,这一期破工夫写了一篇《秋猎》给我们,记她的故里——江西山乡的狩猎情形,别有一种不同的风趣。关于这一类以小说体裁来记叙的报告文学,不但编者欢迎,读者们一定也是特别爱好的。

现行教育制度的浮而不实，早为有识之士所诟病，尤其是上海，商业化的学店简直占据了学府的大部分，由于从事教育事业者大都抱着敷衍苟且的心理，于是"毕业即失业"便成了一般青年学子的普遍的呻吟。本期慕容婕女士的《无花的春天》一文，就是感觉到了学无所用的痛苦，而向现教育制度提出的一个抗议。很希望从

图 92 《当炉艳》插图，董天野绘，刊于《万象》1942 年第 2 卷第 6 期

事于教育事业的诸君子，在读了此文之后，更与上期本刊所发表的《一所新型的学校》一文相对照，而决定一个此后应抉择的新途径。

孙了红先生以咯血而入广慈医院疗治，经过了适当的调养，现在不但咯血已止，而且体重也增加了好几磅，这一点，是应该首先向关心了红先生的读者们报告的。本月中陆续接得许多慰问了红先生的信，我们已一一转交。此外又承读者们热诚地捐助医药费，其中有自汉口、常熟、南京、奉贤等处寄来的，盛情实属可感。有一位颜加保先生，除了捐助"利凡命"针药二盒、麦精鱼肝油二瓶之外，并亲赴医院慰问。而颜先生与了红先生，过去是素昧平生的，这一种古道热肠，同样的足以使人感戴。

兹将捐款人台衔列后：

俞鸿勳先生十元、游景麟先生十元、高颐寿先生十元、沈

庆林先生五元、徐承星先生五元、张师俊先生五元、冯俊庵先生五元、郑大凡先生五元、李松龄先生五元、周玉祥先生五元、张幼卿先生五元、方逸民先生十元、郎汝为先生十元、郎中清先生十元(以上郎汝为郎中清经募)、沈寄湘先生五十元、任思敏先生十元、郑青萍先生十元、程小青先生廿元、李隽文女士一百元、汉口梁慧玲女士一百五十元、陈增华先生(稿酬移助)一百五十元、黄英先生(稿酬移助)二十元、周其镛先生(第二次)一百元、颜加保先生利凡命二盒、麦精鱼肝油二瓶。

图93　捐助孙了红先生医药费征信录,刊于《万象》1943年第2卷第10期

《万象》1942年第2卷第6期

编辑室(第十九期)

合璧不停,岁时又易。每当此际,大家的心头似乎总会蕴孕着一种喜悦的、兴奋的情绪,这不外是由于时间的历史又展开了新的一页。瞻顾未来,不无新的感觉与新的期望。因此,在本刊和诸位读者行相见礼的时候,除了应该向诸位致祝颂之辞,愿诸位新岁纳福之外,同时,也想将今后本刊的编辑方针,约略向诸位

谈一下：

过去，本刊为了要符合《万象》的命名之故，在"性格"方面是比较复杂的；今后，我们预备去芜存菁，渐次向精编制的步骤做去。

第一，创作方面拟侧重于报告文学及研究性的理论文字的征集，同时散文亦拟每期刊载一二篇，而地方色彩的文艺小说，也将列为我们所需要的材料之一；第二，译作方面，真能增长知识而又比较具体性的，仍当尽量介绍，不必要的则淘汰。此外，我们本来预备对"通俗文学运动"的工作尽一点力，首先是出一个《通俗小说专号》，但截至现在，合乎"通俗"条件的短篇小说收到尚少，以致这一个计划不能在短时期内实现，实在是一件憾事。本刊无论在质与量方面，我们无日不在力谋改进中，但个人的精力有限，深望爱护本刊的读者们，能随时予我们以助力——这是我们要向读者提出的诚挚的呼吁。

北非的突尼斯，现在正笼罩在硝烟弹雨之中，成了协约军与轴心军的决战之地，关于突尼斯的情形，也许是读者们所愿知道的，因此我们特地请金叔琴先生译了一篇《烽火中的古国——突尼斯》，将这个"今战场"的全貌，介绍于读者之前。另外还有两篇关于风土方面的描写文字，一是严懋德先生的《泰国的风土人情》，一是刘其蕃先生迻译的《冬季的健身运动——滑雪》，读者在这两篇文字中，都可以获得一些知识上的补充。战后的法国正在"艰难缔造"之中，伊朗则最近曾发生政治上的暴动，对于这两个国家的统治者，我们应有相当的认识，本期有《法国的元首——贝当上将》和《手创伊朗的李查王》两文，是这两位国际人物的侧面剪影。

曹达均先生继《闲话行星》之后，又写了一篇《闲话月亮》，以后关于此类天文常识的文字，当与史地常识文字相间发表。

孙了红先生的《侠盗鲁平奇案》之五《一〇二》，原拟于本期刊毕，无如了红先生的病体，需要充分憩养，因此未能一气呵成的赶写完竣，只得展延一期，本期续刊两节，下期当可结束全文。

图94　卢世侯绘，《万象》1943年第2卷第7期封面

本月中续承读者诸君捐助了红先生医药费，仍列台衔于后：

黄梦梅先生二百元（又：大三炮台香烟一听，明前茶叶一罐，水果一筐。），

严明先生五元，陈黼卿先生十元，康六琛先生五元，王赞功先生五元。

（附注）上月捐款中，有汉口梁慧玲之二百元，系汉口十数位小学生所醵集，而以梁慧玲之名义汇来者，热忱殊可感佩，特此致谢。

《万象》1943年第2卷第7期

《万象》信箱

《万象》信箱简约

一、来函所提出之问题，愈简单愈好。

二、请勿横写。

三、函末注明通信地址,以便不在本栏发表时,可以直接答复。

凡为《万象》读者,如果有什么意见或问题,都可以在这里提出。若为定户,并请注明定单号码。

第一期

蝶衣先生:

我是贵刊的一个忠实读者,自第一期起即开始购阅,觉得贵刊内容的丰富,真能做到"包罗万象"四字。关于科学与医学方面的文字,我也十分爱读。

不过我尚有一点愚见,拟向先生陈述如下:

(一)恋爱故事的小说宜减少;(二)增刊一二篇有趣味的海内外游记,给未曾身历其境的读者以当卧游;(三)铜图插页颇足以增加读者兴趣,贵刊自第一期起至第五期皆有铜图专页,第六期中忽不见,以后最好能恢复。

以上三点,希望能够办到,则贵刊更尽善尽美矣。专此即颂

编安。

冯野邨谨上

十一月三十日

野邨先生:

承示三点,兹奉覆如下:

(一) 鄙人与先生正有同感,所以在上期的《编辑室谈话》中,曾提出了一点意见,希望读者多写一点不同型的人物事态,带一点地方风土性的作品见赐。公式化的恋爱小说,我们本来是竭力避

免的。

（二）已致函余新恩博士，请他担任撰述欧游印象一类的文字。

（三）这实在是纸价昂贵的关系，本刊初创时，铜版纸每令仅售一百八十余元，现在已涨到七百元以上。铜版以前每方寸是五角，现在也涨到了一元五角，如果用一页插图，成本就要增加一千元（双页需二千元左右），使我们真有不胜负担之苦。不过纸价如能稍稍回跌，自然还是要设法恢复的。

——编者

蝶衣先生大鉴：

鄙人爱读一切杂志，尤爱贵刊，试阅二期后，即订阅全年，执有定单第一一九三号。乃本期十二月号出版，察阅之下，知《宋氏三姊妹》及《美人掌》二长篇，因欲使读者早窥全豹起见，已另出单行本，而优待本刊读者，得享对折之权利，在贵刊方面言，诚为兼筹并顾之计，无如吾辈措大，欲窥全豹，势非另费二元五角不可，不窥既不愿，欲窥又不能，以是不得不为先生陈之。

迩来纸价飞涨，固尽人皆知，事前既无从估计，事后自不免亏折，另出单行本以期多捞若干，稍弥损失，亦情理中事。不过在月刊上，仍宜每期刊出，以饫不购单行本读者之眼福，否则每月发行单行本二种，二三月后，我辈将无一长篇小说可读矣。即请

文安。

程馥森顿首
十一月廿七日

馥森先生：

给你这样一说，倒使我们为难了。因为本刊出版后，曾接获许

多读者来信,说长篇小说太多,隔一个月看一次,亦嫌沉闷,要求我们多刊一点短篇的作品。我是一个乐于接受人家意见的人,因此几经考虑,决定将《宋氏三姊妹》和《美人掌》抽去,先出单行本,附带的原因是:

(一)《宋氏三姊妹》是译稿,怕有其他书局赶先出版,将失去此稿价值,因亟亟发行单行本。

(二)因同时有《希腊棺材》《美人掌》两篇侦探小说,故抽去一种。就为了不愿使读者损失,所以特别优待,凭券只收对折。

兹可为先生告者:

(一)《宋氏三姊妹》用硬面精装,单是硬面,代价即需三角,再加铜图六面,实际成本即在一元以上,先生所言"多捞一点",未免厚诬我们。

(二)两长篇虽抽去,但篇幅并不缩减,且已加入丁谛先生之一长篇,于先生并无所损。

(三)现有诸长篇当赓续刊载至终篇,关于"二三月后将无一长篇小说可读"一点,请不必过虑。

——编者

蝶衣先生赐鉴:

鄙人为贵刊读者之一,对贵刊包罗万象,编纂精审,良深钦佩。窃象棋一艺,爱者泛众,意味深长,如贵刊能特辟一栏,必为读者所欢迎。鄙人为爱护贵刊之故,拟义务逐期供稿,如蒙赞同,当恳周瘦鹃、程小青、胡山源诸先生介绍,俾获识荆也。此请时绥。

薛维翰谨上

十一月二十五日

蝶衣先生：

　　偶观尊编《万象》，颇能引人入胜，惟鄙意若以包罗万象而言，似应辟一棋海栏，以供爱好棋枰者之揣摩。若嫌锌版过昂，可购活动象棋铅字一副，价约二十五元，可用数年，亦不可谓耗费也。如蒙同意，当为贵刊担任集稿，还希示覆为荷。

　　即请文安。

许弼德手上
十一月二十七日

　　先后承薛维翰许弼德两先生来函，不约而同的要我们添辟象棋一栏，足征盛情。薛先生且附来《对局选粹》一则，尤可感谢。象棋本来是国粹游戏之一，足以启发人们的思虑，值得提倡的。不过是否能获得读者的普遍欢迎，尚属疑问。现在先在这里征求读者们的意见，然后再决定。

——编者

来函简答

马云先生：

　　承来函举发，甚感。编者未能遍阅各刊物，以致有此疏误，诚为憾事。以后当屏其人之稿弗用。对于足下爱护敝刊之热忱，并致谢意。

——编者

涵谷先生：

　　《学生文艺》继续欢迎投稿，并未取消，惟来稿请勿过于冗长。

——编者

《万象》1942 年第 1 卷第 7 期

第二期

蝶衣先生：

我是一个求知欲甚强的青年，自贵刊出版后，我按期购阅，因此增加了许多的知识，使我获益匪浅。

现在，我想请先生指示我两点：一、我想多读一点有益的和有用的书，请介绍若干种；二、我也想学习创作，不知如何着手，请先生指导。

我知道先生是乐于为青年人解决困难的，这冒昧的要求，希望先生能够答复我。敬祝

文安。

沈安谷谨上

安谷先生：

可读的书很多，不知你性之相近的是哪一种？政治经济学的、科学的、文学的、哲学的，或是社会科学方面的？你没有定一个范畴，实在不容易答复。不过你的目的如果只在求知与写作，那么李公朴先生编的《读书与写作》一书（读书出版社出版，中国图书公司或有售）可以一读，它对于你所提出的两个问题，都能够指导你的。

一个初踏上社会的青年，对于社会科学的初步认识是应该有的，你可以翻阅各大书局的目录，选购一二种

图95 《读书与写作》，李公朴编，重庆读书生活出版社1939年1月刊行

关于社会科学的书研究研究。如果买不到,那么我有一册《社会科学的初步研究》(此书已绝版),可以借给你阅读。

——编者

蝶衣先生:

(上略)

现在言归正传,"正传"就是对于贵刊的批评和意见(我知道现在办刊物是非常之难的,所以我存了三分"这只能是这样"的心,并且最重要的,一不是谩骂,二不是瞎恭维,只是每个刊物都需要的几句忠实读者的由衷之言罢了)。

一、在上海几个刊物中,为什么总是将几个知名之士的文章发表于每一期上,难道不知名之士不会写好文章吗?难道他们不将自己的作品送到主编者的眼底下吗?我想一定不是的,或许几个知名之士和主编者有个"来往儿"吧?当然,知名之士有他们知名的原因的,但是有几个为何不写些更高明的文章呢?对于《万象》,直至最近第七期,方觉得满意。

二、我觉得很奇怪,一个人的能力是很小的,非但对于宇宙间的一切,不能完全知道,就在他日常的环境里,也有许多疑问。《万象》创刊后的《问题讨论》一栏设得非常之好,可是啊!它竟同小说家毕倚虹一样的短命(我想如果安一个比方,语气可以加重些,你说对吗?)只有了二期它就没有了。问题没有了吗?世间的问题都没有了吗?这似乎是不可能的事吧!

三、第七期第十九页下栏末数行有"The Matseilleise"一句,我想作者用这字的时候不很留心,因为《马赛进行曲》是一支法国大革命时的名曲,它的法文名字是 *La Matseilleise*,这根本是一首法国歌的名称,为什么在引用法国歌的时候却给了他一个英文名称呢(The 是英文前词,La 是法文前词)？这不太不合逻辑了吗？

四、我觉得《万象》对于剧本的登载似乎太少,在价值上说,剧本决不逊于小说,好的剧本一定能给予读者比好小说更佳的印象。

五、你可觉得吗?《万象》没有一篇长篇武侠小说呢!《万象》创刊前的广告上我曾见到有赵焕亭著的武侠长篇《红粉金戈》,可是创刊号中却连个武侠短篇也没有,赵焕亭的武侠小说是出名的,他文笔的独特的风格是我所念念不忘的,他所著的小说我全部看过,没一部不给我好印象,当我看到他在《万象》上将有新作时,我是非常的兴奋,可是《红粉金戈》始终没有发表,为什么呢?

以上是批评。

以下是意见:

一、对于象棋栏,我不赞成,我自信我象棋下得很好,因为我所认识而会下象棋的人没有一个能胜我的,但是我见到了《新》《申》各报上的象棋残局毫不感到兴趣,无论你将它着得出或着不出,请教又有什么进步呢?

二、现在的名剧作家很少,惟其是很少,所以剧本的产生也是寥寥无几,但是不出名而很优秀的剧作家一定不会缺乏的,希望《万象》能公开征剧本,剧本当然长的短的都好,并且请你注意,剧本不必尽在名剧作家头上打主意,因为他们的作品都是打算出专集的。

三、对于《问题讨论》,问题可以公开征求,由你选定之后,再请专家讨论。

四、武侠小说也请设法登载些,不过如尽是那些说"好人杀坏人,徒弟吃亏请师父下山报仇"的话的武侠小说,还是免登为妙。现在北方平津一带的武侠名作家如赵焕亭、徐春羽、白羽、还珠楼主等的作品,都是各有千秋的,尤其是白羽的武侠小说,其文笔之佳及情节之妙,可以使人至少多吃一碗饭。

(书后的声明:

一写完意见及批评,自己也看了一遍,觉得都是些由衷之言。但是为了个人的见识有限,说的话不能句句都在理上,《万象》的宗旨是包罗万象,这实在是一个很难的题目,但是说包罗万象,究竟应该容纳些什么东西呢? 这也是一个问题,你主编《万象》当然希望人家向你说些话,以上就算我对你嚼的舌头,听不听都随你的便。)

——《万象》定单第十六号李仁
圣诞夜

李仁先生:

综足下所述,分别答复如下:

一、我对于选稿的态度,自问相当公开,除了长篇小说,因成名作家的写作技巧纯熟,可以信托,非请成名作家执笔不可之外,其他的作品尽量录取外稿,但看本刊每期的目录中,多数都是陌生名字,就可知编者并不是个偶像主义者。但足下对于这一点,直到本刊第七期出版后才满意,却也可怪。

二、《问题讨论》所以废除的原因,是集稿的不易,往往书将付印,而所邀请参加讨论的专稿还没有缴卷,真可以叫你急个半死,所以只得取消。不过如果有什么重要问题的话,我们还是愿意提出来讨论的。

三、La 误用 The,这确是我的疏忽,原因是由于下走不谙法文,说来十分惭愧。所以将来我们也许要采取编辑委员制,庶几可以减少错误。

四、良好的剧本实在不容易征求,而且,多数读者对于剧本是否感觉到兴趣? 也是一个疑问。以后,除了独幕剧可以一期刊毕之外,多幕的冗长的剧本,我们不拟登载。

五、赵焕亭先生的武侠小说《红粉金戈》,最初本是预备刊载的,而且赵先生已经寄了三回来,后来经过郑重考虑之下,一般的意见都以为"要不得",编者也深觉在此时代,武侠小说的刊载,也许将使一部分程度浅薄的读者蒙受不良影响,因此决定不再发表。

六、象棋因读者的意见不一致,很难决定,现在我们拟了一个变通办法:一、不每期刊载;二、征求较有兴趣的棋局,以及关于研究性质的文字,偶一刊载。

最后,谢谢您对于我的关心。

——编者

蝶衣先生:

我是贵刊唯一的忠实读者,《万象》真是名副其实。现在,我有一个家庭间的问题,缠得使我发昏。我是一个十八岁的未婚男子,在去年腊月由津来此,现在某轮船上供职,寓居于家姊家中,姊夫是一个外表看去如有第三期痨病的瘦长的人,当初流落,由家父抚养成人,现在每日赌博跳舞,自甘堕落,家姊劝之再三,非但不听,且屡将家姊痛殴,家姊每欲自杀,我屡屡劝她,但未能稍杀家姊之悲。因此想恳求先生,代筹一万全之策。可怜我姊姊再下去,会死

亡的。又法律对此问题,有救济办法否?请示知。敬请

近安。

朱渐复谨上
一月三日

渐复先生:

一、好博嗜舞,不过是一时的沉湎,不是不可救药的。令尊当初对于令姊丈,既有抚育之恩,可由令尊善言规劝他,或者能使他觉悟。

二、法律无救济办法,盖对于个人之游荡行动,虽为亲属,亦无法假法律之力以惩戒之也。除非诉请离异,但以来函所述情状而论,当然无此必要。我的意见,以为令姊丈的习于游荡,令姊也要负一点责任,一个贤淑的妻子,是应该知道怎样诱导她的丈夫向正轨上走,以建立幸福的家庭的。徒事争吵尤其不是好办法。

——编者

蝶衣先生:

贵刊所创办的《学生文艺》,须高中以上的学生才有参加的资格,这样将使初中以下的学生无法获得竞争的机会,能不能宽放限制,准许初中学生也参加投稿呢?希望先生能在《万象信箱》中赐复。

敬祝前程万里。

无锡南阳里五号龚尧清敬问

尧清先生:

初中以下的学生,还在研究学习的时期,正需要广求知识,不宜率尔以作品问世。而高中以上的学生,则已经学有根柢,知识

阅历也比较广博,不妨于课余之暇,从事写作。所以本社的"学生文艺征文",有国内各大学及高中学生始得参加的规定。在我们拟订章程之时,对于资格一点,也曾经过郑重的考虑,才如此决定的。

——编者

蝶衣先生:

顷读《万象》一月号,第四十七页《记忆中的新年》篇,中有"事后无锡人痛定思痛,便把城墙完全拆除了"一段,查无锡之城墙拆除问题,虽曾经县政当局建议,结果卒为绅商所阻,故并未拆除也,谅系作者苗君一时之误,特此奉告,并颂新禧。

赵龙伯顿首

一月三日

龙伯先生:

这的确是作者的错误,但我也有失察之咎,这里就根据先生的指示,作一更正。

——编者

来函简答

端木青先生:

关于"潮""汐"之别,我们也曾研究过。丁谛先生本来拟有"长江的夜潮"与"长江的秋汐"两个名称,经审核之下,以"夜潮"较为通俗,才决定用现在的名称。譬如我们早餐喝粥,说起来总是"吃早饭",这是可以变通的。"夜潮"两字,无论如何,总不能说它不通呀!

——编者

小读者：

增辟《小学生文艺选》的建议，恕我们不能接受，请参阅覆龚尧清先生一函。

——编者

方开颜先生：

广告是养命之源，如果一无广告，叫本刊如何维持呢？不过我们的接收广告，也相当严格的（我们曾拒绝过许多不正当的广告），而且自本期起，广告的地位已经减少了一部分了。

——编者

《万象》1942年第1卷第8期

第三期

蝶衣先生：

我不用来说上许多关于《万象》的赞美话，因为从销数的一方面也足够表示了。这里附带可以报告的，就是在苏州方面的销路也非常好，迟一步就要等候第二次第三次寄到后才能买得着，这个我想先生听了一定很高兴的，因为可以知道苏州的青年们还没有完全沉醉在灯红酒绿中。

先生，我是一个二十岁才过的女孩子，我是困苦地挣扎在新与旧的两重生活中，可是，由于我的懦怯，我失败了！我什么都没有抓牢，只是沉溺在深深的苦痛中，等着一页必然的结果的到来。我恐惧，我想再利用我的信仰来激动起一次争斗，不过，几年来的阴影没有一刻离开我的眼前，我不敢了，我怕所获得的不过是人们对我的轻蔑、讥笑。我感觉到人言的可畏，而且这会使我和父亲隔膜了,我不愿意,因为我是爱我的父亲的。但是牢笼中的生活,没有生气,没有同情,没有鼓励,使我实在不能再忍耐了!我是室闷得快要晕倒了。

先生,你能够给我一点指示吗?我应该怎样呢?

我还要告诉你,我的母亲很固执,我虽然是一个女孩子,可是我深信靠着自己做人的理论,可是母亲总反对,以致使我一个仅有的机会也失去了(那是一个同学介绍我到杭州她们的纱花厂里),她的理由是二三十元的薪水也救补不了什么,路又那样远(其实不远),我的感情重,所以终于屈服。不过在我的心上,因此留下了不能磨灭的苦痛。一方面,我又是遭受着"读了书有什么用"的难堪的嘲讽,虽然我所受的教育由于父亲商业上的失败而只读了一个最起码的初中,不过我的好胜心很强,这就不能免了旁人对我种种的攻击。

先生,世界上最痛苦的人是生活不能独立,我很明白的。可是像我这样一个只有一知半解的女孩子,是不是会找到工作呢?一个适当而有意义的工作,报酬能使我帮助一点父亲的负重。生活的不安定是多么可怕的事呵!因为先生是一个具有正义感的人,所以我敢将这些不敢向别人说的话说了出来,请先生给一个彷徨歧途的羔羊一点指示。

纸完了,不能再写,盼先生不要使我失望。敬祝

撰安。

韦玉敬上

一月廿四日

韦玉女士:

你不要怨怼你的家庭,也许你父母的不愿你远离膝下,正是为

了爱护你。

社会是诡谲的,可怕的,尤其是涉世未深的青年女子,一旦踏上社会,也许会遭受到许多你理想中所不会有的痛苦。你看过胡蝶主演的《女权》影片吗?你看过本刊上的《胭脂泪》中所描写的邵慧珠吗?

脱离家庭自谋生活,不一定能够解除你现在的痛苦,而况你所说的杭州的纱花厂,现在是否照常的开设着?怕也是一个疑问。不过我并不是说一个青年女子不应该谋生活的独立,你有一颗向上的心,你的勇气是值得钦佩的。我现在所可以对你说的唯一的话,就是你如果要找职业,一定要知所抉择,事先得探听明白,的确是可靠的,然后再去。

——编者

来函简答

毕元椿先生:

"贸易契类"为邮政名称,包括贸易上之契约及著作文件等,可照印刷品之办法开口寄递,其邮费只须纳信件之半,即本埠为四分,外埠为八分。

——编者

《万象》1942年第1卷第9期

第四期

蝶衣先生:

我是贵刊在南京的一个忠实读者,现在我有一个问题请先生赐教。我是一个命苦的青年,事变以前,我在江都初中一年级读书，假使没有战争，我家庭经济力量还能够允许我继续求学，战争一起，我的家完全毁灭了！不但使我不能再进学校读书，而且生活都成问题，不得已只有托亲友谋一个职业。但是初中一年级的资格，知识这样的浅薄，哪里找得到待遇优厚的位置呢？还算侥幸，在大前年的春天，得亲戚介绍到南京来，在一个小商店里当了一个小职员，空闲时我时常翻阅书报，尤其喜欢文艺，很想尝试投稿，不过读书太少，修养太浅，没有这个勇气。现在我有一个亲友的父亲在故都办报，他很有意提拔我，我也不想一直在商店内当一名小职员，能调换一个比较高的位置，自然最好。不过到那里去，总得要能写文章才有出路，否则还是依旧当一名小职员，那就没有意思了。所以我写这封信给先生，希望你指示我写作的方法，或者介绍我几册有关写作的书籍，使我可以学习。我的程度很浅，介绍的书籍以较浅近的为宜。端此

敬祝万象更新。

张幼才敬上

二，十一。

幼才先生：

阅读是写作的初步，而加入新闻界担任工作则是锻炼写作的最好机会，因为你可以就地获得许多的经验和训练。至于研究写作的书籍，这里可以介绍两种给你：

（一）李白英编《作文描写辞源》，其中分描写文作法、季节描写、天象描写、地象描写、园林花草动物描写、都会城镇乡村屋宇描写、人物描写、群众及战争描写，女性美描写、男子表情动作描写、心理及感觉描写等部。中央书店出版，定价四元五角，七折实收。

（二）李公朴编《读书与写作》，中国图书公司有售。

图96　《作文描写辞源》，李白英著，
上海中央书店1935年刊行

——编者

编者先生：

　　今天是国父诞辰，我校放假一日，偶然走到了北新书店（贵刊的总经售处），看到贵杂志，使我爱不忍释，足足站了两点多钟。一问定价，每本要七元，未免太昂贵了，然而为了精美的内容所吸引，终于掏腰包忍痛买了三期及二期的两本。回校细看，定价不过一元，便很想定阅一份，但不知蓉沪间能否寄递？每本邮费在内，需价若干？创刊号尚有余数否？盼即示覆。

　　敬祝前程万里。

　　　　　　　　　　　　　　　成都宁夏街树德中学陈仲文上

仲文先生：

　　敝刊在贵处，售至七元一册，是邮费昂贵的关系。由沪至蓉，只有信件可通,书籍和杂志,邮局是拒绝收寄的,所以我们的《万象》,也只能照信件寄递,大概每册需邮费三四元,加上定价,至少亦需六元,定阅与否。请酌夺。

——编者

来函简答

南京陈企光先生:

(一) 民刑法专籍大概各书局均有出售,可就近向金门书局(在朱雀路)询问。

(二) 一心书局出版的《知识十讲》(郭文彬著),可以一读。

——编者

文伟先生:

孙了红先生病体未痊,所以《血纸人》一文,至今还没有脱稿。

——编者

张志刚先生:

请参阅覆陈企光君函。

——编者

冯学庠先生:

《胭脂泪》尚未出版单行本,将在本刊陆续发表。

——编者

杜鹃先生:

印长篇小说一部,三千册,版本如本刊大小,所需之代价大略如下:

白报纸三百元;排工一千一百六十元;印刷费二十七元;纸型一百二十元;浇工三十元;封面,计纸五百元、制版费四十八元、印刷费一百元;装订费一百二十元,共需洋二千四百〇五元。

——编者

一九二九号定户:

（一）上海艺术剧团有声乐组,可以加入。

（二）请参阅覆陈企光君函。

——编者

史文涛先生:

虽然你的来信对于我们冤诬太甚,但我还是愿意虚心下气的答复你:

（一）关于售价,你曾否和其他的刊物比较过呢? 我们这样的一本《万象》,在战前至少可以卖四角,是不是? 可是现在的纸价,却要比战前高上四十倍,排印工高十倍,铜锌版费高二十五倍,然而我们的《万象》,却不能依照比例卖人家十元八元。这是实际的情形,要请你明了。

（二）未成名作家的作品,我们是尽量采用的。你看一看本刊每期的目录,毕竟有几个是你所熟悉的名字呢?

（三）电影小说本期起已恢复。

——编者

叶尚伦先生:

关于日光灯,我们早有介绍的文字,请阅十月号本刊丽维女士译《荧光灯》篇。

——编者

凌秋声先生:

可购阅立信会计专科学校编纂的《初级商业簿记》,商务印书馆出版。另有立信会计教科书中的《商业簿记》《会计学》两种,亦可一读,立信书局出版,地址河南路五三一弄一八号。

图 97 《初级商业簿记教科书》,陈文麟编,
长沙商务印书馆 1938 年 2 月刊行

——编者

《万象》1942 年第 1 卷第 10 期

第五期

蝶衣先生:

我这里率直的向你提出一个问题,我有一个女友,她是个虔诚的基督教徒,因此她也屡次劝我去听牧师讲道,又劝我相信主,但这对于我的旨趣不十分吻合,而我又不忍坚决的拒绝她的好意,我应该如何应付呢?希望先生指示。

祝先生康健。

林威

四,二。

林威先生：

根据科学的人生观，我们是无须信赖宗教的；不过宗教之所以能够留存于现社会，当然也有它的理由，现在你可以采取如下的办法：

（一）如果你有余暇的话，牧师的讲道，是不妨去听听的，他能够给你许多如何做人的启示。

（二）宗教是一种哲学，可以研究，但不宜迷信，如果真以为冥冥中有一个"主"在主宰着一切，那就和迷信神权无异了。这一点，你应该向你的朋友作剀切的开导。

——编者

编辑先生：

（上略）

我有一个意见，想贡献给贵刊，就是希望贵刊添辟一个"工艺制造"栏，贵刊的内容，确相当丰富，但切合实用的作品尚少（当然，有许多关于科学方面的译作是很有价值的），在目下生活程度日高的时期，正不知有多少的人想从事副业，增加生产，对于"工艺制造"一栏的添辟，我认为是最适应需要的。工艺制造的范围，例如文具、日用品、卫生饮料等的原料配合法及制造法，凡是爱护贵刊的读者具有工艺经验的，一定愿意贡其所知于大众，材料是不会缺乏的，诚能如此，不但可以增长读者的知识，又可以救济一般失业者，使他们学习得生产的技能，这实在是有益于社会的。

因爱护贵刊心切，所以提出了这一个意见，希望贵刊能够接纳。

李治平

三，一〇。

于无锡赤岸

治平先生：

您的意见很对，我们本来也预备添辟此栏，以为小工业生产的倡导。本期编辑室谈话中，已提出此点，希望读者们踊跃赐稿。

——编者

蝶衣先生：

我是一个《万象》的忠实读者，这里我有一点小小的意见贡献给先生：

《万象》可以说是一切都合乎理想的刊物，无论它的取材、编排、印刷都很完美，尤其是长篇小说，很能引人入深。可是因为分期刊登的缘故，使读者感到缺乏连贯性而扫兴，虽然这是一个不能避免的普遍缺陷。但以先生的毅力看来，很可以改革一下。

最近我看到美国出版的杂志中（文艺性的杂志），他们多每期刊一部一次刊完的长篇小说，就是所谓 Book Length Novel，这些小说中包括爱情、侦探、战争、武侠、冒险等等各种不同的体裁。这样每个月调换着，以适应胃口不同的读者。就《万象》的作者阵容看来，很可以仿效一下，开一下中国文艺杂志的先例。不过这种小说并不是洋洋数十万言的巨著，而是字数十万至二十万光景的长篇小说，这样在量的方面可以减少一些，质的方面可以尽量的加多。

以我个人的意见，在小说方面每期可以刊载一篇一次登完的长篇、三篇至五篇的长篇连载、短篇若干篇，这样对于读长篇小说的扫兴事可以减少，同时因为在无形中每个月免费送给读者一部精彩的小说，一定很能受到读者的欢迎的。

以上是一点我个人的意见，请先生考虑一下。敬祝

近安。

七三五号定户上

七三五号定户：

您所提出的是一个宝贵的意见，不过在事实上很难办到，因为本刊每期的总字数，不过二三十万字，如果每期一次刊完一篇十万至二十万字的小说，那全部的篇幅都要交给它了。事实上，《金凤影》与《长江的夜潮》两长篇，全文亦仅二十万字。以后，我们预备每期刊载一篇二三万字的中篇小说，例如本期的《血纸人》，较冗长的就分两期刊毕，这样似乎比较好一点。

——编者

蝶衣先生：

顷读三月号《万象》，见《学生文艺选》中戴维铸所作之《雨》一篇，查系抄自《高中作文精华》第四册第二一三页薛福华所作之《梅雨》，除将"维新路"改为"慧生路"，"张老伯"改为"李老伯"，"张小乙"改为"钱小乙"外，其余均系抄袭。兹特向先生举发，请予以惩诫，以儆效尤为荷。敬祝

近安。

冯志芹上

按：抄袭是一种不道德的行为，不但亵渎了本刊的篇幅，同时也侮辱了自己的人格。以后希望各人能自己尊重自己，不要再有同样的情形发生。

——编者

来函简答

梁愫先生：

（一）凡为定户,向中央书店购买书籍,都可以享七折优待的权利。

（二）全年定户暂时不收,因纸价动荡不定,难以计算也。

（三）过去曾为《小说月报》撰数稿,现因辑务较忙,无暇执笔了。

——编者

梅开源先生：

"仙逝"两字,并没有专限于女子应用之说,这恐怕是您的错误了!

——编者

征求

兹征求《新华画报》第一年,一、二、七、八、九、十、十一、十二;第二年,二、九、十、十一、十二;第三年,三、四、五、六、七、八、九、十、十一、十二;第四年,二、七、八、十、十一、十二;第五年,一、二、八、十二各期,愿割爱者请开明所需之最低代价,致函天津路二一二弄九号大赉厂孙纫山接洽。

《万象》1942 年第 1 卷第 11 期

第六期

蝶衣先生：

从《万象》问世以后,我就是它的忠诚的信徒。我有一个不能自决的问题,想请先生为我解决一下。

以前一个极好的同学 V 君,他与我的感情也相当好的,后来他为我介绍他的表妹 S 小姐。自从我认识了 S 小姐以后，我们好像是一见生情，因为我们都爱好音乐，于是志同道合，经过一年多的接触，我们的友谊是极端的增长着。她有着讨人欢喜的面孔，又有着好学的精神，她给我的印象是太深了。可是最近二月来，突然从她的言语中，说到 V 君的感叹，我才知道 V 也深深爱着她。一个是极好的朋友，一个是精神的安慰者，是抛弃了朋友呢？还是成全他们吗？在我的脑中常常的互相辩论着，不知道何所适从。

先生！如果可能的话，请您赐与我一盏明灯，照耀着在黑暗中进行的船只吧！我是怎样的期待着您的指示。

敬祝您永远的愉快！

您的读者梁董上

梁董先生：

恋爱是一种冒险的事业，应该以勇敢来完成它，如果你认为达到恋爱的终点（目的）可以增进你的幸福，那么你应该勇往直前，置一切于不顾。但同时请你记取：成全他人是最足以安慰自己的事。

——编者

蝶衣先生：

（上略）

今晚之婚姻一事，更待先生大才解决之。晚为二十一岁未婚之男子，于十二岁远客异乡求学时，由双亲做主与一乡女订婚，迄今有九年之久。目下晚已成人，对该女丑陋容貌及身材矮小，大感不满，对于专制订婚尤不赞同，故誓与之脱离关系。但双亲远在他乡，故对于法律上脱离之手续，甚感困难。所幸晚有长姊与该女之次兄在沪，不知他们可否代表家长？更问对于法律上脱离之手续如何？望乞先生于下期信箱内详细示知，期待之至，并祝近安。

晚德宝谨上

四月十七日

德宝先生：

按照《民法》第四编第二章第九百七十三条规定："男未满十七岁，女未满十五岁者，不得订定婚约。"故自幼订定之婚约，纵得法定代理人之同意，亦得随时视为无效。解除此项婚约之手续，只须致一函与对方之本人或家长，或在报端刊载否认婚约之广告即可。惟娶妻应以"在德不在色"为原则，此点请慎重考虑。

——编者

蝶衣先生：

我觉得很奇怪，为什么《万象》的每一篇文字，编排得都是恰到好处呢？事先曾经将字数准确地计过的吗？为什么别的刊物不能如此办到？这一个疑念蕴蓄在我胸间已经好久，我觉得先生的编辑技术真像具有何种神通似的，能不能请你告诉我此中的诀窍？专颂

文安。

胡思顿首

胡思先生：

每一篇文字之能够编排得恰到好处，不过是一点剪裁的功夫罢了！每一个编辑者应该有此技巧，这是没有什么奇特的。至于计算字数，那我可以告诉你，我的工作是相当繁冗的，每一篇录取的文字，标题与作者的姓名我就要重复的写上六遍（发稿时在划样上写一遍，发稿簿上写一遍，回单上写一遍，编目录时写一遍，刊登

广告时写二遍),再要我计算每一篇文字的字数,实在没有这个余暇了,而且事实上也不需要如此。

——编者

来函简答

邵禹敬先生:

(一) 有王小逸编《书信作法》及李蝶庄著《写信实在易》两种,可任购一种,每册定价均为四元,七折实收,中央书店出版。后者对于亲属之称谓有详细解释,信皆为文言,信后附有浅释。

图 98 《书信作法》,王小逸著,上海中央书店 1935 年 2 月刊行

(二)《星录小楷》①易流于油滑,初学书法者不甚相宜。黄自元②的《九成宫》以及大东书局印行的《高书小楷》③,似较为适当。

——编者

---

① 童星录所书,二十年代作为小学生的习字范本。
② 黄自元(1837—1918),字敬舆,号澹叟,湖南安化县龙塘乡人,清末书法家、实业家。
③ 高云塍(1872—1941),上海蜜蜂画社成员,除了《高书小楷》之外,还出过《高书大楷》字帖。

郭茂生先生：

《科学画报》内容甚丰富，可以一读，中国图书杂志公司有售。关于青年修养书籍，有林荫编著之《修养艺术》一种，中央书店出版，每册三元五角，七折实收。算术指导书可索阅商务中华目录。

——编者

《万象》1942年第1卷第12期

第七期

蝶衣先生：

贵刊在苏州，我知道营销很广，而我则是在苏州的忠实读者之一。现在我有一个问题，觉得很羞涩，也觉得很难解决，想请先生指示一下。

我有三个男友，一个是我的同学，性情很温和，学问也很好，他并没有向我作显明的求爱表示，但是我知道他很爱我。一个是我的表哥，他是个直爽的人，待人很诚恳，和我从小就在一起的。还有一个是我的邻居，他的家境很好，现在已在某机关服务，最近曾托人向舍间提亲，家父家母都征求我的同意。我觉得三人各有所长，而又同时在追求我，我一时委决不下，因此想到了先生，希望先生能给我一个明确的指示，在《万象信箱》中答复，我是十分盼望的。此请

编安。

C.M.敬上

七，二〇。

C.M.女士：

恋人不妨有几个，丈夫却只好有一个。你的同学、表兄、邻居，

我都没有见过,当然不便代为抉择,你应该运用自己的慧眼去挑选。我不是月下老人,万一错系红丝,岂不误了你的终身?

——编者

蝶衣先生:

《万象》的内容,的确很丰富,不过我总觉得,文言的小说也应该偶然点缀一二篇,庶符包罗万象的原则。只要文字不过于艰深,人人能够索解,也未始不可以调剂调剂读者的眼光。这是鄙人的愚见,愿先生裁夺。即请

纂安。

马剑岳顿首

剑岳先生:

你的意见我们很愿意接受,本期有张秋虫先生的《疑谳记》一文,辞藻闳丽,叙事亦诡奇有致,也许是先生所爱读的吧?

——编者

蝶衣先生:

贵刊六月号所刊《〈醉翁谈录〉所录宋人话本考》一篇,其中第九十四节《粉合儿》第四行(即 145 页第一行)文字颠倒错乱,不能卒读,尚希查明更正为荷。端颂

撰祺。

(合肥)方尚明

六,一五。

尚明先生:

此系打纸型时不慎翻乱之故。原文应勘正如下:

叙一少年恋一粉店中少女,女感其情而与私合,不料少年乐极

暴死,乃涉讼,女临尸大恸,少年忽苏,遂得为夫妇。戏中则添一鞋为线索。

——编者

《万象》1942 年第 2 卷第 2 期

蝶衣先生:

我是贵刊的长期读者之一,现在我有几个幼稚的问题,请先生给我解答一下?因为我还年青,正需要学习与指导,所以我也就不顾什么羞愧了。

(一)电影剧本如何编法?是不是以每一幕情景作一段落?关于每一镜头的布景是不是也由编者加以说明和设计?剧本有长有短,怎么会恰到好处,而适合开演的时间?

(二)有没有关于指导编剧的书籍?此请

撰安。

一三七〇号定户杨知民敬上

八,一。

知民先生:

(一)电影剧本的编写手续分两部,先写一故事轮廓,然后依照轮廓顺序编写,其作法与话剧剧本无甚差异(可参阅本期的《寡妇院》剧本)。影片公司对于一个电影剧本的采取与否,照例是先审阅故事轮廓,然后定去取的,所以故事轮廓一定要写得曲折动人。至于摄制时,另需分幕剧本,这一项工作大都由影片公司编剧部担任,门外汉是办不来的。长短与时间,导演人自会支配,编剧人不必过问。

活的电影就是最好的教科书,你可以从银幕上去悉心揣摩。

——编者

蝶衣先生：

贵刊八月号有《甲脏腺的移植治疗》一文。按医学上名词，仅有"甲状腺"而无"甲脏腺"，不知是否有误？即颂

暑安。

望云谨上

望云先生：

《甲脏腺的移植治疗》一文之作者，肄业于震旦医学院，当时亦曾疑其笔误，举以相询，据云"状""脏"可通用。八月号出版后，徐卓呆先生即首先来电话，谓应作"状"。其后经询诸各医师，亦言当作"甲状腺"。今承指示，即此作一更正。

——编者

来函简答

江得胜先生：

如以"学以致用"言，自以商业簿记为最重要。惟英文既已有相当度，似亦不宜偏废，鄙意二者可同时攻习。至国文则勤于自修，亦能进步也。还请酌夺。

——编者

常熟谢云扶先生：

（一）中央书店出版各书，凡为《万象》读者，仍可享七折优待权利。

（二）"三言体"即指《警世通言》《醒世恒言》《喻世明言》之体裁而言，与《拍案惊奇》称为"三言一拍"。

——编者

举发抄袭

编者先生:

贵刊八月号《学生文艺选》,所录张吉云之《一个小车夫》一稿,查系抄袭巴金所著《旅途随笔》二二三页《一个车夫》,除将地名及姓名更换外,均为抄袭,此种行为,殊属卑劣,特予以揭发,请加以惩戒,以儆效尤为要。即请

文安。

一个忠实的读者上

《万象》1942年第2卷第3期

第八期

蝶衣先生:

我是《万象》忠实读者之一,常常在信箱栏内看到先生给人的解答与指示,非常钦佩。因此这里我也来麻烦先生了。

当您看了另一纸上的不像信也不像文的东西,我想我已不必再介绍我自己了,琐屑的话也不必尽说。总之,我处此家庭,苦痛极了!我想出外谋事,使经济上稍为宽裕,但又丢不下很小的孩子,家中又无别的大人代为照顾。而且,家庭的负担做父亲的也不能反不顾啊!而且,谋事又那末难,尤其是过了三十岁的女子!

这信,我本想直接去交给那个舞女——的确有这么一个人的。但舞女总不过是舞女,我又不愿把自己的信落在她们手里。后来想起了先生,能不能在《万象信箱》或那里给我披露一下呢?这样还可以给许多别的同样的人也见到了,我相信这相同的事一定很多的。素仰先生很热心帮助人的,务恳答应我的请求,有什么高

见,指教指教。

假如《万象》上不便答复或发表,那末这里附有回信的邮票,请先生寄回我,顺便赐教,谢谢。我的通信处是康悌路①三一八弄一五号转。

敬祝撰安

读者玉文谨上

附:

一封没有寄出的信

小姐:

听外子说,你是一个受有相当教育的,不平凡的舞女,因此我很想与你谈谈,虽然我们也见过几次。我得先告诉你,我写这信的动机。是为了救一个人,是为了不忍看一个有为的青年日趋没落,其间决不杂有丝毫醋意或妒忌的意见,请你明白。

他是一个有为的上进的青年,有聪明的头脑,活泼的精神,强健的体魄,然而现在已不同了!他是薪水阶级的人,数处兼职,还不够家中大小六七口的温饱。自然,你是知道一点他的家庭状况的,但总不知道我们的收入,还不够我们吃饭吧?可是,他还爱玩玩跳舞场,因此他也认识了你小姐。你的美貌,你的年青,你的有学问,使他不能不很欢喜你,常常想与你在一起玩儿。当然,这样使他更花了不少的钱,多举了许多的债。你决想不到这样吧?请别见笑,我们简直是入不敷出的!因此,他在外面的信用日渐低落。为了经济的拮据,精神也非常颓唐。为了睡眠的不足,身体更逐渐衰弱。眼看一个亲爱的人,向着灭亡的路走而不自觉,是何等

① 康悌路,今建国东路。

难过呢！我本来是不干涉他的娱乐的，我总觉得，夫妇间偶有不同的嗜好，是不必勉强的，只要在互相不欺骗，没有对不起别人的范围内，不妨自由一点。然而他，竟出此范围了。

回想我与他的过去，我们是向来骄傲于人之前的。我们的恋爱，不是一朝一夕成功的，其间有着许多可歌可泣的故事。在十年前，当我与他都还在大学里的时候，小姐我比你现在还要年青，还要美丽，而且还有比你更多的学识。然而，一个女人，自然是经不起时光的磨蚀的，尤其在这不容易过的日子里，而且，我向来是在外面服务的，帮助他支持一家的费用，内外兼顾，谁能说不是更辛苦呢！到今天，我已差不多逝去了我所有的青春，我所有的天真！但是我不懊丧，因为我已有了我可贵的过去，而且还留下了四个活泼的孩子，我必须努力过完我的整个的生命，为了那些无辜的孩子们。

当然，小姐，我并不是怪你不该认识了他，不过男人们是经不起女人几句好话，几次好脸看的。我非常荣幸，承蒙你看得起他，但你也许还没有知道他详细的情形，因为他的经济状况，他的家庭情形，还不能允许他常常的跟你们一起作乐。请原谅我的直率，也许有得罪你的地方，但假使你是真有一点爱他的话，我想你也不该让他为了你而家庭不睦，或甚至分散。为了你而为人所不信任，而事业上永无成就，或竟至失业，而流为游民吧！

我想你是不会见怪的，假如你也是一个普通的无知识的人，老实说，我也决不会跟你说这些话的。请你明白我的意思，以后能少再见他。要是能设法使他对你绝望，甚至怀恨，而自动的不再要见你，当然更好。小姐，以你的聪明，不难有法子的，要是你肯搭救他的话。要这样，感激你的就不止我一人而已了。再会吧！愿你永远快活！

玉文

玉文女士：

处于你现在的情形下，要以文字或言语来感动那位舞女，并不是根本的办法。因为即使你说服了她，你怎么能断定不会再有第二个或者第三、第四……个舞女把你的丈夫夺去呢？问题的症结在于你的丈夫。为了解救你个人的痛苦，为了你们家庭的幸福，更为了你们孩子的前途，你最好和你的丈夫坦白地谈谈。因为一则你们的结合有过一段可歌可泣的过程，再则你们已经有了四个孩子。也许在诚恳地直接谈判之下，你们的问题或许可以得到解决。至于说到出外谋生的事，最好先考虑一下自己的技能，再想想可能有的机会，而且更不能不顾虑到孩子的将来，贸然出走实在是不妥当的。至于家庭的负担，你的丈夫当然不能卸脱责任，这是法律明文规定的。

——编者

蝶衣先生：

恕我不说那些客套话，我是之大的学生，曾忆去年在学校的时候，我们有基督教式的团契组织，讨论各种切身的问题。我为了兴趣，亦曾经参加的，在那里使我发生了许多的疑点，有一次，我们讨论的题目是"理想的配偶与家庭"。在讨论之下，十之七八，尤其是女同学，都主张要有美丽的家庭与英俊华丽的对象，什么屋子法国式啦房间艺术化啦，Piano 不可缺少，室外草地不能不设备，星期日必须旅行一次等等此类的必需条件。还有女同学中都力主和男子一样往社会去服务，家中的一切，均由夫妇公毕一同负担。若有了孩子的话，当请保姆领养。"女子决不能为男子当佣仆的；也不能为子女受罪的"，大学可算是中国最高的学府了，出来的子弟也可算有高等的思想者，对于这样的人生观是否合理？望先生赐一些意见给我罢。此请

撰安

王辛生敬上

辛生先生：

中国有着数千年来的传统习惯与社会组织，这往往会牵掣着一个人的思想与行动，女子究竟应不应该踏上服务社会，抑或回到家庭去，这问题实在无从下断语，事实上还是要看各人的环境而定，决不能一概而论。对于未来的家庭，存一种美丽的想望，这是可以的，但必须配合自己的努力，循着所希望的途径走去，也许会如愿以偿，所谓"理想是事实之母"者是。如果自己不努力，纵然悬了一个豪奢的鹄的，也是徒然的。至于团契组织，那倒是一种极好的集团，青年人应该多参加这一类的团契生活，以养成博爱与互助的精神。

——编者

蝶衣先生：

（一）对于建筑及木器图样之书籍，上海何处有购？

（二）鄙人已订阅贵刊半年（第二卷），如续订下半年，办法如何？

南通朱友宾

友宾先生：

（一）汪胡桢、顾世楫主编之《实用土木工程学》丛书中，有马登云译之《房屋及桥梁工程学》一种，附图甚多，上海福煦路①六四九号中国科学图书仪器公司有售。

---

① 福煦路，今延安中路。

（二）每册仍照定价八折计算，另加挂号邮费。请预付相当之款，按期扣除可也。

**图 99　《房屋及桥梁工程学》，马登云译，
上海中国科学图书仪器公司 1941 年 9 月刊行**

——编者

来函简答

曹君敬先生：

请以学业及事业为重，恋爱放在第三步进行。

——编者

张履冰先生：

（一）脑的记忆力之强弱，不尽为电子作用，尚有脑膜上皱纹多少，以及脑体积之大小等，均有关系。据最新之心理学解释，认为脑之记忆力，亦可训练，其方法为：记忆！记忆！！记忆！！！

（二）婴孩心跳之速度，每分钟恒在一百二十次以上，成人则普通为七十二次。如在剧烈运动之后，因氧气需要的增加，跳动之次数亦往往加剧。至于婴孩何以较成人心跳之次数为多,则科学家尚无确定之解释。

——编者

张培根先生:

象棋谱一类书籍,中华书局有售。

——编者

《万象》1942 年第 2 卷第 7 期

《春秋》月刊

编辑室谈话(第一期)

对于编辑刊物的工作,放弃了已逾一个季节,现在又重弹旧调了,我觉得我的指法已有些儿生疏。

《春秋》①的筹备工作早在去岁之冬,那时另外几个爱好文艺的

---

① 《春秋》月刊,1943 年 8 月在上海创刊,1949 年 3 月停刊。陈蝶衣编辑,春秋杂志社编辑出版。属于综合性文艺刊物。撰稿人有茅盾、老舍、陈伯吹、郑逸梅、程小青、张恨水、文宗山、胡山源、徐行客、施济美等,栏目有"故事新编""历史小说""春秋笔""科学讲座""诗之页"等。《春秋》既登载通俗文学,亦兼容新文艺,发表了一大批在大后方、抗日根据地及各地解放区坚持反侵略战争和反独裁统治的新文艺家的作品。

其创刊号上所刊之《前置辞》表明办刊之宗旨:

《春秋》是至圣先师孔老夫子生平的一部旷古绝今的大著作,游夏之徒莫能措一词的。本刊以"春秋"为名,实在亵渎了这两个神圣的字。因为孔子之所以要作《春秋》,在《太史公自序》中写得很明白,至少是说出了一部分孔子著书时的心理,他说:"《春秋》以道义,拨乱世,反之正,莫近于《春秋》。"又说:"垂空文以断礼仪,当一王之法。"《春秋》确是大义分明,古今治乱的明鉴。孔子的这一部著作,真是太伟大了! 所以他要说:"知我者,其惟《春秋》乎? 罪我者,其惟《春秋》乎?"

现在这个时代虽然无异于春秋之世,不过我们这个渺小的刊物,只是志在供给一般人作为苦闷时的精神食粮而已,决不敢向孔老夫子那样,以"寓褒贬,辨是非"自任。我们不愿学贾长沙的痛哭流涕,有感斯发;也不想学桓子野的奈何徒唤,无病呻吟。我们不谈政治,不言哲理,不作大言之炎炎,惟为小言之詹詹。以提倡文艺为归,以介绍知识为的。使人们在春秋佳日中,继续不断地读到我们的刊物,而一舒胸襟,多少得到些益处,这就是我们唯一的希望了。

编者注:此《前置辞》未署名作者,然审其文笔语意,颇似陈蝶衣所撰,故在注释中全文录入。

人发起的,我并未参与其事。后来不知什么原因,这刊物竟遭遇了
搁浅在礁石上的命运。直到最近,才
又有另起炉灶的计划,主持人找上了
我,要我肩负编辑的全责。本来,对于
所谓文化事业已使我视为畏途,但由
于友情的可珍,我终于接受了这一个
邀请。

　　深愧我不是一个大匠,对于本刊
的取材,我还是保持了以往编辑刊物
的一贯作风,侧重于时间性的记述与
知识介绍。这一期,有《争夺战中的西
西里岛》与《在轰炸下的罗马》两篇,都
是和现时局有关的文字,附以铜图多

图 100　《不寐图》,董天野绘,刊于
《春秋》1943 年第 1 卷第 1 期

幅,读者可以从图中窥知这两个弥漫着火药味的地域的一部分
外貌。

　　本刊预备每期刊载一个动物与虫豸的解剖文字,这一期先介
绍《花间的浪子——蝴蝶》,下一期的题目则是《虫豸中的编织
家——蜘蛛》,仍由沈翊鸥先生执笔。短篇小说中,罗洪女士的
《变》刻画一个老年人的背时的牢骚,写得很沉痛;施济美女士的
《别》抵得江文通的一篇赋,读者也许知道施女士文中所指的是谁;孙
了红先生笔下的侠盗鲁平,在我所编的刊物中是不会缺席的,孙先生
在病中特地给我们写了一篇《木偶的戏剧》,大约分三期可以刊毕。

　　赵景深先生好久没有执笔,《郑若庸的玉玦记》一文的珍贵可
知。吕伯攸先生的《故事新编》早已脍炙人口,现在给本刊写了篇

《乌龙院中的悲喜剧》，这是发生于不久以前的一件黄色新闻，读者也许都知道。谭正璧先生的《琵琶弦》，则是一篇富有意义的历史小说，从这里可以反映某一个时代的人民痛苦。

图101　《春秋》1943年第1卷
第1期(创刊号)封面

长篇计四种：胡山源先生的《罔替》，文宗山先生的《古城星月夜》，张恨水先生的《世外群龙传》，其中《世外群龙传》是原来所有，为了尊重主持人的意见，现在仍旧加以保留。

胡山源先生特别帮忙，除了长篇之外，又写了一篇《我的写作生活》，这是编者特烦的，以供有志习作者作参考。

董天野先生的画笔之工致是众口交誉的，现在我们征得了他的一幅得意之作《不寐图》，特地用三色版精印，作为本期的插页，以后拟采用木刻或摄影。

本刊特辟《人生信箱》一栏，对于人生的各种问题，我们当尽可能的略尽解答之责，欢迎读者们投函。

悠长的夏日已经逝去，秋风起了！愿读者们珍摄。

《春秋》1943年第1卷第1期

编辑室谈话(第二期)

感谢作家和读者们的协助，总算又在匆促间编完了第二期。

我理想中所要编辑的刊物,绝不是现在《春秋》的面目,至少得像 *Life* 或 *Cosmolitan* 那样,尽量利用摄影与图画,聘请摄影记者与图画编辑司设计之责,而编辑人则组织一个委员会,延致多方面的人材分别撰写并征集所需要的作品。然而在目前,无论人力财力都不允许这样做,就是要找一家可以使人满意的印刷公司也是难事。于是理想只是理想,理想的实现,惟有俟诸异日,而目下是只能一而再的画画葫芦了。

过去我编辑刊物,曾致力于新人的发掘,例如杨琇珍、施济美、程育真、邢禾丽诸小姐,都曾为我编的刊物执笔而享名一时,由于她们都肄业于东吴大学,所以当时号称"东吴系"。现在,至少在这方面我还能尽一点力。这里,谨向读者们郑重推荐又一新人,便是本期《号角声里》的作者郑家瑗小姐。郑小姐旧在东吴肄业,所以也是属于"东吴系"的人物。郑小姐文笔的优美,颇有几分似杨琇珍,因为郑小姐是以新人的姿态出现于本刊,所以我们特地请陈明勋先生客串制图,明勋先生是著名的美术家与装置家,但为本刊绘

图 102　陈明勋绘插图,刊于《春秋》1943 年第 1 卷第 2 期

画却还是初次,在本刊也就是一位新人了。

本期还有两篇佳构,一是楳子先生的《某先生旅行记》,一是徐行客先生的《苦行闲笔》,记行程所经,叙客地风光,文笔清丽绝俗,是不可多得的隽永之作。

《巴尔干半岛巡礼》与《船》《中国的象牙雕刻》诸篇,仍图文并重,读者如认为尚有一读的价值,那么我们对此项题材,当陆续有所贡献。

应时文字有两篇,一是谭正璧先生的《唐明皇游月宫故事人物考》,一是谭筠先生的《中秋礼俗志》,为本年度的中秋节略作点缀。

本期起,《春秋笔》的篇数已增多,同时并添辟新诗之页,选录了数首富于情感的作品,这在本刊是一种尝试,不知读者们的意见怎么样?

承名女优白玉薇小姐从遥远的故乡寄了一篇散文来,谢谢她的盛意。

上一期,为了顾虑读者的购买力,有大部分是采用灰报纸印刷的,但试验之下,还是爱好白报纸印刷的读者较多,因之决定从本期起减少普及本的数量,而精印本则增多,使成为二与八的比例,听从读者们选择。

创刊号已再版出书,这不是我个人的光荣,我应该感谢读者们拥护的热忱。

《春秋》1943 年第 1 卷第 2 期

编辑室谈话(第三期)

伏处江关,不与佳山水相晋接已久,对于湖光岚影的渴想,大概是谁都具有同感的,因此这一期对于地方风物的素描文字,也就采取得比较多一点,计有章雨奇先生的《故都行脚》,刘兰先生的《广西之旅》,以及沈翔云先生的《越南的异国情调》诸篇,于叙事写景之外,并各附摄影,以作文字的参证。在我们平日冥想着佳山佳水而无法一展游屐的人,得此也可以聊当卧游了。

韦茵先生的小说,是久已脍炙人口的,近年来韦先生掌教 W 地,不恒写作,本刊这一期征得了他的一篇《荭小姐的记事册》,他的密致的笔调,该是读者们所爱好的。我们特地请蔡振华先生加绘插图,在本刊上,这也是两位新人了。附带地告诉读者们一个消息,韦茵先生已允为本刊长期执笔,这是读者们的福音。

图 103 蔡振华绘插图,刊于《春秋》1943 年第 1 卷第 3 期

本刊过去对于西战场的所在地曾屡有阐述,这一期发表了一篇《从莫斯科到基辅》,不过是将东战场在承平时期的形胜约略向读者介绍一二而已,原作者当时似乎也是走马看花地匆匆一瞥而过,一切的记录都略而不详,因此本刊所载,也仅得其梗概罢了。

动物的解剖文字本期选录的是《横行介士——蟹》,与璧厂先

生执笔的《菊月话菊》,同是秋高
气爽底季节的应时作品。

　　过去的游泳健将——曾获
得"美人鱼"的荣誉的杨秀琼女
士,从香港到了上海,本刊特派
专访记者访问了杨女士的一次,
将访问的经过记录于本刊,以
后,本刊对于这一类新闻性质的
记载,当随时注意采访。

　　短篇小说中的插图,我们不
愿老是沿袭一贯的方式,这一期
鲁丁先生的《天涯沦落人》中,我
们开始采用剪影作图,似乎也颇

图 104　《九月寒衣未剪裁》,王白石作,
刊于《春秋》1943 年第 1 卷第 3 期

有异趣。小珞女士的《红烧猪头和小蹄膀》篇中的两幅画,是石佩
卿先生所制,这一种漫画的笔法,读者也觉得久违了吧?

　　《钱的故事》,是两篇知识介绍的文字,读了足以增广你的见
闻。徐行客先生的《苦心闲笔》,有许多读者来信赞美,本期发表中
篇,下期可有刊毕。

　　本期有两篇剧人作品,一是白文先生的《蚀》,一是白玉薇小姐
从故都寄给本刊的第二次作《秋到人间》,虽然文字间都蕴孕着浓
重的忧郁感,但行文的轻情流利,却无输于老于此道的名作家。

　　默然先生的《沉默篇》,关山月先生的《新秋小辑》,是两篇名隽
的小品与散文,值得反复雒诵的佳作。

　　插页王白石先生的一幅版画《九月寒衣未剪裁》,是根据清诗

人黄仲则的名句而作,是一幅不可忽视的佳构。

如果读者认为本刊的内容,较前期又略有改进的话,就请您将本刊介绍于您的朋友之前。

《春秋》1943 年第 1 卷第 3 期

编辑室谈话(第四期)

《春秋》在匆促间问世,在征稿与取材的范围愈趋狭窄之下,连续出版了三期,始终感觉到内容的未能充实是一个缺陷。直到这一期,才觉得稍微可以满意一点。因为这一期我们获得了几篇比较具体的作品。

史地文字是本刊向来侧重的,这一期我们继《巴尔干半岛巡礼》之后,又发表了一篇《斯堪的那维亚半岛特写》,其中包括两个国家——瑞典与挪威。瑞典是北欧的中立国,挪威则是开辟第二战线中的一个焦点,在这一次的欧战中都占据着重要的地位,颇可注意。在东战场方面,新几内亚与缅甸近来都在火网笼罩中,本期有《交互空袭下的新几内亚》与《缅甸的轮廓画》两稿,简单地告诉读者们一些关于这两个富于传奇性的地方的概略。

本刊虽然不是旅行杂志,但编者以为发表一些记载游览的文字,是远较空泛的虚构小说为有意义。读者们也许曾讽诵过"姑苏城外寒山寺,夜半钟声到客船"的诗句,而向往于这一个富有诗意的胜地吧?本期璧厂先生的《飞霜落木话枫桥》一文中,附有枫桥与寒山寺两帧摄影,读者可以看到这一首有名的唐人诗的产生地,是怎样的一副面目。另一篇王云表先生的《峡中记》,记述他旅蜀时的峡中之游,也是很有趣味的。

《战时伦敦花絮录》中所记,也许是一二年前的情形,不过有几幅图,却是十分名贵的。在本期中,这也是一篇贡献作。

插图方面,这一期我们又有新猷——谭筠先生执笔的《永远的乡愁》,因为是叙述女词人李清照的一生,所以我们特地请现代的女诗人周錬霞,为这一位古代的女词人写照。錬霞女士擅诗、书、画三绝,有"金闺国士"之誉,她的一首"花醉人扶,人醉花扶"的词,传诵人口,不输于李清照的"今夜纱橱簟正凉"①。现在錬霞女士为这一篇历史小说绘制了两幅工笔仕女画,给本刊生色不少。

图 105　《无花的冰岛》插图,陈明勋绘,刊于《春秋》1943 年第 1 卷第 4 期

桑紫先生的《五花的冰岛》,无疑是一首抒情的长诗,因此我们仍请陈明勋先生构图,明勋先生是一位富于新思想的画家,《无花的冰岛》中的两幅图完全是采取电影镜头的手法,读者可以从它的人物处理方面看出构图的优美特点。

"我是一个爱好文艺的青年……"我往往接到这样措辞的来

---

① (宋)李清照《丑奴儿·晚来一阵风兼雨》:"晚来一阵风兼雨,洗尽炎光。理罢笙簧,却对菱花淡淡妆。绛绡缕薄冰肌莹,雪腻酥香。笑语檀郎:今夜纱厨枕簟凉。"文中"今夜纱橱簟正凉"疑为蝶衣笔误。

图 106 《木偶的戏剧》插图,石佩卿绘,
刊于《春秋》1943 年第 1 卷第 4 期

信,信内照例是附着一篇创作,目的当然是希望本刊给它发表,可
是一篇够得上说是成熟的作品,决不是任何人在率尔操觚的形式
下所能完成的。本期有韦茵先生的《对话与观察》一文,对于写作
小说的基本条件有相当的指示,愿爱好文艺的青年们多加揣摩,一
定可以使你们在习作方面获得莫大的神益。

《春秋》1943 年第 1 卷第 4 期

编辑室谈话(第五期)

战后,多数作家都散处四方。由于山川的间阻,邮递的梗滞,
在上海要想获得一些内地作家们的作品,成了一件不易如愿的难
事,编者也曾多方尽力,企图从遥远的边陲获得一些珍贵材料,呈
献于读者之前,直到上月间,才接得方浪琴先生的来札,承他帮忙,
给我们征集了两篇名贵的作品——茅盾先生的《人物表》,虽然曾
在内地刊物上发表过,但却是近作。茅盾先生的一篇,原来的标题
是《大题小解之二》,现在我给它改了一个题目,似乎还不失原意,
而茅盾先生文中所提供的意见,确也是值得从事文学者接受的。

图 107　《默》插图，丁悚绘，刊于《春秋》1944 年第 1 卷第 5 期

可喜的是丁一怡兄也从蜀中寄了一封信来，承他附了几幅漫画给我们，我将他的原信和画（先刊载两幅）一并发表了。另外我又选录了几封昆明来书，从这里面可以获知滇中生活情况的一斑。

这一期本刊出版，适值圣诞节，因此我们举行了一次圣诞笔会，裒集了几篇应时的作品，以资点缀。韦茵先生继续写了一篇小说《默》给我们，因为这一期有一怡兄的《画与书简》，特地请他的令尊大人丁悚先生也客串一次，给韦茵先生的小说画了两幅画，第一代与第二代同时出马，也可以说是佳话了。

《囤鱼肝油者》是侠盗鲁平的又一恶作剧记录，也是孙了红先生继《木偶的戏剧》之后的又一力作，本期先发表上篇，下期可以刊毕。甘超先生是一位少年画家，与了红先生为挚友，偶尔兴到，为本文制铅笔画两幅，笔触相当生动，以后也许可以常川为本刊执笔。

报载柏林迭次遭遇恐怖轰炸，这一期我们就介绍一些柏林的画面与读者瞻仰一下，《世界第六大都市——柏林》一文中有附图三幅，是相当名贵的。

连日严寒,苍穹似乎有酿雪之意,方晓蓝先生迻译的《纽芬兰海豹狩猎记》,画面上展开了一片冰天雪地的境界,在我们的江南,大概这一种景象也即将来临了。

下期本刊又有四篇名作,请读者注意。

为了调整出版时日,本期改为十二月号一月号合刊,以后当能如期与读者相见,这完全是为了排印迟缓的关系,请读者诸君原宥。

三十二年十二月五日

《春秋》1944 年第 1 卷第 5 期

编辑室谈话(第七期)[①]

对于编辑刊物,现在也成了"不如意事常八九",例如:一部分耗费了无数心力得来的名作之不再发表;自己报纸的不得已而求其次;排印的累次误期,使本刊连接两期都只得合并刊行,这些都是足以使人沮丧的事。不过在可能范围内,我们仍当随时努力以赴,这一期,依旧有几篇得之维艰的作品与读者诸君相见,大抵读者自能理会,这里也就不再一一推荐了。

合乎理想的短篇小说之缺乏是编者最感困苦的事,这一期幸承桑紫先生续以《青铜色的悲剧》一文见贶,与蒂克先生的《秦淑的悲哀》,同是扣人心弦的力作。有几位读者来信,对于本刊过去选录的短篇小说持论甚苛,事实上编者的期望与读者正复相同,只是巧妇难为无米之炊,关于这一点,希望读者们能捐弃责难,改予我们以助力。

---

① 《春秋》杂志第六期(1944 年第 1 卷第 6 期)无《编辑室谈话》,并非缺失。

本期有一篇特载文字——廖增益先生执笔的《程砚秋归农》，过去本刊向不采取关于旧剧优伶的记载，为了程砚秋的隐于陇亩颇有一点不同寻常的原因，特破例发表。同时有程砚秋归农之影数帧，为廖增益先生访问程砚秋时所摄，也是十分名贵的。

徐国桢先生继《鼋渚之冬》，继续写了一篇《春色满江南》给我们，与徐行客先生的《北泉细雨》、眉子先生的《湖上山楼弄笔》，都是足以使人悠然神往的隽妙小品。

孙了红先生也继续结构了一个动人的故事——《劫心记》，侠盗鲁平在此案中拯救了一个无辜的少妇，全文计十二节，仍分两期刊载。

虽然没有到黄梅时节家家雨的时候，但青草池塘的蛙鸣阁阁之声，在郊野间却是到处可闻了。沈翊鹏先生每期为本刊译述关于鸟兽虫豸的文字，这一期就将《青草池塘处处蛙》介绍给读者，兼做时令的点缀。

《文天祥》一剧在兰心大戏院连演数月之久，至今售座未衰，这是舞台上的奇迹。本期有张谠先生的《略论文天祥》一文，对文信国公生平的思想性格作简要的研究与分析，所论非常透彻。

《唉！春天》的作者朱红，是沈寂先生的笔名，与汤雪华女士的《朦胧》，同是以描写青春时期的少女心理为素材的，可说是不

图 108 《春秋》1944 年第 1 卷第 7 期封面

约而同之作。

这一期诗与词比较多一点，易君左先生的《浪迹吟》，梁宗岱先生的《芦笛风》，都是边陲友人所录寄，即使是片楮只字，也是弥足珍贵的。

已是"流水落花春去也"的时候，待解愠的熏风来临时咱们再见！

《春秋》1944 年第 1 卷第 7 期

编辑室谈话（第八期）

春已经辞别了人间，接踵而来的是一番"榴火又红酣，人系轻衫"①的光景，于是我们首先以《闲梦江南梅熟日》一文提供于读者之前，这是谔厂先生徇本刊之请，特地为"梅雨连朝换，熏风逐处生"的景候而写的一篇清隽小品。此外，更有徐行客先生的《初夏景色》，是《苦行回忆录》的一章，读之亦足以当卧游。

这一期本刊出了一个《郊游特辑》，包括游记十篇，都是纪念上月间的一次近郊旅行而作，对于几位执笔者的盛意，这里敬表示感谢。

徐国桢先生养疴于梁溪的管社山，地滨太湖，风景十分瑰丽，因此可以供国桢先生笔底渲染的资料，亦如江上清风与山间明月，有取之不竭之概。这一期为我们写了《牡丹七记》，牡丹不过是花的一种而已，在国桢先生的腕下，却能产生出如此洋洋洒洒的一篇长文来，真是大手笔。眉子先生的《湖上山楼弄笔》，本期仍继续刊

---

① 陈蝶衣《浪淘沙》：榴火又红酣，人系轻衫，分明春事已阑珊。恨不能烦双燕子，带个书函。带了到长安，递与双鬟，教她珍惜是春寒。只为古城春信晚，不比江南。

载,实际上,这也是徐国桢先生的大笔。

短篇小说本期有罗洪女士的《麻子老三》,文宗山先生的《夜航船的风浪》,魏洛先生的《抛空》,小珞女士的《烦恼丝》四篇,在量的方面已经增加,不过在质的方面,我们还不很满意。下一期,有石琪先生的一篇力作,篇名《偃龙旗》,请读者们注意。

《空中的鸷鸟——鹰》《环球觅兽记》《所罗门岛屿风土志》《再生的大发明家勃勒吞》诸篇,都是很有趣味的译作。下期有罗薏先生迻译的《毁灭了的家》一文,记述在轰炸下的伦敦景象,附有铜图三幅,特此预告。

孙了红先生的侠盗鲁平奇案《劫心记》,本期已经刊毕。了红先生的文字是读者所爱好的,然而为了体质孱弱的关系,短时期内恐不能执笔,虽然未免使读者失望,但也是无可奈何的事。了红先生已经拟有腹稿的,本来还有《蜂媒》《袜子的秘密》等数篇,只有待了红先生病体稍复后,再请他搦管了。

褚纪叶先生的《生育统制》,郁刚先生的《肺结核与休息治疗》,

图 109　《抛空》插图,丁浩绘,刊于《春秋》1944 年第 1 卷第 8 期

是关于生理学及医药上的文字,我们欢迎这一类有研究性的作品,盼读者们赐寄。

本刊以在下一人之力负责编辑,事实上有许多地方不能尽如人意。尤其是各方面的来稿未经采录者不能一一如期寄还,实在非常抱歉,以后当分出一部分时间来,从事整理,希望热心的读者们原谅。

封面的不甚美观是编者早已感觉到的,现在已请石佩卿先生设计,下期或许可以换一副新面目。

四月十五日,写于《春秋》编辑室

《春秋》1944年第1卷第8期

编辑室谈话(第十期)

为了种种的原因,使本刊从上期起形成了不定期刊物,这一期本刊的出版期自夏徂秋,几于无法调整过来,惟有向读者们深致歉忱而已。

由于出版期的不能准确,于是这一期就有《午夏三章》与《可爱的秋天》两篇情调不同的季节文字,会合在一起发表。流连光景的趣味虽然以当时为浓郁,但文字的叙述在事后也是同样地足供欣赏的。

较可告慰的是四篇创作小说,韦茵先生的《山雨》,罗荃先生的《沉船》,施济美小姐的《父母节》,沈寂

图110 《春秋》1944年第1卷第9期封面

先生的《妖怪飞》，都是蕴蓄着真挚的情感的佳构。《父母节》似乎是一个现实的故事，故事中的妈咪，很像是影射过去曾享名于银幕之上的一位女飞行家。

地方性的文字有《贵阳浮雕》《津门记略》《梁溪之行》和《青峦碧流话柳州》数篇，都值得一读。

下期，我们有巴金先生的《灯》，沈从文先生的《乡居》，何其芳先生的《黎明以前》，臧克家先生的《怎样写诗》，以及广东诗人黄药眠先生的《淡紫色之夜》，几篇远道投寄的名隽之作发表，同时对于内容及编制，我们将作一次再出发的改革，请读者注意。

《春秋》1944 年第 1 卷第 10 期

编辑室谈话（第十一期）

为了出版期屡次衍延，使第一年度的本刊只发行了十期，现在决定即此作为第一卷的结束。本期是第二年的开始，趁此机会换一种面目与诸位相见。

也许还说不上壁垒，但我们却有向这个目标行进的企图，第一是封面，上次的改革未能如理想的完美，原因在于色调的配合不宜。现在再度加以更易，这样似乎比较朴素一些。内容方面，值得珍视的有巴金先生的《灯》，沈从文先生的《乡居》，前者是一篇隽永的小文，后者则是一篇现实的记事文。此外如臧克家先生的《怎样写诗》，由一位著名的诗人来阐述诗的诞生所需的历程，所言当更有见地。何其芳先生的散文在文坛上早有崇高评价，现在我们获得了他的一首长诗——《黎明以前》。美玉的出现显然是足以使珉砆逊色的，南国诗人黄药眠先生的《淡紫色之夜》，叙述了一则极动人的故事,配上蔡振华先生秀美的画笔,格外辅助了故事的生动性。

图 111　《秋风起》插图,刊于《春秋》1944 年第 2 卷第 1 期

从第二卷起,决定增加短篇小说的质量,以求内容的充实,所以这一期的小说特别多,除了黄药眠先生的《淡紫色之夜》以外,文宗山先生的《富贵里三十四号》是一篇针对现社会的讽刺作,谢仲子先生的《荒》,沈寂先生的《一条腿》,石琪先生的《黄土陇》,都有着浓重的地方感。王西彦先生的下乡记也是一篇值得寻味的佳作,另有石文先生的《山坳里》,郭朋先生的《秋天到来的时候》两篇,因篇幅关系,留待下期发表。

另一可喜的消息是,孙了红先生的病体已渐复原,从本期起陆续为本刊执笔,"销假"的贡献作是《雀语》,本刊有许多读者念着了红先生的侠盗鲁平,现在又可以在《雀语》中一亲

图 112　《春秋》1944 年
第 2 卷第 1 期封面

这一位特殊的小说人物的謦咳了。

偶然翻出了几封过去所接得的信,因此出了个《作家书简》特辑。下一期,我们也许还可以出一个《女作家书简》特辑。

著名歌唱家欧阳飞莺小姐,夏间曾赴青岛避暑,有避暑期内的摄影数帧,在本期发表。欧阳小姐素负"东方莉莲·庞丝"之誉,是我国歌坛上不可多得的美材。

文宗山先生的长篇《古城星月夜》因缴到较迟,本期不及排入,当于下期续刊。《古城星月夜》的全篇故事已达到最紧张的阶段,不久即将结束,我们已敦请韦茵先生为本刊写一长篇,篇名《天地心》,当衔接在《古城星月夜》之后刊载,先此预告。

下一期,我们续有几篇名家执笔的佳构,可以贡献于读者之前,请注意。

三十三年十月三十一日,于《春秋》编辑室

《春秋》1944 年第 2 卷第 1 期

编辑室谈话(第十二期)

冬将残,新年已近在目前,正拟征集一部分应景文字,恰好从雁书中带来了老舍先生的一篇《过年》,推测起来,这当是老舍先生去年岁暮的作品,然而正无妨移用于现在,因为老舍先生在文字中所昭示的,随时都可以作为青年们的座右铭。另有章雨奇先生记述溜冰的一篇文字,溜冰在故都的北海,现在正是时候,本刊不乏来自北国的读者,读之当更亲切有味。茅盾先生过去曾有《人物表》一文发表于本刊,此期的《鼠》是茅盾先生的第二篇作品,其警峭的笔致当为读者所爱好。

图 113　《浮世绘》,江栋良绘,刊于《春秋》1944 年第 2 卷第 2 期

冰心女士的《清宵之忆》,原文发表时系化名,所以文中也是男性的口吻,但刊物的编者却加上了说明是冰心女士之作的按语,因此本刊就运用本名予以转载了。

沈寂先生的《十一判官》,刻画某一时期的典型人物,极沉着有力。石琪先生的《拉骆驼的》是一篇散文小说,与过去丁谛先生的《粪》同属抒写新陈代谢的悲哀的。《山坳里》的作者石文先生是一位新作家,文笔相当简练,这里特郑重推荐。郭朋先生的《秋天到来的时候》与林幽先生的《秋尽谈菊》,上期即应发表,因稿挤而留至本期,即作为饯送秋日的骊歌吧。

本期有郑振铎(西谛)先生录汪元量的一首七绝,以及穆木天先生的长诗《月夜渡湘江》,吉光片羽,都是弥足珍贵的。青年版画家赵大年先生给本刊刻了一幅《盼望的日子》,我们特地请关山月先生题了一首诗,与郑振铎先生的手迹,同作为本期的插页。

洪牙利①卷入了战争的漩涡,单庆坊先生的《在烽火中的洪牙利》一文,介绍了这一个不幸国家在战前的风貌。另有纹黛女士的《大明湖来鸿》,沈翔云先生的《东方的水市——梧州》,都是属于地

---

① 即"匈牙利",彼时外来的人名、地名译名未统一,有多种音译词。

方风物的描写文字,我们欢迎读者惠
赐这一类的作品。

武进钱名山先生,是编者的乡先
辈,一位道德文章都足以为后生矜式的
学者,不幸于两月前因病谢世,本期有
裘柱常先生的《钱名山的学术思想》一
文,对名山先生的生平与著作,作忠实
的阐析。柱常先生是金闺国士顾飞女
士的外子(顾女士为名山老人的女弟
子),过去曾主编《大陆》月刊,经不佞的
邀请,已允为本刊经常撰述。

图 114 《春秋》1944 年第 2 卷
第 2 期封面

江栋良先生的漫画为许多读者所爱好,本期续有《浮世绘》四
幅发表,下期我们仍当请栋良先生执笔。

三十三年十二月二十日

《春秋》1944 年第 2 卷第 2 期

编辑室谈话(第十三期)

一九四五年的新岁,给出版界带来的不是蓬勃气象,而是一声
声的丧钟。由我担任第一届编辑的《万象》首先宣告辍刊,接着是
《风雨谈》与《天地》的停止出版,而历史悠久的《小说月报》与《家
庭》,也陷入了睡眠状态,此外发行一二期而夭折的刊物更不知凡
几。这情形显示了今日的出版界已届临不易支持的阶段,因此本
刊的存在也只剩下了仅余的希望,明天,也许明天就是本刊与读者
诸君告别的时候,但在尚未绝望以前,我们仍愿以最大的努力从事

于集稿及编纂。

巴金先生的《灯》在前期本刊发表后,报纸上刊出了予以珍视的评骘。这一期,巴金先生的一篇新作《长夜》,贡献于读者之前。另有夏衍先生的《下江人语》与郑君里先生的《角色底诞生之一》两文,都是经历了许多时日才递到的。后者因较长,分两期刊载。罗洪女士的《旅途》属笔时较远,但也不失为可资吟味的作品。

图 115 《海防之春》插图,蔡振华绘,刊于《春秋》1944 年第 2 卷第 3 期

短篇小说不逮前两期的丰满,但仍能保持相当的数量,尤其是沈寂先生的《骣狗头》与关山月先生的《书记官》,都是百忙中为本刊赶写的,至可感谢。

《一九四四年巴黎的女式帽》与《战时苏联的女性》,均译自一九四四年三月二十三日在瑞士出版的 Illustre[①] 画报,在海程梗塞的现在我们能以此项资料贡献于读者之前,也许可以说是小小的奇迹吧?

---

① 法语,"杰出"之意。

法国大作家罗曼·罗兰逝世,本期有郭朋先生的《悼罗曼·罗兰》一文,对罗曼·罗兰的生平及著作,叙述綦详。另有照像三帧,附刊文字之前,藉以纪念这一位最近陨落的当代文坛巨星。

关于动物方面的剖析文字,向由沈翊鸥先生译述,本期因翊鸥先生事冗,改由余爱渌先生执笔,他们两位过去曾为本刊尽过许多力,是本刊最热忱的两位保姆,在这残腊垂尽,本刊又编完了一期的时候,特志数语,聊伸谢忱。

《古城星月夜》续稿未到,暂停一期。韦茵先生的长篇创作《天地心》决提早于下期刊载。韦茵先生文笔的细腻,早为读者所赞赏,本文更含有一个可歌可泣的动人故事,为韦茵先生生平唯一力作,特此预告,请读者注意。

三十四年一月十五日

《春秋》1945 年第 2 卷第 3 期

编辑室谈话(第十四期)

在最近,纸价渐有"退潮"的趋势,许多已经停版的刊物都在筹备复活,本刊嗣后亦当尽可能按月出版一次,假使纸价不再看涨的话。徐行客先生隐于无锡之管社山,屡以佳文贶本刊,这一期写了一篇《谈测字》给我们,给我们,以"管社山人"的笔名发表,对于这一种近乎玄学的文字游戏,作详细的剖析,倒也是别开生面之作。另有《苦行回忆录》之九《云天翱翔》,因寄到较迟,只得留待下期发表。

这一期短篇小说收获较丰,沈寂先生的《苍老,颤抖的影子》仍保持沈寂先生固有的作风。晓歌先生从此期起开始为本刊执笔,《狗坟》叙述一个血泪的故事,颇富悲凉之感,萧阳先生的《达生篇》

是一篇针对现实的作品，写得很沉痛。吕诺先生的《黑猫》，笔致轻松活泼，足以调剂一下读者的胃口。

在疏散声中，谔厂先生写了一篇以"疏散"为题的文字给我们，叙述往时逃难的经历，娓娓然有"灯火话生平"之趣。眉子先生除了《湖上山楼弄笔》赓续撰写之外，复以《寒窗琐记》见贶，都是本期小品文中的隽构。

郑君里先生的《角色底诞生之一》可于下期刊毕。下期起，本刊将有谷村先生的《舞台人物志》，周贻白先生的《戏剧谈片》两文，同时开始连载，请读者注意。另有一篇访舞蹈之星王渊小姐，已在本刊特访记者执笔中，下期亦可刊出。

图 116 《天地心》插图，董天野绘，刊于《春秋》1944 年第 2 卷第 4 期

此外如汤雪华女士的《白牡丹》，巴禺先生迻译的《春日小品》，钟子芒先生的《字与画的传奇》，阿眉先生的《酒境与茶境》，都是值得一读的文字，谨向读者推荐。

因稿挤而留剩下的，有沤盦先生的《历史上著名的哭》，蓝漪先生的《燕子》，陈岳生先生的《未来世界的科学预言》诸篇，准于下期发表。

韦茵先生的长篇创作《天地心》,自本期起连续刊载,这是一部不平凡的巨著,从开始就可以看出作者笔下魄力的雄伟。书中登场人物甚多,以后当保持每期万字左右的发表量,藉餍读者之望。

陈明勋先生除了绘制《白牡丹》的插图以外,又承他为这一期的本刊设计装帧,至可感谢。我们有出版《春秋文库》的计划,第一辑共十种,已开始集稿,在文化事业日趋艰困的里程中,本社同人仍拟稍尽绵力,作一点小小的建树。

三月十五日写于春秋社

《春秋》1945 年第 2 卷第 4 期

编辑室谈话(第十五期)

本刊对于史地文字向来重视,这一期有莫纳先生的《举世瞩目的旧金山》,余爱渌先生的《莱茵河的风景线》两文,所介绍的是最近国际政治与西线战事重心所系的两个地域,材料都十分珍贵。另有沈翊鸥先生迻译的《罗斯福的总统生涯》,略记最近逝世的美国大总统罗斯福氏的生平,也是极有价值之作。

另一篇特稿是本刊记者路德曼先生执笔的《访舞蹈之星——王渊》,王渊女士是我国舞蹈家中的杰出人才,本文详述女士生平,附有舞姿四帧,特辟专页刊载。对于一个致力于艺术的时代艺人,我们是愿意贡献最宝贵的篇幅的。

周贻白先生已允为本刊常川执笔,本期承以《清初史实与吴伟业诗》见贶,系《天外天》本事辩正之一,之二为《皇太后下嫁与多尔衮之死》,亦已寄到,当于下期续刊。郑君里先生的《角色底诞生之一》引起了许多圈里人的注意,全文现已刊毕。谷邨先生的《舞台

人物志》自本期起开始刊载,另有商皓
先生的《皮黄剧概论》一文,因本期稿
挤,留待下期发表。

丰子恺先生的画是本期光荣的收
获,江栋良先生续以《据说》三景见赐,
亦为本刊增光不少。

短篇小说有慕容隽先生的《淘
金》,沈寂先生的《逃公山》,汤雪华女
士的《喜酒》,叶红先生的《绯色幽灵》
诸篇。最近有几个刊物都取消了小说

图 117 《晨鸡》,丰子恺绘,刊于
《春秋》1944 年第 2 卷第 5 期

插图,本刊仍维持原状,由于成本较巨,所以售价不得不酌量提高,
但是较诸售百元一份的小型报,则本刊的定价还是低廉的。(本刊
一册,可印小型报十二份。)

谔厂先生的《江南三月》,徐国帧(行客)先生的《春花群像》,眉
子先生的《湖上山楼弄笔》,都是有关时令的作品,同时也都是好文
章,特向读者推荐。

图 118 《据说》三景,江栋良绘,刊于《春秋》1944 年第 2 卷第 5 期

四月十五日于《春秋》编辑室

《春秋》1945 年第 2 卷第 5 期

编辑室谈话(第十六期)

有几位读者来信说,本刊的诗作发表的太少,问我们,是不是不欢迎新体诗?由于此问,使我想起了孟子《离娄》下篇所说"王者之迹熄而诗亡,诗亡,然后春秋作"的两句话。中国的诗,自诗经演变到楚辞与乐府,其范畴本已由较有规律的发展而为放纵的,虽然到了后汉时期,又确立了五言的诗形,更从后汉末期开始整理七言诗形,至六朝而确立。但到了中唐之际,终于又有长短错综的诗形——号称为诗余的词的产生,所采取的仍是自由的形式,如果论趣味,楚辞与乐府已经比诗经可爱,而词的情致亦较五七言诗为优美,所以我们绝不菲薄今日的新体诗,可憾的是佳作实在太少,仿佛真有"王者之迹熄而诗亡"之憾,因此遂抱宁缺毋滥宗旨。关于这一点,不能归罪本刊,当有待于诗作者的努力了。

这一期,《舞台人物志》《湖上山楼弄笔》及《苦行回忆录》仍连载,周贻白先生的《皇太后下嫁与多尔衮之死》,与上期的《清初史实与吴伟业诗》是姊妹作。沈翊鸥先生迻译的《希特勒的一生》,是国际政治人物传记之二,下期介绍再度组阁的英首相丘吉尔氏之生平。

承《家庭》月刊编者徐百益先生以《读书六记》一文见贶,是本期荣誉的收获,这里敬向徐百益先生致感谢之忱。

短篇小说有《叛逆的父亲》《小城一角》《土酉婆婆》《陋巷里》《蔷薇的悲剧》五篇,绘图者本期又增加了一位丁熙先生。还有舞台装置家池宁先生,亦已允为下期本刊构图。

"中国的邓肯"王渊女士,于擅长舞蹈之外,对文学也有甚深的修养,本期以编者之请,写了一篇《男同学》给我们,很风趣。下期

图 119　《陌巷里》插图,陈明勋绘,刊于《春秋》1944 年第 2 卷第 6 期

王女士已允为本刊续撰一文,仍以梁太太为中心人物,特此预告。

可憾的是韦茵先生的《天地心》续稿,为邮递所误,寄到已迟,只将留待下期刊载了。

《春秋》1945 年第 2 卷第 6 期

编辑室谈话(第十七期)

当上期本刊编排完竣的时候,恰值物价疯狂上涨,纸价照例是跟着物价同进退的,于是本刊的付印遭遇了极度困难,一再迁延,才凑集了三种不同的纸张,搬上了印刷架,勉强算是出版了一期。

在这一种左右支绌的情形之下,我以为除了休刊之外殆无他法。而本刊发行人冯宝善先生却说:"要是站在商业的立场上,这时期出版刊物是傻子干的事,但是,我们应该将尺度放得宽一点,要为永久的文化事业尽力!"我给冯先生的话说得实在太感动,于是又提起精神编了这一期。

事实上,为文化尽力只是妄想而已,我始终为未能做到这一点而惭愧着,有几位才识丰赡的学者,现在都在韬晦时期,轻易不肯

执笔,经常写作的仅是有数的几位,多产未
必尽是佳作,因此征稿的范围既狭,我们也
只有尽力使内容保持原有水准,不致过分低
落而已。对文化有所贡献的希望惟有期诸
异日。

这一期,短篇小说的收获较为丰富,郑
家瑗女士过去曾以《号角声里》一文见贶,
此后即久未执笔,现在才又写了一篇《逝去
的晴天》给我们,因仍请陈明勋先生构图,
以成双璧。司徒轲先生的《旅》,叶红先生
的《末代小姐》,盛琴偄女士的《名门》,孙杰

图 120 《末代小姐》插图,
令狐原绘,刊于《春秋》
1944 年第 2 卷第 7 期

人先生的《擦皮鞋女郎》,及白荻先生的《摩登伽女》,分别由尉迟
忍、令狐原、石佩卿、蔡振华、董天野诸先生绘图。尚有韦茵先生的
《上下层》,汤雪华女士的《圣母的眼泪》二篇,因制图不及,留待下
期发表。

赵璧先生的《从先天道说到历代教乱》,指陈邪教源流,是一篇
极有价值的考证文字,徐百益先生继《读书六记》之后,又写了一篇
《写作四章》给我们,足为有志写作者作镜鉴。所遗憾的是上期预
告的国际人物志之三《丘吉尔的生平》,本期未能刊出,敬向读者
致歉。

王渊女士续以《梁太太表演舞蹈》见赐,甚可感谢。

眉子先生的《湖上山楼弄笔》已刊毕,将与《苦行回忆录》合印
单行本,列入《春秋文库》第一辑中,下月间可问世。

程小青先生迻译的《惊人的决战》上期业已刊毕,下期起刊载

另一圣徒奇案《漏网鱼》,其故事的紧张诡诙,在《惊人的决战》之上,是圣徒故事中最精彩的一篇,请读者注意,下期本刊仍当陆续出版,如果没有什么意外打击的话。

三十四年七月十日

《春秋》1945年第2卷第7期

编辑室谈话(第十八期)

本刊诞生于上海沦陷时期,当时的环境是艰困的,因此我们虽曾在创刊号的《前置辞》中,引用过孔老夫子的话:"拨乱世,反之正,莫近于春秋。"但我们自承渺小,不敢有那样的奢望,所以当时仅揭橥二点:以提倡文艺为归,以介绍知识为的。然而惭愧得很,即此最低限度的鹄的我们也没有能够做到,一则是环境恶劣使我们不能多所作为,二则是交通梗塞增加了我们征稿的磨艰。虽曾大后方友人们不弃,屡代征集名贵的作品,但可以发表的仅是寥寥数篇,一切距离我们的理想甚远,结果是造成了自我的不满。所以胜利到来以后,我们决定将工作告一结束。我们估计到,胜利以后的上海文坛,必然有一番未有的蓬勃气象,读者也是应该转移一下欣赏目标的。

然而在编者的倦怠之下,本刊的发行人却没有放弃他的兴致,一再催促编者重整旗鼓,同时也有许

图121 《建设》木刻,黄荣灿作,刊于《春秋》1946年第3卷第1期

多读者问起,陈汝惠先生也说:"《春秋》有很好的历史,为什么不继续出版?"朋友们的鼓励是一种行动力,同时侥幸的是获得了文宗山先生的协助,愿意分担编辑的责任,因此在休刊六个月以后,我们又决定了复刊的计划。

现在,是本刊和读者再度相见。为了不愿使读者感到太生疏,所以一切如旧,不过封面已改用七色橡皮版印,同时原有的长篇,恐怕新由内地来沪的读者无从衔接阅读,所以不再继续,而易之以新的长篇,这方面承李健吾先生帮忙,以精译的福楼拜名著《包法利夫人》巨构见贶,首先应该表示谢意。其次是凤子女士的《四美图》,这是凤子女士在大后方完成的一个名剧,不久将在上海演出,全剧共四幕,故事极生动,本刊每期发表一幕,在戏未上演之前看到原作,这也该是一种眼福。

蹇先艾先生的《一部晚清的小说》,陈汝惠先生的《小说漫谈》是两篇小说论文,各有精当的断语。沈从文先生过去曾有《乡居》一文发表于本刊,是本刊征得的大后方作品之一。本期的《断虹引言》则是沈从文先生新作的一篇序文,在原书未出版前,我们应该以先睹为快的。

短篇小说有罗洪女士的《无条件投降》,施济美小姐的《春花秋月何时了》,沈寂先生的《红灯笼》,文宗山先生的《当明天来到的时候》诸篇,这都是读者熟悉的几位作家。翻译小说

图 122 《民主的魔鬼》,丁聪作,刊于《春秋》1946 年第 3 卷第 1 期

有《丐儿石》《黑孩儿》两篇,后者因较长,分两期刊毕。

陈平先生的《瑶山夜宴》,钱今昔先生的《一辆卡车》,都是饶有趣味的描写,本刊欢迎这一类文字。此外关于史地常识及季节报告的作品。本刊是向来注重的,亦盼着读者们赐寄。

这一期的插页,有黄荣灿先生的一幅木刻,叶浅予先生的二幅素描,以及丁聪先生的一幅漫画,都是非常名贵的作品,同时我们介绍了古中国的建筑美。下一期,我们预备介绍古中国的雕塑艺术。

为了时间匆促,这一期的内容似乎不够充实,希望在下一期能够有较显著的进步。

三十五年三月十五日

《春秋》1946 年第 3 卷第 1 期

编辑室谈话(第十九期)

人们生活在苦闷中,出版界的困难和人们的苦闷一样没有解除,临到这一期的书将要上架印刷了,编辑室的循例谈话还是一块空白,叫我说些什么呢!在这春天不是读书天夏天也不是读书天的时候。

过去,销数的保持良好记录给了我们一些兴奋,我们一期一期的出版,仿佛惟有勤奋才能不负读者的期望。可是现在呢?印书与行销的差额成了一个可笑的对照,而一般的出版情形也正是如此。于是,我们的兴奋无形中将而为怠惰,不是我们要如此,是现实迫使我们如此。

因此,这一期的篇幅减少了,文字少得几于目录都无法排得完

整,一切还有什么可说的呢！不过,量的方面虽然减少,质的方面
还是有值得介绍的,这里姑且容我以凄楚的笑陈述:

　　首先应该感谢的是蹇先艾先
生从遥远的贵阳寄了一篇《谈小
说的标题》来,对于爱好和学习写
作的读者们,是一个很好的指
路标。

**图123　《春秋》1946年
第3卷第2期封面**

　　沈从文先生先后曾有《乡居》
《断虹引言》二文在本刊发表过,
这一期我们获得了从文先生的一
个短篇小说《橙魔》,和过去曾发
表于本刊的端木蕻良先生的《红
夜》,颇有相似的风格。

　　施济美小姐的小说素来是本刊读者所喜爱的,这一期又有施
小姐的《我不能忘记的一个人》一文,辞藻的美丽无疑将更获得读
者的激赏,而故事的结构呢,你们一定会有无异是喝了一杯秦湘流
的葡萄酒的感觉。

　　钱今昔先生的《田野之夜》,包括七个短篇,是极好的散文,
他的富含哲理的笔调为近时散文中所罕见,应该向读者郑重
推荐。

　　《壮士百战归》和《欧洲文物的浩劫》是欧战尾声的记录,附有
摄影,十分名贵,谨感谢许锡兹、卫理二位先生的译赐。

　　　　　　　　　　　　　　　　《春秋》1946年第3卷第2期

《西 点》

编辑室（第一期）

上海是全中国文化的出发点，在胜利以后，精神食粮有迫切需要的现在，我们向诸位读者送上一盆"西点"。

本刊以"介绍西方文化，灌输国际知识"为目标，侧重于报告文学及科学发明的记载，除特约迻译者外，亦欢迎读者译寄（请参阅《征稿简约》）。

本刊有两个计划，一是增辟影写版——图画之页，二是设立"西点信箱"，为读者解答各种问题，当逐步实施。

"西点"除作西式点心解释之外，在美国恰巧有著名的 West-Point 陆军学院，亦译作"西点"，因为这一个名词知者较众，即用作本刊的西文名称。

下期起，我们将每期刊载一二篇短篇小说，介绍世界名著给读者。

《西点》①1945 年第 1 卷第 1 期

编辑后记（第三期）

本刊从上期起，封面用六色橡皮版精印，这一期似乎更绚丽

---

① 《西点》，半月刊，1945 年 11 月 15 日创刊于上海，为综合性刊物，由西点社编辑发行，社址位于上海南京路慈淑大楼。陈涤夷(蝶衣)、卫理、刘柳影担任编辑，冯葆善负责发行工作。该刊以新闻性的译稿为主，内容涉及电影、政治、小说、军事、传记、文学作品等方面。其封面设计多用与西方国家社会生活相关的图片，所刊载的大量新闻译稿对于民国晚期历史研究具有一定程度的史料价值。

些。不过本刊并非只求封面的美观,对于内容也力求饱满,这一期的《黑豹——巴黎的神秘女郎》《大西洋上捕龙虾》《地道火车风景线》《战士们的乐园》《飞星的出现》《初试降落伞》诸篇,都是很充实的作品。

每期选译一篇短篇小说,本刊将永远保持这一个风格,这一期我们介绍的是 Hamitron Basso 氏的《寓言时代》。

**图 124 《西点》1945 年
第 3 期封面**

下一期是新年好,我们预备出一个《新年试笔》特辑,同时《读者信箱》亦于下期起开辟,欢迎读者提出关于人生、社会、家庭、婚姻、职业、教育、交际诸方面的问题,我们当一一解答。

《西点》1945 年第 1 卷第 3 期

编辑后记(第四期)

这一期是新年号,承诸位名作家不吝珠玉。这里谨表示感谢之忱。

关于太平洋战争的逸闻,这一期有《水底破坏队》《无敌舰队的末日》与《大琉球岛劝降记》三篇,都是很珍贵的记录。另有一篇《山下之虎受审记》,我们看到了黩武主义者俯首就鞠的情形,本刊欢迎读者惠赐这一类的译作。

除了译作之外,国内外的通讯也是我们所需要的,愿本刊的读者们给我们以协助。

图 125 《西点》1946 年第 4 期封面

《西点》①1945 年第 1 卷第 4 期

《少 女》

编辑后记(第一期)

本刊的筹备,开始于腊尽春回的时候,预定的计划是在桃花开放的季节出版,但终于迁延到现在才能问世,这原因是多方面的。

编妇女读物不如一般杂志那样的容易,尤其是少女读物,前者的内容还只要偏重实际,后者的内容却非偏重于德性的培养、知识

① 陈蝶衣自《西点》1946 年第 11 期(1946 年 11 月 1 日出版)不再担任编辑,《西点》编辑者署名为"《西点》社"。

的补充不可,于是对于文稿的征集,便不能不审慎将事。

因此之故,有几篇文字在已经排就以后,临时又剔除了,再加进了新的几篇。我们希望内容不至于驳杂不纯,但有关于少女生活以及家庭常识方面的文字,却又希望能兼而有之,这是一件很难处理的事,所以在编纂之际煞费周章,这是延期出版的原因之一。

第二个原因是封面的设计及制版,都费了好些日子。这一期的

图 126 《和时代相反的感情》
插图,蔡振华绘,刊于《少女》
1946 年第 1 期

封面我们很不满意,希望下一期能够改进一点。

关于本刊的内容,我们觉得也应该要介绍几句:

一,本刊所选小说,共计七篇,几占全书篇幅十分之四,这虽然是对于美国妇女刊物的一种摹仿,不过这种摹仿是经过一番考虑的。二,本期所辑散文,共计五篇,无论就执笔者的姓名上看,或者就各篇的内容上看,总是足以满足读者的需求的。并且,我们大胆的说,这几篇散文,很可以供给一般大学生和中学生,作为写文章时候的一般参考。三,关于人物方面,我们介绍了英国的伊丽莎白公主,和中国第二代艺人梅兰芳博士的女公子梅葆月小姐。前者是译文,后者是专访,这一位英国公主和中国小姐的生活,都有足资取法之处,应当是值得一再重读的。

此外,应该郑重推荐的是陈赵愚雯女士的《战后北海滨之旅》,

是一篇很好的海外通讯。承愚雯女士用航快寄来,为本刊生色不少。我们已致函愚雯女士,催索续稿,希望《欧陆倚轳录》之二能够来得及在下期连载。

最后,我们希望这一本刊物的出版,能够引起一般少女的阅读兴趣,得到学校和家庭的赞许与鼓励,并且听到同业的批评和指教。

《少女》[①]1946年第1卷第1期

《生　活》

编辑室谈话(创刊号)

在文化事业正处于低潮的时候,《生活》的出版是一种冒险的尝试,所幸的是我们获得了许多文坛前辈给予我们的助力,因此在内容方面,也许可以不负读者之望。

李健吾先生迻译的《论画》是一篇幽默的小品;《建设东北》是老向先生提倡的通俗歌曲力作之一;窦先艾先生的《春和客栈》描写湘桂铁路撤退时的一个小故事,很生动;谢冰莹女士的《凄风苦雨话宜昌》,和《春和客栈》有着同一的情调;易君左先生年来畅游名山大川,足迹遍天下,《荒美的茅山》是易君左先生的记游之作,读之可以卧游。此外季欣先生的《在南京跑政治新闻》,姚苏凤先

①　《少女》,1946年6月创刊于上海,为不定期刊,初期由陈蝶衣、韦茵主编,1949年后改由诸葛夫人主编。陈涤夷(蝶衣)、吴承达发行,馆址位于上海南京西路静安大楼内吴江路六十六号第一编辑公司,华华书报社出版。该刊属妇女刊物,内容具有鲜明的女性读物特色,以少女生活、家庭常识及大量的消遣娱乐文字为主。刊中仿照美国妇女刊物,每期刊登不同风格与技巧的小说,约占全刊篇幅十分之四。辟有"少女信箱"栏目,解答读者来函关于人生、婚姻、教育、职业、知识等问题,是研究近代上海妇女日常生活和思想状况的重要资料。

生的《欧美侦探小说新话》，都是足
以为本刊生色的佳构。

　　本年度最畅销小说《风萧萧》的
作者徐訏先生，写了一个中篇《幻
觉》给我们，是本刊最大的荣耀。此
外的几个短篇小说，每一篇有不同
的风格，也每一篇都值得推荐。报
告文学选刊了《夜深林中的游猎女
郎》，如果可能，我们当每期刊载
一篇。

图 127　《生活》创刊号封面，
1947 年 6 月 1 日出版

　　长篇连载有赵清阁女士的《江
上烟》与施济美女士的《井里的故事》，两位都是著声文坛的女作
家，在她们的笔下，将有非常美丽的故事贡献给读者，那是必然的。

《生活》①1947 年第 1 期

编辑室谈话（第二期）

　　这一期，内容似乎比创刊号更丰满了一点，我们增加了散文的
容量，同时并注意各种不同作品的平均支配，以期无负于综合性。

　　蹇先艾先生的《春和客栈》上期因稿拥而临时抽去，这期刊出
了！这是一篇为暗中偷换的流年而嗟伤的好小说，值得低徊雒诵。

---

①　《生活》，月刊，1947 年 6 月 1 日创刊于上海，属于综合性文艺刊物，由生活月刊社编辑发行，发
　　行处位于上海南京西路 580 号。陈涤夷（陈蝶衣笔名之一）、文宗山（吴崇文）担任编辑，毛子佩
　　负责发行工作。该刊以发表短篇小说和纪实文学为主，注重可读性和趣味性，关注社会不同阶
　　层人物的生活，刊登形形色色人物的素描。该刊邀请畅销小说家撰稿，如徐訏《幻觉》，赵清阁
　　《江上烟》，施济美《井里的故事》。每一期有陈蝶衣之《编辑室谈话》，对该期刊载的各篇文章作
　　简短的介绍。

令狐慧①先生继续写了一篇《橱窗里的少女》给我们，还有李拓之先生的《遗袜》，沈寂先生的《倒在路上的夏顺之》，兰儿小姐的《交际太太的心事》，都是这一期最佳的收获。徐訏先生的中篇小说《幻觉》，下期可以刊毕。

新疆的危急形势已引起国际间的共同关心，洗木先生的《新疆内幕》一文，详细说明了新疆内忧外患的严重性。《麦克阿瑟的幕府》与《自然界的滑翔机——飞松鼠》，则是本期较有趣味的两篇译文。

图 128　《赶集》，亦支刻，刊于《生活》1947 年第 2 期扉页

本刊欢迎读者以散文见赐，此外季节报告与记游之作，也是我们所需要的。

出版的衍期是无法避免的事，我们只有向读者道歉了。

《生活》1947 年第 2 期

编辑室谈话（第三期）

李健吾先生担任着几个学校的课程，百忙中给我们写了一篇《文人沦为盗匪》；吴祖光先生也在赴香港之前匆匆赶了一篇《台上

---

① 令狐慧，为董鼎山笔名之一。董鼎山（1922—2015），浙江宁波人。1945 年毕业于圣约翰大学英文系，获学士学位，入《辛报》社，任国际特写版编辑及《申报》记者，后到《东南日报》主持地方新闻。1947 年以令狐慧笔名出版短篇小说集《幻想的地土》。是年秋赴美国，入密苏里大学攻读新剧系，获硕士学位后担任纽约《联合日报》副总编、《美中评论》文学编辑等职。1964 年获哥仑比亚大学图书馆学硕士学位，入纽约市立图书馆，任资料参考部主任等职。

与台下》给本刊。此外,我们又征得了赵景深先生《关于露西亚文学》一文,虽短亦弥足珍贵。

这一期的短篇小说有杨依芙小姐的《玫瑰念珠》,东方蝃蝀先生的《牡丹花·蒲公英》,俞昭明小姐的《黑芍药》,从字面看仿佛是举行了一次莳花展览会,真是无意的巧合。另外有晓哥先生的《两个女孩子》,刘黑芷先生的《算账》,告诉了我们一个动人的凄凉的故事,应该郑重向读者推荐。

图 129 《砻榖》,廷霸刻,刊于《生活》1947 年第 3 期扉页

潘伯鹰先生是诗人,也是前辈小说家,他的《人海微澜》说部(笔名凫公)过去曾传诵一时,本期以《海藏楼诗的剖析》一文见贶,是我们无上的光荣。

徐訏先生的《幻觉》与姚苏凤先生的《欧美侦探小说新话》均已刊毕,下期当商请二位以新作飨读者。

《生活》1947 年第 3 期

编辑室谈话(第四期)

为了遵行节约,这一期的篇幅缩减了三分之一,因此所容纳的文字,也剩了寥寥无几。这里,谨向读者推荐下列数篇:

越剧女伶筱丹桂的自杀,是上月最轰动的社会新闻之一,李之华先生引证已故女影人阮玲玉之死,撰成《从阮玲玉到筱丹桂》一文,作社会意义与婚姻制度的探索,因全文较长,只得分两期刊毕。

令狐慧先生为本刊所写的短篇小说,曾获得许多读者的赞美,秋初令狐慧先生出国赴美,本期有他的通信第一页《檀香山一日》,以后当续有发表。

名演员叶明先生的《驿车上的佳丽》,是一篇以重庆为背景的短篇小说,他的文笔正像他的演技一样的洗练。

遗憾的是姚苏凤先生为叹息筱丹桂之死而作的《折桂吟》,本期已来不及排入,另有丁芝小姐的《毒玫瑰》,沙自成先生的《龙三公子》两文,均当于下期刊出。

图 130　《山海城》插图,乐汉英绘,刊于《生活》1947 年第 4 期

《生活》1947 年第 4 期

编辑室谈话（第五期）

又是一年度的开始,敬祝诸位作者及读者新岁如意,百福并臻。

这一期,我们特辟《新年笔会》之页,作为迎迓新年的点缀,承李健吾、杨彦歧、赵景深、冯亦代、李一、洪谟诸先生拨冗执笔,至可感谢。

旅行通信有文宗山兄的《台湾行》,沙北宗先生的《横贯东南三千里》,令狐慧先生的《在美国遇到感恩节》三篇,都很有趣味。令狐慧先生的游美通信之三,下期当叙刊。

沈寂先生的《冤鸟》,写的是一个民间故事,是一篇别饶韵趣的短篇小说。《无冕皇后》的执

图 131　《顾此失彼》,司徒婷婷作,刊于《生活》1948 年第 5 期

笔者是上海著名的女记者,为了尊重作者的意旨用另一笔名发表,她以丰富的工作体验写此一文,虽然不免有一点牢骚,但文笔的优美是值得向读者推荐的。

钱今昔先生以短篇小说《留着短髭的女人》见贶,下期可刊出。司徒婷婷先生的漫画《顾此失彼》,这一期本刊首次介绍给读者,下期将续有贡献。

《生活》1948 年第 5 期

编辑室谈话(第六期)

令狐慧先生从美国寄来了一个短篇小说《最快乐而最寂寞的》和一篇通信《在美国看大腿戏》,首先应该向作者致谢,并向读者推荐。杨依芙小姐曾有短篇小说《玫瑰念珠》发表于本刊第三期,这一期又承以《西泠桥畔的黄昏》见贶,杨小姐的情感小说凤负盛名,过去发表于《万象》上的《灯塔》《庐山之雾》诸篇,曾为无数的读者

所传诵,读者们对她应该是十分熟悉的,她过去的笔名是杨琇珍。

姚苏凤先生对侦探小说颇有研究,感谢他译了一篇《十三号狱室遁踪记》给我们,下期可刊毕。

九龙城拆屋事件曾引起全国舆论的怒吼,成为最近外交史上最重要的一页,本刊特请麦丁先生撰一专稿,详记此一事件的经过,附以铜图,贡献于关心时局的读者之前。

图 132 《生活》1948 年
第 6 期封面

沈寂先生的《夜行记》之二《在大莽山上》,钱今昔先生的《留着短髭的女人》,秦佩衍先生的《坐滑竿上青城》,都是佳构;余爱渌先生移译的《钟表的故事》,则是一篇饶有趣味的历史性考据文字。

《生活》1948 年第 6 期

后 记

　　《陈蝶衣文集》自数十种报刊上辑录而成,有许多报刊因年代久远,字迹模糊,要通过上下文来辨认和印证,如《繁华报》之《低眉人语》专栏,因《繁华报》印刷油墨过重,字迹常糊成一团,蝶衣亦颇多怨语:

　　本报印刷,近来渐有由绚烂归于平淡之观,下走所撰文字,有时自视,亦不识庐山面目,不知白雪兄《泼墨》之余,亦曾计及油墨之改善否? 下走不仅为本报作者,亦是读者一分子,故甚愿本报印刷,仅是"难得糊涂",否则下走目力深度,势将因是而激增,在不久之将来,恐非更换一千五百度之眼镜不可矣。(《繁华报》1944 年 2 月 21 日)

　　故录入校阅颇费心力,案头字典不离须臾,兼以蝶衣喜引用古人诗词,或许记忆之误,偶有个别诗句字词不符,《文集》中皆加以注明。

　　另外,在校稿时,对于文中字句,一向秉持"保持原文风貌"之原则,对字句之讹误,除非是明显的错误,一般不加以删改。因彼时彼地彼俗与今皆异,不能以今日阅读习惯审视前人作品,亦不可想当然地删改文字。或许彼之字句,处于彼时之写作心境,一字一句皆蕴有深意。

　　《陈蝶衣文集》第一辑所配插图近四百幅,皆与其文中所述及之人事相关,如伶人程砚秋、周信芳、梅兰芳、俞振飞、王瑶卿、王玉蓉、白玉霜、喜彩莲、小杨月楼等;影人周璇、顾兰君、陈云裳、金山、秦怡、王丹凤、张善琨、童月娟等；画家丁悚、董天野、卢世侯、丁聪、白蕉、若瓢和尚、周鍊霞、吴青霞、陈小翠等；文人卢冀野、赵景深、巴金、丰子恺、林屋山人、顾明道、周瘦鹃、赵焕亭等；旧址如百乐门舞厅、法国公园、大都会舞厅、苏州沧浪亭、金门大酒店、汉口中山公园、黄鹤楼、奥略楼等；所提及之书籍，如《碎琴楼》《遁窟谰言》《淞滨琐话》《浣锦集》《传奇》《流言》等，配图皆为罕见之初版本封面。另有舞女、乐队、歌手、剧照、戏单等配图，亦有不下百幅。

插图多为民国旧照，且皆注有出处。此做法一是为了真实反映彼时社会风貌，二是为此后研究陈蝶衣的学者，提供学术上的便利。

感谢资深出版人梅雪林老师，帮助我与陈蝶衣先生的长子陈燮阳取得联系。

感谢著名指挥家陈燮阳老师，在初见之日，即慨然允诺授权《陈蝶衣文集》的出版，并在近两年的时间里，不断提供陈蝶衣先生的家谱、书信、照片等一手资料，供我参考。

感谢华东师范大学中文系的陈子善教授，在《陈蝶衣文集》的梳理与编排上，提供了耐心的指导，并与复旦大学中文系的栾梅健教授，联名向中国近现代新闻出版博物馆郑重推荐《陈蝶衣文集》，促成了《文集》的顺利出版。

感谢中国近现代新闻出版博物馆，不但认可陈蝶衣的文学地位和文学价值，还为《陈蝶衣文集》的出版提供经费资助，在此代蝶衣先生致以深深谢意。

感谢黄伟业先生，慷慨地将他从拍卖场上重金收购的全套《大成》杂志出借给我，为《陈蝶衣文集》的完璧提供了重要帮助。

感谢北京大学图书馆的吴冕兄，协助我在香港中文大学图书馆觅得全套《大人》杂志，并费心将他手头所有的陈蝶衣文章整理成文赠予我。

感谢上海图书馆的祝淳翔兄，拜托香港朋友觅得陈蝶衣于1975年在香港复刊的《万象》杂志（六期），补全了《陈蝶衣文集》的香港部分。

感谢王金声先生、荀道勇先生和韩建政先生，无偿提供他们所收藏的画作、照片和戏单作为《陈蝶衣文集》中的重要配图。

感谢患难之交（眼泪与共）的闺蜜毛真好姑娘，如果不是她隔三岔五地盯着我"文集进展如何？"可能我不会如此孜孜矻矻，在一年半的时间里整理出二百多万字的《陈蝶衣文集》。

最后，也最应该感谢的，是我的老师张伟。他为我打开了一扇窗，让我看见人生的无限可能，他教会了我严谨治学、勤勉做事、诚恳待人的处世准则，他鼓励我"要有能做自己的自由，和敢做自己的胆量"，无数个独对浩瀚文献的寂寂长夜，这句话是我的唯一精神支柱。

孙 莺

2024 年 9 月 18 日

图书在版编目(CIP)数据

闲情偶寄 / 孙莺编. -- 上海 ：上海人民出版社，
2024. --（陈蝶衣文集）. -- ISBN 978-7-208-19117-4

Ⅰ. I217.2

中国国家版本馆 CIP 数据核字第 2024XJ6131 号

责任编辑 马瑞瑞 杨 清
封面设计 人马艺术设计·储 平

陈蝶衣文集（第一辑）
孙 莺 编

出 版 上海人民出版社
　　　　 （201101 上海市闵行区号景路 159 弄 C 座）
发 行 上海人民出版社发行中心
印 刷 江阴市机关印刷服务有限公司
开 本 635×965 1/16
印 张 132
插 页 20
字 数 1,322,000
版 次 2024 年 12 月第 1 版
印 次 2024 年 12 月第 1 次印刷
ISBN 978 - 7 - 208 - 19117 - 4/I·2172
定 价 498.00 元（全四册）